KB268198

현대소설과 NIE의 시론적 연구

- 결혼관을 중심으로 -

현대소설과 NIE의 시론적 연구

- 결혼관을 중심으로 -

민병일

국학자료원

■ 머리말

가끔씩 삶은 우연과 필연의 동행이란 생각을 한다. 사십이 다 된 어느 날 우연히 주부 백일장에 나갔다가 상을 받고 이년 후 대학원을 진학하면서 오늘까지 공부는 나에게 있어 싫든 좋든 필연이 되었다. 당시 백일장 제목은 '길'이었다. 아내나 어머니의 길이 아닌 내 길을 가겠다고 했던 내용대로 우연이 필연으로 가고 있는 것이다.

사십에 시작한 공부는 쉬운 일이 아니었다. 대학 때 전공이 독문학이었으니 국문학하고는 거리가 있었고, 방랑기도 있어 진득하게 앉아 있기도 어려웠다. 이런저런 다른 일의 병행도 나를 지치게 했다. 그래도 길은 이어졌고 아직도 나는 길 위에 서 있다. 그 길의 부분에서 나는 이제 한 매듭을 짓고 있다.

신문이란 매체를 활용한 NIE를 배우고 가르친지도 벌써 10년이 되었다. '신문활용교육'으로 명명되는 NIE는 중앙일보기 앞장서서 우리나라에 보급했다. 15년 정도의 역사를 가졌으나 60여년의 역사를 가진 미국과 비교할 때 단기간에 확산된 교육방법이다. 지식위주로 전달만 하는 고정적인 학습법을 타개하고자 배운 것이 인연이 되어 중앙일보 NIE 연구위원이 되고 논문까지 쓰게 되었다.

NIE는 신문을 활용해 지적성장을 도모하고 학습효과를 높이는 것이다. 하나의 주제를 갖고 교과서, 관련도서, 신문과 영화 등을 포함한 미디어를 활용해 자기주도적으로 학습해 사고력을 확장하는 방법이다. 그래서 '주제중심교과통합학습'이 주 내용이다. 초기에 NIE는 신문을 찢고 오리고 붙이는 단순한 활동이 전부였다. 지금도 NIE가 그런 활동이려니 생각하고 있는 사람도 상당수 있다. 그러나 '주제중심교과 통합학습'을 설명하면 NIE의 깊이와 넓이에 대해 새삼 어려워한다.

모든 학문의 기초는 문자로 이루어져있다. 영상 세대인 현재 젊은층에게 문자는 기피대상이다. 그러나 문자로 된 읽기를 피하면서 제대로 된 학문을 할 수는 없다. 그 시작인 문자읽기에 도움이 되는 것이 신문이다. 신문은 전날 있었던 생생한 사회 소식을 바로 전달해준다. 문자로 되어 있으니 읽으면서 이해하고 생각하고 평가하면서 새로운 생각을 만들어낸다. 최소한 무엇인가를 왜, 어떻게에 대해 생각하는 시간을 가질 수 있다.

사회가 다양화 되면서 사건도 많아진다. 소설보다 더 소설같은 현실이 존재하고 사회 구성원들단에는 갈등이 늘어난다. 그런 당대성을 신문은 사실로 전달하고 문학은 허구로 창작해 일반 대중에게 읽히게 된다. 당대 현상이 존재하고 문학이 나오는 경우도 있고, 문학이 앞서 나오고 사회 현상이 뒤이어 나타나는 경우도 있다. 그러나 사회 현상은 이미 오래 전에 존재하나 문학이 아직 창작되지 않은 것도 있다. 바로 다문화같은 현상이다. 문학은 일반 대중에게 감동을 주고 생각의 변화를 가져와 행동까지 취하게 한다. 그 일은 작가의 소명이기도 한데, 그런 면에서 본다면 작가의 소명의식까지도 요구하게 하는 것이 이런 NIE다.

신문에 실리는 다양한 영역의 소식을 접하면서 잡종정보를 접하는 기분도 들었다. 그러나 학문의 경계뛰어넘기는 이미 시작되었다. 누구의 말처럼 이제는 잡종 지식인이 되어야 하는 때가 되었고 잡종 학문을 해야 하고 잡종으로 살아야 하는 시대이다. 그럼에도 현실은 그렇지 않다. 국문학과에서 작가론이나 작품론을 하지 않고 미디어를 접목한다는 것에 대해 시련도 받았고 포기할 뻔도 했다. 그러나 누군가는 해야 할 일이었다. 순수문학은 내가 아니어도 더 잘하는 사람들이 많지만 오랫동안 한 이 일은 내가 해야 할 몫이라고 생각했다. 학교에서 선생님과 학생들만 하는 실용 학습법을 뛰어 넘어 학문으로 다가갈 수 있는 것을 말하고 싶었다.

이런 과정에서 하나의 성과라면 전국에서 처음으로 대전대학교에 전공과목으로 NIE를 개설해 학생들과 호흡을 한 일이다. 일 년 동안 공부하고 자격증을 따서 취업하는데 많은 도움을 받고 있다는 학생들의 말을 듣는다. 그러나 아직 가야 할 길이 멀다. 지금은 발생된 현상을 전달하고 문학에서 수용된 부분을 지적한 것에 불과하다. 이제는 그 전달과 수용에 대한 탄탄한 이론을 더 제시해야 할 일이 남아있다. 그러면서 계속 일어나는 현상에도 눈과 귀를 기울여야 한다.

한 매듭을 접고 이 책이 나올 수 있도록 지도해주신 송기한 교수님, 처음 NIE를 접하게 해준 이태종 기자님께 진정한 감사의 마음을 전한다.

■ 표목차

Ⅰ. 서론

1. 연구 목적

　현대인은 TV, 라디오, 신문, 책 등 대중매체 속에 과다하게 노출되어 있다고 해도 과언이 아니다. 자신이 원하든 원하지 않든 수많은 매체 환경 속에서 살아간다. 또 의미여부와 상관없이 그 매체가 원하는 방향으로 의식이 고정화 내지는 변화되기도 한다. 이런 미디어는 인간 감각의 확장으로 이 감각이 개개인의 인식과 경험을 형성하고 있다.[1] 미디어는 또한 사람들이 알고 싶어하는 요구를 충족시켜 준다. 지식적 욕구 외에 주변에서 무슨 일이 생겼는지, 궁금한 사람에 대한 정보라든지, 나와 다른 생각을 가진 사람은 어떻게 생각하는지 등 알고 싶고, 호기심이 생기는 것들에 대한 욕구를 풀어준다. 물론 이 과정에서 방법상의 선호의 문제는 생략된다.

　미디어 중 하나인 신문의 본질은 인간의 의사소통현상에 있다고 말할 수 있다. 즉 인간이 가진 의사소통욕구를 신문을 통해 들여다볼 수

---

1) Herbert Marshall McLuhan, *Understanding Media*, 박정규 역,『미디어의 이해』, 케이선북스, 2007, p. 24.

있다는 것이다.2) 이때 제공되는 것이 신문 콘텐츠 속에 있는 정보이다. 정보는 기사, 사진, 광고, 만화 등이 모두 포함된다. 그 정보를 이용해 우리는 알고, 이해하고, 생각하고, 판단하며 변화된다.

신문이나 책(문학을 포함한 모든 종류의 책을 말한다)은 문자문화에 속하는 미디어지만 내용과 형태는 다르다. 책은 하나의 '견해'를 제공하는 사적 고백의 형식이고, 신문은 공공의 참가를 촉진하는 집단적 공적 고백의 형태이다.3) 신문과 서적은 여러 가지 정보를 사용함으로써, 혹은 전혀 사용하지 않음으로써 사건을 채색(彩色)할 수 있다. 신문은 지면으로 다양한 정보와 사건을 모자이크처럼 배치하지만 책은 페이지로 정보를 신문보다 적게 배치하는 특징을 갖고 있다. 책은 사적인 이미지며 신문은 활동하고 있는 사회의 집단적 이미지를 제공한다. 이 둘의 공통점은 인쇄 매체를 이용한 반복성과 획일성으로 대중에게 '무엇'인가를 외친다는 것이다.

이 고백 다음에는 내용과 형태에 상관없이 '그 다음'의 연계성을 갖는다. 책이 저자의 개인적 경험으로부터 일방향적인 '그 다음'을 만든다면 신문은 상호작용하는 쌍방향의 형식으로 사회 구성원들의 '그 다음'을 만든다. 모든 사회현상은 일회성으로 그 현상이 종결되지 않는다. 과거에 있었던 일이 현재도 있고 미래에도 있다. 문학도 역시 마찬가지다. 전에 있었던 현상을 현재의 관점에서 의미를 부여하면서 계속 진행한다. 이렇게 일회성이 아닌 연속선상에서 후속 문제나 의미를 파악해 나가는 것이 '그 다음'이다.

신문은 사실(fact)과 의견(opinion)으로 구성되어 있다. 문학은 언어와 문자를 재료로 인간의 내면적 사상과 이상을 허구(fiction)로 그려낸

---

2) 서정우 편, 『현대 신문학』, 나남출판, 2002, p. 24.

3) Herbert Marshall McLuhan, 앞의 책, p. 234.

다. 사실을 소재로 문학적 글쓰기를 하거나 창작된 것을 통해 사실을 들여다보고 분석할 수 있다. 그래서 창작을 하는데 신문활용은 좋은 소재가 된다. 소위 '소설보다 더 소설같은 현실'이 우리 주변에는 끊임없이 발생하고 있기 때문이다. 아직까지는 이런 용어가 없지만 신문을 활용해 문학 작품을 분석하는 것을 사실(fact)과 허구(fiction)를 합성하여 '팩픽(facfic)'이라 부를 수도 있겠다. 팩픽이란 '신문을 포함한 대중매체에 실린 정보를 소재로 문학에 수용하거나 그 반대로 문학에 수용된 소재나 주제를 대중매체에서 찾아 상관성을 비교·분석하는 하나의 방법'으로 설명할 수 있다.

신문과 책에는 다양한 정보가 있다. 신문 기사에서 발생한 사실의 정보를 찾고 그러한 것들이 들어있는 책을 찾아 둘을 비교·분석이 가능하다. 책을 읽는 목적은 사고력과 비판력을 높이는 것이다. 사람이 살면서 부닥치는 문제들에 대해 어떻게 생각하는지, 해결책은 무엇인지 등에 대한 질문을 서사적으로 던진다. 신문은 발생한 문제에 대한 '발생 원인', '영향', '해결 방안', '여러 사람의 의견 청취'를 직설적으로 던진다. 이런 면에서 신문활용은 문학과 그 시대를 이해하는데 좋은 도구가 된다.

어떤 문제가 발생하고 문학적 글쓰기가 형상화됨의 중심에는 구성원들의 '가치관 변화'가 자리하고 있다. 잉글하트는 90년대 젊은 세대의 가치관 변화가 눈에 띄게 두드러져 그로 인한 세대간의 가치관 차이가 전세계에서 가장 큰 것으로 나타났다고 말했다.[4] 일정한 부가 행복을 가져다주는 시점을 지나 보다 많은 개인적인 자유와 삶의 질에서 행복을 추구하는 패턴으로 이동한다는 것이다. 가치관 변화의 종류는

---

4) 조선일보, 1995, 6, 11, 18면.

다양하지만 그 중에서도 애정관은 사회적 영향력이 크다. 개인적인 도덕성과 성역할 등 많은 것을 내포하고 있고 그로 인로 인해 가족 제도까지 변하기 때문이다.

이런 관점에서 우리에게 익숙한 신문이란 대중활자매체에 나타난 신문 콘텐츠의 사례를 바탕으로 현대 소설에 나타난 결혼관을 주제별로 나누어 비교함으로써 신문 콘텐츠와 문학적 글쓰기가 어느 정도 연관성이 있는지를 고찰하는데 목적을 두고자 한다.

2. 연구 방법

신문 콘텐츠를 이용해 하는 활동은 많다. 대부분 신문 속에 있는 정보를 활용하는데 이런 신문 속에 있는 정보를 활용하는 활동 중에 'NIE'도 있다.[5] NIE는 주로 학교같은 교육현장에서 사용되었다. 유치원·초등학교·중학교·고등학교에서 각 과목별, 특히 사회나 국어 과목에서 교과서의 보조교재로 신문을 활용했다. 또 대입용 논술 교재로 활용하기도 하고 대학 사회 교육원이나 평생 교육원에서 일반인을 대상으로 교육하는 정도였다. 그러나 세계신문협회의 '제5차 세계 NIE 프로그램 실태조사'에 의하면 최근 신문의 교육적 활용은 학교 교실을 넘어 교도소, 노인 센터, 심신장애자 시설, 외국계 주민을 위한 랭귀지 스쿨 등 일반인에게도 실시되었다.[6]

---

5) 이태종, 『신문 읽기 세상 읽기』, 대한교과서 주식회사, 2004, p. 7, NIE는 'Newspaper In Education'의 약자로 일반적으로 '신문활용교육'으로 불리는데 '신문을 가르치고 신문으로 가르치는 교육'이다.

6) Steen, J. V.(2002), *World Survey on Newspaper In Education Programmes*, 5th Edition, WAN, 박미영, 『NIE 프로그램 개발에 대한 NIE 실천교사의 인식 및 요구조사』, 이화여자대학교 교육대학원 석사학위논문, 2005, p. 10 재인용.

이제는 그런 차원을 넘어 대학 사회교육원이나 일반 대학에서 NIE 과정을 학생들의 전공과목으로 실시하고 있다. 2006년 대전대학교(국어국문학과), 숭의여대(미디어문예창작학과)에 이어 2007년 건양대학교(공연미디어학과)에 'NIE 특강'을 전공과목으로 개설해 현재까지 이르고 있다.[7] 요즘은 일반 대학에서 전공시간에 신문을 매개로 수업하는 사례도 생기고 있다. 충주의 한 대학교수는 신문으로 모든 수업을 이끌어간다. 그는 "대학이야말로 NIE가 가장 필요한 곳"이라며 "특히 경제·경영학에서는 신문만큼 좋은 교재가 없다"고 말했다.[8]

이런 NIE의 다양화 된 활동과 기존의 정의를 바탕으로 본 논문에서는 NIE의 정의를 좀 더 확대해 'NIE란 신문을 가르치고 신문으로 가르치는 교육으로 사회 구성원들이 신문매체를 활용해 당대성을 이해하고 가치를 변화·형성하는 것'이라고 내리기로 한다.

현재 우리나라에서는 신문이 확산된 것에 비해 신문을 활용한 연구는 빈약한 편이다. 그 이유를 정문성 등은 몇 가지 측면에서 지적한 바 있다.[9] 첫째, 신문 활용 연구가 몇몇 신문 기업에서 상업적 의도에서 시작되었다는 것에 대한 막연한 서부감이나. 둘째, 이 연구가 신문사의 입장에서 보면 매우 중요하고, 유익하고, 강조하고 싶은 수업방법이지만 교수－학습이론에서 보면 매우 작은 연구 분야라는 것이다. 셋째, 신문 활용 연구에 대한 기초적 연구의 빈약은 후속 연구의 빈약 원인이 된다. 이 부분이 많이 부족하다고 생각한다. 학문 연구는 기초가 바탕이 되어 후속 연구가 이루어지고 세세한 부분까지 정교하게 연구

---

7) 중앙일보와 각 대학이 협약을 맺어 2학기 6학점을 이수하고 C학점 이상이면 별도의 시험 없이 중앙일보 법인 명의로 「중앙일보 NIE · 논술 지도사」 자격증을 준다.

8) 조선일보, 2008, 5, 7, A16면.

9) 정문성·구정화·박미영, 『학교 NIE 알아보기』, 한국신문협회, 2004, p. 13.

되어야 하는데 아직은 그렇지 못하다. 넷째, 신문 활용 연구에 대한 정확한 실태조사가 없었던 것이 주요 원인이다.

이 연구의 대상은 주로 신문의 구성 요소인 기사, 사진, 광고, 만화, 시각자료를 다 활용하되 기사를 중심으로 연구하고자 한다. 신문은 조선일보, 중앙일보, 동아일보, 한겨레신문을 주로 하고 연도는 1990년대 이후로 정한다. 조선일보와 동아일보는 1920년에 창간한 우리나라에서 가장 오래된 신문으로 자료가 PDF로 잘 정리되어 있으며 중앙일보는 1965년에 창간되었으나 신문활용교육에 국내 다른 신문사보다 앞장서서 활동한 신문으로 평가받고 있다.

그러나 세 신문은 역사가 오래 되고 자료가 잘 정리되어 있으며, 독자가 많음으로 다수의 목소리를 대변하기에 적절하기는 하지만 일반적으로 보수입장에 서 있는 특징을 보이고 있다. 이에 대한 보완으로 진보신문의 대표격인 한겨레신문(1980년 창간)의 기사를 같이 싣는다. 보수와 진보의 기사를 함께 씀으로써 논문의 객관성도 확보하고 중간자적인 입장으로 기사를 볼 수 있기 때문이다. 조선일보, 동아일보, 중앙일보는 가능한 한 PDF로 신문 자료를 싣도록 하지만 한겨레신문은 PDF자료가 2006년 이후에 나왔고 그 전의 기사도 없는 것이 많아 기사 원본이 없는 것은 직접 쓰는 것으로 대체한다.

가치관의 변화는 빨라지고 현재도 사회적 이슈가 되고 앞으로도 지속될 문제이기 때문에 이 문제를 살펴보는 것은 중요하다. 단순히 문학작품만을 분석하지 않고 신문이란 텍스트와 문학이란 텍스트를 접목해 의미의 다양성과 사회의 관계성을 수용비판해 보는 것은 새로운 시도로 의미가 있다고 본다. 필자는 신문과 문학의 텍스트에 대한 낯선 간극을 수용미학(Rezeptionsaesthetik)의 관점에서 접근하기로 한다.

1960년대 말 서독 대학에서 시작된 수용미학은 문학 작품의 이해와

평가를 독자 즉 수용자의 입장에서 시작해야 한다는 것을 주창하고 있다. 여기서 '수용'이란 문학 작품을 읽고 이해하고 받아들이는 행위, 즉 수용자 중심적인 문학 연구 자세를 가리키고 있으며, '미학'은 미와 미의 가치 기준 등에 관한 학문이라는 전통적인 의미에서의 미학을 가리키기보다는 문학연구에 있어서의 이론을 의미한다. 즉 수용미학이란 수용자 중심적인 문학 연구 이론이다.[10]

이러한 수용미학의 발단은 현대 사회 상황의 변화, 현대 사회의 구조와 개인의 의식 구조의 변화에 기인하고 있다. 모든 학문적인 연구는 '현실 인식'에 입각한 태도를 찾게 되었고, 문학 연구에 있어서도 역사·정치·경제·사회적 맥락을 강조하는 이론이 대두하게 되었다. 이러한 의식 변화를 대변하는 새로운 문학 연구 방법론들 중 하나가 수용미학이다. 여기에는 수용자(Rezipient), 수용(Rezeption), 수용텍스트(Rezeptionstext), 수용사(Rezeptionsgeschicht)가 포함되는데 본고에서 중점적으로 살필 것은 수용자와 수용 텍스트이다. 수용자는 작품을 받아들이는 행위자로 작품을 읽거나 평하거나 이에 관여하는 행위를 하는 사람으로 독자·비평가·문학 이론가·문학 교수, 신문·라디오·TV를 통한 해설가, 영화·연극 등 문학 작품 상연에서 행위하는 연기자 및 관객, 방송극의 청취자 등을 총 망라한다.[11] 신문에 글을 기고하는 사람은 전문 기자 이외에도 다양한 계층이 참여한다. 대학 교수, 전문 연기인, 일반인, 외국인까지 기사와 관련된 사람은 수도 없이 많다. 수용자가 그만큼 많다는 것은 다양한 목소리를 내고 들을 수 있는 상호소통의 기회가 많다는 것을 말하며 그것은 객관적이고 비판적인 수용자세를 의미한다.

---

10) 차봉희, 『수용미학이란 무엇인가』, 문학과 지성사, 1988, p. 26.
11) 위의 책, p. 29.

수용 텍스트는 수용자에 의해 씌어진 글로 비평적이며 이론적이다. 이것은 허구적이 아닌 글, 즉 창작 작품이 아니다. 종래의 문학 연구에서 이루어진 모든 문학 비평의 글을 총망라한다. 곧 문학 비평은 고정화된 수용 텍스트이다. 이것은 창작 작품에 직접 관계될 수 있고 ─현지 취재, 비평, 서평, 연극평, 인터뷰 등─, 간접적으로 관여할 수 도 있다. ─참고 문헌이나 수용 자료를 통해 이루어진 연구 논문 등─ 즉 수용 텍스트는 작품 수용 분석의 대상이 되는 자료인, 글로 씌어진 텍스트이다.12) 직접 관계될 수 있는 현지 취재, 비평, 서평, 연극평, 인터뷰 등은 신문을 구성하는 주요 기사들이다. 이런 기사 속에는 실제 인물이 등장하고 문학 속에는 가상 인물이 등장한다. 또한 행위나 행동으로 그들의 원하는 바를 전달한다. 신문 콘텐츠의 인물과 행동을 문학적 글쓰기의 인물과 행동으로 비교하는 방법으로 수용미학에 접근하기고 한다. 물론 본고에서는 글로 쓰여진 텍스트 외에 사진이나 시각 자료 등도 포함된다.

우리 사회에서 가치관의 변화가 빨라진 1990년대를 지나 2000년대에 접어들면서 결혼관 및 가치관의 예측 불가능한 변화가 밀려오고 있다. 이런 작품을 수용한 여성작가와 남성 작가의 문학적 글쓰기를 텍스트로 사용하는 이유는, 이와 같은 결혼관을 다룸에 있어 굳이 남성과 여성 작가 구별이 필요하지 않겠기 때문이다. 그러나 결혼문제를 남성보다는 여성 작가들이 많이 다루었기 때문에 여성 작가의 작품이 더 많이 활용될 것이다.

그럼에도 불구하고 다음과 같은 제한점은 간과될 수 없다고 본다.

첫째, 같은 기사라도 신문사 입장에 따라 편집과정에서 다르게 전달

---

12) 위의 책, p. 31.

할 수 있다는 점이다. 즉 '사실'은 있으나 그것이 곧 '진실'은 아니라는 양면성 때문이다. 이는 신문사의 기사를 적절히 안배하는 것으로 균형을 잡고자 노력한다.

둘째, 신문 활용 연구가 지금까지는 주로 학교에서 가시적인 효과만 보이는 활용성에 초점을 맞춰왔으므로 이 연구는 새로운 학설을 만들어내기보다는 사실에 입각한 기사를 근거로 현대 소설로 접근해 비교하는데 무게를 두고자 한다.

셋째, 분석하려는 주제와 기사가 맞는 경우도 있고, 잘 안 맞는 경우도 있다. 또 기사는 있는데 문학 작품이 없을 수도 있고, 문학 작품은 있는데 기사가 부족한 경우도 일을 수 있다. 그러므로 분석하는 문학적 글쓰기가 다른 논문보다 적을 수 있다. 이제 국문학 분야에서도 현재와 같은 과거 중심의 연구에서 과감히 탈피하여 산업경제적 생산성에 기여할 수 있는 길을 함께 가야한다는 주장도 있다.13) 문학의 연구도 그 연구의 결과가 현실 생활에 얼마나 바람직한 새로운 문화를 창조했는가 하는 것에서 그 가치를 평가받아야 한다고도 한다.14)

지금까지 국문학은 작품론과 작가론이 수류를 이루었다. 물론 이 연구도 작가론 보다는 작품론이 중심이 될 것이다. 이때의 작품은 앞서 말한 책 중에서 문학적 글쓰기 중에서 '결혼관'의 내용을 담은 것을 지칭한다. 그러나 기존에 해왔던 작품을 주 텍스트로 하지 않고 신문이란 텍스트를 통해 사회 현상을 먼저 살피고 그와 연관된 문학 작품의 수용을 비교·분석할 것이다.

---

13) 설성경·김교봉,『미디어 문학의 이해』(문화산업시대 신국문학을 위한)와 정현선, 「문화 교육이라는 문제설정」2,『국어 교육 연구』제4집, 1997에서 다루고 있다.

14) 김영만,『매체를 활용한 읽기·쓰기 교육 방안 연구(신문 사설·칼럼을 중심으로)』, 고려대학교 대학원 박사학위논문, 2005, p. 9.

Ⅱ. 신문 콘텐츠와 문학적 글쓰기의 특징

1. 신문 콘텐츠의 특징

신문이란 무엇인가. 한국신문협회는 이를 '매일 발생하는 뉴스나 정보들을 문자와 그림, 사진 등으로 가공(편집)해서 독자들에게 정기적으로 제공하는 인쇄물로 그들의 정신적 욕구를 만족시키고 대가를 받는 공공성과 기업성을 함께 가진 전달활동'으로 정의하고 있다.[1]

신문은 간편하고 편리한 매체로써 남녀노소 구분 없이 언제든지 쉽고 싸게 구해서 읽을 수 있다. 그리고 보장성과 안정성이 높아 독자들에게 보다 상력하고 장기적인 영향을 미치고 여타 다른 매체의 정보에 비해 어느 정도의 여과과정(gatekeeping)을 거치기 때문에 독자의 이해를 증진시키고 현실을 올바로 인식하게 해준다. 이런 특성을 가진 신문 콘텐트의 특징은 크게 세 가지로 나눌 수 있다.

첫째는 당대성이다. 신문은 무엇인가를 알려준다. 그러나 알리는 그 자체가 목적이 아니다. 최초의 서양 신문인 독일의 'Relation'은 우리말로 '관계'이다. 신문은 신문사/독자, 독자/독자라는 타인과의 관계를

---

1) http : // www. presskorea, or. kr/

맺는 의사소통의 통로다. 신문에는 누구나 궁금해 하는 흥미로운 소재가 있어 읽고 싶은 충동을 느끼게 한다. 지면에 실린 뉴스는 가까이는 내 고장 소식부터 우리나라의 문제, 세계 여러 나라의 관심사가 실린다. 그와 함께 현재 우리에게 무엇이 문제이고 그것을 어떻게 바라봐야 하는지, 해결할 수 있는 방법은 무엇인지 등이 심층적으로 소개된다. 신문을 '오늘의 거울, 내일의 역사'라고 말하는 것은 매일 새롭게 발생하는 신문 속에 담긴 세계 곳곳에서 일어난 인간의 살아 있는 모습, 그 모습을 통해 본 세상을 바라보는 다양한 시각을 제시하기 때문이다. 문학적 글쓰기는 사람의 글이다. 더 정확히 말한다면 사람사이의 관계에 대한 글이다. 현재 가장 문제되고 사람들에게 알려줘 경고하고 싶은, 사람 사이의 일을 문자라는 수단으로 형상화하는 것이다. 그 속에 주제나 소재 문학적 기술 등이 첨가되지만 궁극적으로는 현실의 문제내지는 가까운 미래의 일을 말하고자 한다. 물론 신문처럼 원인 분석, 문제점, 영향, 대안 등을 구체적으로 제시하지는 않지만 여러 문학적 장치를 통해 말하고자 하는 지향점은 분명히 있다.

둘째로 신문이 갖고 있는 현재 진행성이다. 신문은 어제의 일을 보여주지 않는다. 빠르게 변하는 세상의 모습을 보여주어야 하기 때문에 하루에 한 번 세상 소식을 전한다. 그러므로 어제의 일을 쓴다면 그것은 신문이 아니고 구문이 된다. 문학적 글쓰기는 신문보다 진행의 속도가 느리다. 주로 개인이 생각하고 쓰고 활자해 나오기 때문에 시간이 걸린다. 그렇다고 해서 구문이라 하지는 않는다. 좋은 문학적 글쓰기는 고전이라 말한다. 오래 전에 쓴 문학적 글쓰기가 현재도 살아서 목소리를 내고 있다. 그 핵심은 단순한 사실(fact)의 전달이냐, 아니면 그 사실을 더 발전시켜 구체적으로 형상화하느냐의 차이점일 뿐이다. 이렇게 볼 때 신문 콘텐츠의 현재 진행성은 문학적 글쓰기의 현실 인

식과 함께 앞에서 말한 사람 사이의 관계를 보여주는 인간학과 그것이
왜 생기고 앞으로 어떻게 변할지를 예측 가능하게 하는 사회학의 측면
으로도 볼 수 있다. 문학은 '현실 인식'에서 비롯되어야 하는데 신문에
실린 정보만큼 현실적인 문제는 없다. 사실인 인간사를 허구인 문학적
글쓰기로 접목해 볼 수 있는 이유가 여기에 있다.

　셋째는 일상성이다. 신문은 대부분 모든 사람들이 접할 수 있는 다
양한 영역의 사실이 실린다. 또 성별, 계급, 인종, 나라 등 다양한 사건
과 사람의 목소리가 실린다. 국제나 정치 문제 등 현안들이 실리고 과
거에 있었던 사건이 현재 우리에게 어떤 영향을 주는지도 나온다. 변
화된 가치를 반영하는 애정 관련기사도 그 중 하나이다. 전통적인 가
족제도부터 시작해 결혼, 육아, 싱, 이혼, 정체성 찾기 등을 포함해 새
로운 가치관의 개념이나 형태는 끊임없이 변하고 있다. 문학적 글쓰기
는 공상 과학도 다루지만 일상적으로 사회 제도와 구성원에게 존재하
는 일상적인 문제를 형상화한다. 이는 가치관의 변화나 인식의 추구를
알게 하고 문학의 소재하고도 밀접한 관련이 있다.

　신문 콘텐츠의 요소인 기사·사진·광고·만화·시각자료의 특
징을 간략히 살필 필요가 있다. 이는 신문이 지닌 오보나 오독의 가능
성을 알려줌으로써 보다 객관적인 시각으로 신문 콘텐츠와 문학적 글
쓰기를 비교하기 위함이다.

1) 신문의 구성과 특징

(1) 편집의 의미

　위에서 살펴본 바대로 신문은 사실에 근거한 창작에 가깝다. 삶의
현실과 신문이 그려낸 현실 사이에는 분명 차이가 있다. 문제는 우리

가 알고 있는 현실이 대부분 언론에 의해 그려진 현실이라는 점이다. 세계화, 정보화와 함께 세계 곳곳의 사건들을 언론 매체를 통해 앉아서 볼 수 있지만 간접경험의 한계를 벗어날 수 없다. 이것이 바로 편집의 한계이다.

우리가 흔히 부르는 편집이란 삶의 현실이 신문에 실리기까지 거치게 되는 모든 과정을 의미한다. 이는 다시 '넓은 의미의 편집'과 '좁은 의미의 편집'으로 나눈다.[2] '넓은 의미의 편집'은 신문의 방향을 결정하는 것이다. 어떤 사건을 어느 시각에서 바라보고 어는 정도의 크기로 어느 면에 실을 것인가, 제목은 어디에 초점을 맞추고 해설이나 분석기사의 논조를 어떻게 할 것인가, 기사 관련자들의 이해가 엇갈릴 때 어느 편에서 기사를 다룰 것인가, 아니면 중립적인 태도를 취할 것인가 등을 결정하는 일이다. '좁은 의미의 편집'은 '넓은 의미의 편집'에서 결정된 제작방향대로 신문을 만드는 과정이다. 좁은 의미의 편집을 '메이크업'(make－up)이라 부르는데 이 말은 본디 여자와 배우의 화장·분장을 의미하는데 이 단어가 허구, 즉 '거짓 꾸밈'이라는 뜻도 포함한다.

(2) 신문의 구성 요소

① 기사

신문에는 매일 새로운 소식이 실린다. 이것이 뉴스다. 뉴스는 "매체 종사자인 기자가 사회적으로 중요한 사안이나 사건을 또는 인간적 감성에 소구되는 사안이나 사건을 선택하여 독자들의 주목을 끌거나 흥미를 유발시키도록 구성하여 제시하는 것"이라고 하겠다. 그러므로

---

2) 한국언론재단 엮음, 『멋진 편집, 좋은 신문』, 한울 아카데미, 2001, p. 31.

뉴스란 사회적 사건이나 사안에 관한 것이며 선택되며 재구성되는 것이다. 이 뉴스를 지면에 활자로 인쇄하여 신문에 싣는 것이 기사다. 결국 뉴스는 발생한 사건을 그대로 알려주는 것(현실의 반영; reflection of reality)이 아니라 숨겨진 사건을 찾아 새롭게 만들어내는 것(재구성된 생산물; reconstructed reality)이다.[3] 이때 편집자의 가치관을 포함한 다른 요소가 들어가고 그것에 따라 게재여부를 결정하는데 바로 이 기준을 뉴스 밸류라 한다.

뉴스 밸류(news value)는 시의성(timeliness), 근접성(prox－imity), 저명성(prominence), 영향성, 신기성, 인간성, 사회성, 기록성, 국제성, 인간적 흥미(human interest)등으로 나눌 수 있다. 다른 요소도 그렇지만 여기에서 본고와 상관성이 많은 것이 인간적 흥미이다. 인간적 흥미란 인간에게 일으키는 감정적 반응을 말한다. '인간에게 흥미를 주는 뉴스'와 '인간의 생활을 다루고 있기 때문에 재미있는 뉴스'[4]로 분류할 수 있다. 물론 모든 뉴스는 정도의 차이가 있지만 개인적인 관여감을 느끼면서 흥미를 갖게 되는데 보다 순수한 인간적 흥미가 있는 뉴스는 개인의 정서적 감정이나 경험에 더 강력하게 호소되기 마련이다. 여기에 다른 외적인 요소들이 가미되면서 그 흥미가 더하게 되고 생각의 틀이 마련되면서 하나의 주의나 주장을 형성하게 된다.

② 사진

보도사진이란 뉴스 밸류에 치중되지 않고 사회적인 현상이나 자연현상의 단면 등을 테마로 설정, 그것의 이미지를 정확하고 객관적인 영상으로 기록, 표현해서 일반대중에게 알리는 것을 말한다.[5] 현장을

---

3) 한국언론재단 엮음, 위의 책, p. 65.
4) 한국언론재단 엮음, 위의 책, p. 88.

생생하고 거짓 없이 증언하는 무언의 영상물로 대중에게 강한 사실적 충격을 준다. 글로 표현된 것은 믿지 않아도 사진으로 보여주는 현장은 의심하지 않고 받아들인다. 그러나 보도사진에서 변하지 않는 한 가지 신조는 '사실을 있는 그대로 전달하는 것을 근본으로 하고 주관적이거나 허식이나 과장이 있어서는 안 된다는 것이다.'6)

보도 사진에서 중요한 것은 이미지와 함께 메시지를 전달해야 한다는 것이다. 기사로 표현할 수 없는 극적인 순간이나 현장의 움직임 등의 살아있는 표현이 담겨야 한다는 말이다. 전쟁의 참혹함을 전달하는 기사는 말로 아무리 길게 써도 감동이 별로 없다. 그러나 그 참혹한 현장, 현장 속의 참혹한 인물을 중점으로 찍어 실으면 말을 하지 않아도 전쟁의 무용론이나 평화의 중요성을 깨닫게 된다. 가족의 의미를 전달하고 싶을 땐 4대가 함께 사는 사진이나 어울려 있는 모습의 사진을 실으면 다른 설명이 없어도 독자는 충분히 그 의미를 이해한다.

그러나 보도되는 사진에 대한 신뢰성의 문제에 대한 논의는 늘 있어왔다. 신문에 사진이 게재되면 독자들은 활자화된 기사보다 한 장의 보도사진이 더 객관적이고 사실적이며 진실하다고 믿는다.7) 실제로 기사가 주는 표현력보다 사진이 주는 재현력이 더 객관적이고 사실성이나 기록성면에서도 탁월하다. 이처럼 사진은 구체적이고 사실적인 현실재현 수단으로써 독보적인 기능을 갖고 있다.

그러나 기사가 편집 과정에서 진실이 오도 축소되는 것과 마찬가지로 사진도 편집과정에서 진실이 왜곡 축소된다. 이를 트리밍(triming)

---

5) 구자호, 「신문사진의 신뢰성에 관한 연구」, 『언론연구논집』 21집, 중앙대학교 신문방송대학원, 1996, p. 56.

6) 박재건 외, 『사진 용어사전』, 미진사, 1995, p. 342.

7) 유재천, 「보도사진과 사진기자의 기능」, 『사진기자회보』 12호, 한국사진기자회, 1986, p. 32.

이라 한다. 사실을 재현하는 사람의 취재각도에 따라 사진 내용을 임의로 표현할 수 있다. 그럼에도 불구하고 신문사진은 현실인식을 전달하는데 효과적인 수단임은 분명하다. 보도사진은 뉴스를 문자대신 사진으로 기록한 현실인식의 매개물이다. 이런 기록성은 곧 역사의 기록이기에 큰 의미가 있다. 과거부터 현재까지 전달할 수 있는 크고 작은 사건들을 다양한 영역에서 기록하고 연속성을 갖는다. 이 연속성은 한 가지 사건에 대한 전체적인 흐름을 좇아 시대별, 계급별, 인종별 등에 따라 인식의 변화가 어떻게 되어왔는지를 한 눈에 파악하도록 하는 역사성을 제공한다.

③ 만화 및 시각자료

시사만화는 시대정신을 반영한다. 사회의 비판기능을 촌철살인의 미학으로 표현한다. 과장과 생략을 통한 풍자와 위트로 독자에게 공감과 웃음을 준다. 독자는 만화가의 의도를 파악하는 과정에서 그 안에 담긴 저항적 의미를 알아내고 즐거워한다. 상식을 뛰어넘은 상황 설정, 일그러진 권력자의 모습이나 사회 현실을 보며 웃고, 자신이 만들어낸 저항적 의미를 생각하며 즐거움을 느낀다. 만화는 '의도적으로 단순화되고 과장된 그림'이다. 작가 자신의 생각대로 생략 변형 과장을 통해 대상을 묘사하는 것이 특징이다. 의도적으로 단순화되고 과장된 그림이 만화가 되려면 그린 사람의 비판이나 공감 등 정서가 들어가야 한다. 또 현실성 있는 이야기가 담겨야 한다. 만화는 '그 안에 하나의 완성된 생각을 갖고 있는 그림'이다. 말 주머니 속의 글을 만화에 등장하는 인물들의 이야기로 '들을 수' 있다.8) 이처럼 시사만화는 쟁점

---

8) 이태종,『NIE 원론』Ⅰ, 도서출판 통키, 2006, p. 114－115.

이 되는 사안들을 압축미와 풍자미로 보여주는 시사성이 강하다.

시각자료는 보는 즐거움을 더해준다. 시작자료를 잘 활용하면 정보의 이해력을 높이고 독자의 시선을 끌어들임으로써 메시지를 더 효과적으로 전달하는데 도움이 된다.

④ 광고

광고는 광고주가 소비자를 대상으로 광고 목적을 달성하기 위해 하는 제품 서비스 아이디어(사고, 방침, 의견 등)에 관한 정보 전달 활동이다. 즉 광고주는 제품을 홍보하는 장으로, 소비자는 제품의 정보를 아는 장으로 이용하는 게 광고다. 산업사회의 변화는 국민의 소득수준과 소비수준의 변화와 향상을 가져왔고 대중들의 기호도 달라지게 했다. 신문이 갖고 있는 신뢰성을 바탕으로 제품에 대한 홍보를 하기 때문에 다른 매체에 비해 영향력과 설득력이 뛰어나다.

광고는 오히려 뉴스보다 시대를 더 많이, 빠르게 반영한다. 그만큼 트랜드를 선도한다는 얘기다. 예를 들어 추석이 다가오면 최소한 2－3주 전부터 추석선물에 대한 광고가 나오기 시작한다. 상품권, 효도 상품, 제수 용품 등 다양한 상품 광고가 지면에 실린다. 때문에 광고는 정보다. 광고는 우리 사회에서 인간과 사물간의 관계를 매개한다. 그리고 상품은 문화의 범주를 가시적이고 안정되게 만드는 의미의 전달자이다. 이 때문에 상품과 인간은 피할 수 없이 얽혀져 있고, 서로서로가 상대에 의해 매개되어 있다. 소비사회에서는 광고에 의해 수행되는 이런 개인 대 사물관계가 매개되는 부가적 단계가 있다.[9] 이는 광고가 사람과 사물, 사회에 대해 매개적 역할을 한다는 것을 의미한다.

---

9) 김명혜 · 김훈순 · 유선영 공저, 『성 · 미디어 · 문화』, 나남출판, 1994, p. 333.

2. 문학적 글쓰기의 특징

문학과 인간학을 결합시킨 볼프강 이저는 "문학은 인간의 조형성을 보여주는 거울"이라는 테제에서 출발한다고 지적했다. 그러나 단순하게 있는 그대로의 모습을 보여주는 것이 아니고 문학의 구성 요소인 허구적인 것(das Fiktive)과 상상적인 것(das Imaginaere)이 들어가야 한다.[10]

또한 어느 특정한 시대에 나온 문학은 그 시대의 역사적 · 사회적 상황의 현실에서 비롯된 것이라는 데에 관심을 두고, 문학 작품과 그 작품에서 반영된 사회와의 관계에 관심을 갖는 문학 사회학이 있다. 골드만은 사회구조와 소설구조 사이에는 '동질성'이 있고 그렇기 때문에 소설의 구조 분석을 통해서 사회의 구조 분석에 도달할 수 있으며 동시에 소설구조를 사회구조에 대조시켜 봄으로써 소설의 발생론적 의미화가 가능하게 된다고 했다.[11]

문학의 본질은 쾌락으로서의 효용가치, 함축적인 형상화, 역사성과 사회성, 보편적인 삶과 정서화된 사상, 허구의 세계를 들 수 있다. 글쓰기는 생각이나 사실을 쓰는 행위를 말한다. 그러나 작문과는 다르다. '작문'은 문체와 중심 개념이며, '글쓰기'는 내용 중심적이자 동시에 사고의 논리적 참신성과 구조적 조직화에 주목한 용어다.[12] 좋은 글은 글쓴이의 생각이나 느낌이 잘 드러나 독자에게 효과적으로 전달된 글이다. 문학과 글쓰기를 연결해 문학적 글쓰기를 할 때는 이 둘의 본질과 요소를 잘 구성해야 한다고 볼 수 있다.

---

10) 한국문학평론가협회 편, 『문학비평용어사전』상, 국학자료원, 2006, p. 679.
11) 한국문학평론가협회 편, 위의 책, p. 682 − 3.
12) 한국문학평론가협회 편, 위의 책, p. 324.

그렇다면 문학적 글쓰기에 신문이란 매체의 상관성은 무엇인가. 모든 학문의 기초는 문자를 읽고 쓰고 생각하는 데서 출발한다. 그 학문이 지금까지 존재해 있고 앞으로 기록으로 남을 것도 역시 문자를 통해서이다. 신문에 실린 정보는 기사, 사진, 광고, 만화나 그래픽 등 여러 요소가 있지만 문자 위주로 담겨 있으며 그 정보 또한 TV 뉴스를 포함한 다른 매체보다 정제돼 신뢰도가 높다. 문학적 글쓰기 역시 마찬가지로 문자로 되어 있으며 활자로 형상화하지 않으면 독자에게 전달되지 않으므로 정보의 가치가 없다. 즉 신문 콘텐츠와 문학적 글쓰기는 '독자 없이' 이들의 존재란 무의미하며 인쇄된 그 자체로서 존재하는 것이 아니라 독자에게 읽혀지는 가운데 생명성을 갖게 된다는 의미를 지닌다.

문학의 허구적 구성과 신문의 편집도 상관성이 있다. 신문은 지면으로 모자이크식 배치를 통해 다양한 사람들의 관여를 표현한다고 했고, 책(문학)은 지면의 배치로 작가의 사적인 고백을 표현했다고 밝혔다. 그 과정에서 진실이 아닌 사실이 들어가고 사실을 창작으로 재생산하는 것은 표현의 차이일 뿐 본질적으로 같다. 여기에는 편집하는 사람과 창작하는 사람의 가치관, 환경, 교육 수준, 삶의 정도 등 여러 요소가 관여한다. 그래서 어떻게 보면 편집도 형태와 본질이 다르긴 하지만 내용적으로 보면 창작에 가까이 갈 수 있다.

주제와 소재 면을 보면 신문 기사는 사실을 보여준다. 이는 소재에 해당된다. 작가는 문학적 글쓰기로 이 소재를 주제로 형상화 할 수 있다. 그 속에는 당연히 문학이 가져야 할 효용가치, 시대가 요구하는 역사성, 특수한 누구가 아닌 일반적인 사람들의 보편적인 삶이 들어가 있다. 즉 문학이 말하는 일상성이 녹아 있는 것이다. '신문 소재가 된다(행동)'는 '진실을 실증한다(창작)'와 마찬가지로 '행동과 창작' 혹은 '만들어진 것'이며 그 소재는 사회의 모든 것이다. 모자이크적 수단에 의하여 신문은 사회 전체의 이미지, 혹은 그 단면도가 된다.[13] 이렇듯 신문 속 기사와 문학 속 소재는 행동/창작의 관계로 이어진다. 또 신문은 갖가지 사적인 견해를 허용하는 반면 문학은 그런 견해를 허용하지 않기 때문에 더 비교 대상으로서의 가치가 있다고 본다.

---

13) Herbert Marshall McLuhan, 앞의 책, p. 243.

Ⅲ. 신문 콘텐츠와 현대 소설의 결혼관

1. 신문 콘텐츠와 현대 소설의 결혼 유형

인류에게 있어 최초의 결혼은 구약의 창세기에 나오는 아담과 이브의 결합이다. 하나님이 육지와 바다, 하늘에 존재하는 모든 생물들을 만들고 여섯 째 날에 아담과 이브를 만들어 부부가 되게 하였다. 혼인은 원시시대 관습에서 발생한 것으로 보인다. 원시시대는 남녀가 공동으로 생활하고 공동의 자손을 갖는 차원이었다가 질서를 유지하기 위한 관습이 법으로 고착화하게 된다.

결혼이란 적절한 연령(우리나라는 법적으로 남자 만 18세 이상, 여자 만 16세 이상)에 도달한 두 남녀가 자유의사를 가지고 상대적으로 지속적인 기간 동안 정서적, 성적, 사회적, 경제적으로 결합함을 의미한다. 따라서 결혼을 한 두 사람은 비교적 영속적인 기간 동안 서로 애정과 친밀감을 나누고 성욕 충족과 함께 가계를 계승하며 사회의 기본 단위인 가족을 구성하여 자원을 공유하고 노동력을 재생산하게 된다.[1]

원시시대나 조선시대와는 다르게 현대인은 일반적으로 결혼에는

---

1) 정현숙 · 유계숙 · 최연실,『결혼학』, 도서출판 신정, 2003, p. 27.

사랑이 전제된다고 믿는다. 두 사람이 사랑에 빠져 낭만적인 연애를 하고 결혼에 이르는 것이다. 사람들에게 결혼은 서로에 대한 애정의 표현이며 자신이 선택한 사람과 인생을 공유하는 동반의 관계를 유지한다는 의미도 갖고 있다. 그리고 삶의 공유와 안정적이고 영원한 관계에 대한 기대 등을 모두 함축하기 위한 공적인 표현으로써 결혼에 이른다고 말할 수 있다. 결혼을 한 두 사람은 서로 성적인 욕구를 충족시킬 수 있는 권리를 사회적으로 인정받지만 결혼은 분명 성적 욕구 이상의 무엇이 있는 것이다.

결혼을 함과 동시에 남자와 여자는 남편과 아내가 되고 서로의 일영역은 지금껏 인습된 제도에 의해 무의식적으로 분담된다. 남자는 밖에서 일을 해 가족을 부양해야 하고 여자는 집 안에서 육아와 가사를 책임지게 된다. 생물학적인 성의 '차이'가 본격적인 성의 '차별'로 되는 시기가 이때부터이다. 실제로 임신, 수유, 출산을 제외하면 여성만이 혹은 남성만이 할 수 있거나 해야 하는 일이 없는데도 불구하고 사회 규범화로 정당화되어 일이 나눠진다.

이런 결혼은 여성은 가정, 남성은 일이라는 고정관념을 낳아 자연스럽게 자신들의 결혼관을 형성하는데 당연히 영향을 미친다. 여성의 주된 영역은 가정이고 아내와 어머니의 역할을 잘하는 것만이 미덕이며 그런 여자를 현모양처라 부른다. 남성의 세계는 사회라는 밖이고 일 잘하는 남자가 남자다운 남자라고 한다. 그러니 가정에서의 남성 역할은 부수적인 것이고 여성은 자신의 일보다는 결혼에서 더 성취감을 갖는다. 또한 많은 여성이 자신의 정체성을 갖고 자신의 삶을 주체적으로 살아가기보다는 결혼을 통해 남편으로부터 반사적인 경제적 이익을 얻거나, 신분 상승을 꿈꾸는 '신데렐라 콤플렉스'에 빠지기도 한다.

문제는 이런 유형의 삶에 대한 문제점을 본인이 거의 의식하지 못하고 지낸다는데 있다. 결혼관은 개인적인 문제여서 배우자 선택이나 결혼에의 기대 혹은 바람직한 남녀관계에 관한 견해가 다르다. 그러나 개인의 주관적 판단이나 신념, 가치관에 따른 것이라 생각하여 결혼관이 형성되는 과정에 사회적인 조건에서 파생된 성차별이데올로기가 작용한다는 것을 간과하기 쉽다.[2] 자본이 사회를 지배하던 산업혁명 후 여성은 가정, 남성은 일의 세계라는 성별분업이 더욱 가시화되고[3] 여성에게 결혼이란 자신의 영역과 지위를 부여해주는 중요 관심사가 된다. 결혼하지 않은 여성은 사람구실도 제대로 하지 못하는 무언가 부족한 아웃사이더고 열등한 존재로 여기는 사회풍토[4]에 의해 결혼은 여성에게 인생의 목표가 된다.

결혼은 사회적 계약이다. 그에 앞서 남자와 여자의 계약이기도 하다. 또한 여성이 자신보다 더 조건이 좋은 남성과의 계약에 의해 신분상승을 도모하는 수단으로 이용된다. 현대 젊은 남녀는 '사랑과 배우자는 별개'라며 조건을 따진다. 그와 함께 전통적으로 물질 등 조건을 배제하고 사람이 우선이고 정신적 측면이 강조되던 결혼관은 이제 쇠되히고 만다.

---

2) 권오주,「결혼관에 나타난 결혼이데올로기 연구」, 서울대학교 소비자아동학과 석사논문, 1989, p. 3.

3) Elie Zarestsky, *Capitalism, the family and personal life*, 김정희 옮김,『자본주의와 가족제도』, 한마당, 1983, p. 75.

4) 한혜경,「한국도시주부의 정신적 갈등의 사회적 요인에 관한 연구」, 이화여자대학교 대학원 석사학위논문, 1985, p. 10.

1) 신분상승욕구와 신데렐라 콤플렉스

(1) 교환경제로서의 사랑

① 환경으로 선택한 경제력

신세대의 결혼 공식은 매우 다양하다. 사랑 우선의 순수파, 조건 우선의 실속파, 성격·건강 중시의 바른 생활파, 경제 미모 중시의 좋은 생활파 등이 있다. 이와 함께 두드러지는 것은 '사랑과 결혼은 별개'라는 가치관의 확산이다. 사랑은 사랑이고 결혼은 결혼에 적합한 사람과 한다. 여기서 '결혼에 적합한 사람'은 드러내놓고 말하진 않지만 사회·경제적 조건이라고 볼 수 있다.[5]

사회경제적 조건이 갖춰진 상태에서 여자가 중시하는 신랑감의 조건은 직업과 장래성이다. 판사, 검사, 의사, 박사 등 '사'자 돌림도 인기가 좋지만 새롭게 평가받는 직장은 자유 전문직이다. 시간 자유롭고 직장 그만두어도 어디서든 먹고 살 수 있는 컴퓨터 관련 직종, 설계사 등이 환영받는다.

양귀자의 『모순』[6]은 20대 여성이 현실인 경제력과 사랑이란 이상 앞에서 결국 현실의 경제력을 선택하는 90년대 신세대식 결혼관을 보여주는 소설로 결혼의 절대적 조건이 사회적 신분보다 남성의 경제력임을 표방한다. 소위 결혼 적령기인[7] 25살의 '나' 안진진은 어느 날 아침 문득, "내 인생에 나의 온 생애를 다 걸어야만 한다"고 맹세한다. 내

---

5) 동아일보, 1993, 6, 20, 9면 (부록 표1).

6) 양귀자, 『모순』, 살림출판사, 1998. 이하 면수만 표시하기로 함.

7) 1997년 통계청의 '장래 인구 추계 결과'에 따르면 1995년 주 결혼 연령층이 남자는 26－30세, 여자는 23－27로 나와 있다. 70년－85년은 남자가 25－29세, 여자가 20－24세 인 것에 비하면 상당히 낮아졌다. 그와 함께 결혼 연령층 성비도 불균형을 나타난 것으로 집계됐다. 조선일보, 1997, 1, 9, 1.

인생은 결혼이고 그 결혼에 자신의 나머지 생애를 걸겠다는 것이다. 그것은 절실한 요구였고 절대 절명의 집념이었다.

그녀가 이렇게 부르짖은 이유는 살면서 돈이 얼마나 필요한지를 알기 때문이다. 그래서 사람들이 진지한 얼굴로 "중요한 것은 돈이 아니야"라고 말하는 것을 믿지 않는다. 중요한 것은 결국 '돈'이라는 사실을 세상 사람들은 알고 있다고 생각한다. 그리고 그것을 이룰 무기로 나는 '이십대의 젊음'을 내세운다. 사랑하지도 않으면서 한 사람을 선택해 자신의 삶의 부피를 줄여 줄 만한 사람을 찾고 있다. 남동생 진모도 재벌의 친척인 여자를 만나며 경제력과 신분상승을 기대한다.

이런 생각의 기저에는 어머니와 이모의 대비된 삶이 있다. 어머니와 이모는 일란성 쌍둥이로 태어났다. 성장과정은 차이가 없었지만 두 삶의 차이를 만든 것이 결혼이었고 그 절대적 조건은 남편들의 경제력이었다.

> 어머니와 이모는 결혼과 동시에 비로소 두 사람으로 나뉘었다. 두 사람으로 나뉘자마자 이들의 삶은 급격히 달라지기 시작했다. 한 사람은 세상의 행복이란 행복은 모두 차지하는 것으로, 나머지 한 사람은 대신 세상의 모든 불행을 다 소유하는 것으로 신에게 약속이나 받았던 듯이 그렇게 달라졌다. 안타깝게도 나는 불행을 짊어진 쪽으로 편입되어 이 세상에 태어났다. (18)

어머니와 이모의 삶이 그녀의 결혼관에 영향을 주었음은 당연하다. 아버지는 술주정뱅이에 폭력을 행사하며 가정을 돌보지 않는 사람이다. 이모부는 좀 심심하지만 따뜻하고 매사 정확한 능력 있는 건축사이다. 그런 안진진에게 김장우와 나영규란 남자가 다가온다. 나영규는 빈틈없이 계획적이고 장래성도 있으며 치명적인 결함이 없다는 것이 결함인 남자다. 김장우는 자신의 생각을 쉽게 드러내지 않는 가난한 사진작가이다. 이와 연관한 신문 자표로 <표1>을 참고하면 '직장없는 애인과는 결혼할 수 없다'는 대답이 64%나 된다. 실제로 그런 이유로 결별한 경우도 37%로 나온다. 이를 볼 때 나는 현재에 충실한 결혼관을 갖고 있다. 둘을 재면서 어느 쪽이 더 나에게 이익인지를 손익계산서를 따져본다. 한 번 빠지면 쉽게 물릴 수도 벗어날 수도 없는 계약이다. 거기에 이미 사랑이나 결혼의 '순수성'은 사라지고 '돈'과 '물질'만 남는다.

<표1> 중앙일보, 2005, 3, 16, E13

"직장없는 애인과 결혼 못해" 23%

구직자 10명 중 6명 이상은 취업을 결혼의 선결요건으로 생각하는 것으로 나타났다. 15일 취업포털 잡링크에 따르면 최근 남녀 구직자 2583명을 대상으로 설문조사한 결과 미취업 상태의 애인이 청혼할 경우 '가차없이 거절한다'는 응답이 23.4%, '취업한 후 결혼하자고 설득한다'는 답변이 40.8%로 조사됐다. 반면 '내가 벌면 된다는 생각으로 결혼한다'는 18.9%, '부모에게 도움을 요청한다'는 14.6%에 그쳤다. 또 자신이나 애인중 어느 한 쪽이 1년 이상 미취업 또는 실직 상태일 경우에 대해 64.1%가 '결별을 고려하겠다'고 답했다. 실제로 미취업이나 실직을 이유로 연인과 헤어진 경험이 있다는 응답이 37.6%에 달했다.

나는 마치 마지막 도박판에서 전 재산을 다 건 노름꾼처럼 굴고 있는 것이다. 전부를 잃느냐, 아니면 전부를 얻느냐의 게임. 그러나 다 잃더라도 다음날이면 어딘가에서 다시 도박판을 벌이고 있을 노회한 노름꾼(144-5)

자신이 노력해 무엇인가를 얻기보다는 편안한 무직의 '평생직장'을 얻기 위해 능력 있는 '평생직장인'에게서 바란다. 그래서 전 생을 건 '노름'을 한다. 남녀가 만나서 결합하기까지는 '좋아해요', '사랑해요', 결국 참지 못해 '우리 결혼해요'가 나오는 과정을 밟는 것이 일반적이다. 그러나 이런 과정은 무시되고 결혼이란 목적만이 남는다. 그래서 그녀는 처음부터 자신의 기대치를 충족시켜줄 남자를 골랐고 그런 결혼의 대가를 치를 준비가 되어 있다. 결혼이 여자에게 '이십 년 징역'이고 남자에게는 '집행 유예'같은 것이기 때문에 할 수 있으면 형량을 가볍게 하고 싶어 한다.

소설 곳곳에는 '선택'이란 말이 많이 나온다. 인간존재는 근본적이고 영속적인 선택하기이다. 모든 선택에서 우리는 죄의식을 느끼는데 그것은 우리 자신의 존재에 대한 책임감을 깨닫는 것에 다름 아니다.[8] 결혼은 선택이다. 남자도 선택하고 자신도 선택당하면서 목표를 향해 간다. 그 선택에 대한 대가는 혹독하고 반드시 치러야 한다. 남편이 때리든, 도박을 해서 재산을 날리든 그것은 내가 선택한 것에 대한 '비싼 세금'이다. 때문에 "사랑은 붉은 신호등이다. 켜지기만 하면 무소선 멈춰야 하는, 위험을 예고하면서 동시에 안전도 예고하는 붉은 신호등"이 바로 사랑이다.(191) 경제력으로 안정적인 사람을 선택하면 안락하고 우아하게 살 수 있지만 무능한 남자를 선택하면 위험한 삶을 살아야 하기 때문이다.

안정적인 삶을 선택한 이모는 그것이 자신의 삶을 지리멸렬하게 만들어 '목숨'을 내놓는 대가를 지불한다. 엄마는 경제적으로 어려운 삶을 선택한 대가로 생기를 갖고 매일매일 살 이유를 만들어간다. 나는

---

8) Stephen Kern, *The Cuiture of Love*, 임재서 역, 『사랑의 문화사』, 말글 빛냄, 2006, p. 559.

죽는 일보다 안락한 삶이 훨씬 더 용기가 필요하다는 이모의 가르침에
도 불구하고, 나영규 보다는 김장우를 사랑하고 있음에도 나에게 없었
던 것을 선택한다. 비록 그것이 '무덤 속 같은 평온'이라 해도 나에게
손해날 것이 없기 때문이다. 기사를 통해 본 것처럼 주인공은 경제적
으로 능력 있는 남자를 선택한다. 그러나 기사는 통계를 통해 사회 구
성원들의 가치관을 보여주고 있지만 문학적 글쓰기에서는 얼마나 많
은 여성들이 그런 인식을 하고 있는지는 제시되어 있지 않다.

② 의지로 선택한 경제력

2000년대 들어서면 그 조건은 남녀에게 노골적으로 드러나 아예 조
건 같지 않은 조건처럼 되어버린다. 중앙일보에서 미혼남녀 1만 7000
명에게 '배우자 찾는 방식'을 설문조사한 결과 만남서 결혼까지 이르
는 중에 가장 따지는 것이 학력·돈·용모임이 드러났다. 자신보다
학력이 떨어지는 배우자감은 아예 만남 자체를 기피하고 있는 것으로
특히 학력의 양극화·계층화 현상이 뚜렷하다.[9] 결혼을 통한 사회 계
층화가 빠르게 진행되고 있음을 의미한다.

이만교의 『결혼은, 미친 짓이다』 결혼문화의 물질화를 냉소적으로
비판하고 공격하는 작품이다.[10] 또한 위에서 제시한 취업 조건과 애인
의 상관관계에서도 잘 맞는다. 재산유무의 경제적인 조건으로 모든 결
혼상대를 재는 결혼시장의 풍속, 연애의 기술 속에 숨겨둔 물신화된
기호들 등이 그럴듯하게 포장돼 자신의 욕망을 숨긴다. 자본주의 사회
에서는 결혼마저도 계층끼리의 물물교환 의식에 해당된다. 결혼을 전
제로 한 모든 만남은, 그래서 물질적인 조건에 의해 계산되고 연출된

---

9) 중앙일보, 2005, 7, 22, 1면 (부록 표2).

10) 이만교, 『결혼은, 미친 짓이다』, 민음사, 2000. 이하 면수만 표시하기로 함.

다. 나와 처음 만난 그녀는 대놓고 서른일곱 번째 혹은 서른여덟 번째
맞선 나온 여자처럼 굴고 말한다.

> 그녀는 그 밖에도 월수입이 얼마나 되는지, 형제가 몇이며 결
> 혼을 한다면 가족계획은 어떻게 할 것 인지 따위를 빠르게 처리
> 해야 하는 사무처럼 딱딱한 어조로 물었다. 그녀가 스스로를 착
> 하지 않다고 말한 속뜻이 이해되었다. 서른일곱 번째 혹은 서른
> 여덟 번째 맞선 나온 여자처럼 굴고 있었다.(59)

이런 젊은 남녀의 가치관 형성은 개인의 취향이나 특성에서 온 것이
아니라고 말한다. 사람들은 거의 같은 취향을 저마다 반복해서 똑같은
뉴스, 연속극과 유머 시리즈, 엇비슷한 카페와 음악, 베스트셀러와 화
제가 되고 있는 영화들까지 비슷해서 체인점에 들어가 앉아 있는 형태
이다. 개성이란 각각의 사소한 차이점들의 조합에 불과하고 그 조합은
거의 무한에 가까우므로 모든 사람들이 결국은 미세하게나마 서로 다
른 것이기 때문에 결국 배우자를 선택할 때 가장 중시되는 것은 돈이
다. 우리나리 같은 경제 구조에서 가장 언기 어려운 것이 돈이기 때문
이라고 밀한다. 그래시 맞선 시장에 니가 지신을 상품처럼 내놓으며
"어떤 남자"랑 결혼하는 것이 아니고 "어떤 조건"을 찾는다. 자신에게
유리한 흥정을 위해 열심히 "대차대조표"(169)를 낸다.

> 그녀가 말했다.
> 「선 봤어」
> 「아하」 나는 상황을 이해했다. 「어떤 사람이야?」
> 「의사야. 형제가 모두 의사래」
> 휘파람을 날리고 나서 말했다.
> 「나이스 히트! 드디어 찾았군」

「그런데, 좀 못생겼어」
「안성맞춤이군」
「왜?」
「원래 옷을 고를 때는」 담배 연기 속으로 한숨을 집어넣고 나
서 말했다. 「마음에 드는 물건일수록 오래 들여다보아야 해. 흠
집이 없기를 바래서가 아니라 찾기 위해서지. 흥정할 때 유리해
지거든」 (150 － 151)

주인공 준영은 결혼을 물건 사는 일에 빗대어 말함으로써 자신의 감
정을 드러낸다. 연희의 세속적인 결혼관에 비판적인 시선을 전달하지
만 그렇게 당당해 보이지 않는다. 자신은 '독신으로 살고 싶어 하는 신
세대적 자유주의'를 갈구하지만 그는 자신이 결혼시장에서 '상품성'
이 없음을 알고 있다. 선본 남자들을 평가해달라는 연희에게 "일단 나
를 비롯해서(…)가난한 자식들은 빼!"(170면)라고 말한다. 그러면서
"사랑은 세상에서 신축성이 가장 뛰어난 고무줄일 뿐"(187면)이라며
자조한다. 사람들은 결혼에 환상을 갖고 있다. 영원히 배우자만 사랑
하고 사랑받을 것 같은 낭만적 환상, 결혼하면 훨씬 안락한 삶을 누릴
것 같은 사회 경제적 환상, 그러나 결혼은 환상이 아니고 현실이다. 낭
만적 사랑의 환상을 포기한 남녀는 결국 경제적 조건을 선택한다. 준
영이 냉소적으로 결혼에 대해 이렇게 말한 것은 경제적 조건에 좌우되
는 결혼제도 자체를 비판하는 것이 아니라 가난한 대학 강사인 자신이
결혼시장에서 상품성을 인정받지 못함에 있다.

반면 연희는 재력과 미모를 갖춘 '상품성'있는 신부감이다. 그녀는
누구나 부러워할만한 경제적 조건을 채울 수 있는 의사 남편을 골랐
고, 성적 취향을 만족시켜줄 준영과 비밀스런 동거 아닌 동거도 한다.
이런 연희의 '사랑'과 '결혼'의 이분화 된 생활은 물질화되고 세속화

된 결혼제도의 문제점을 보여줌과 동시에 그 문제점을 해결할 수 있는, 그러나 도덕적으로 문제가 되는 새로운 대안이기도 하다.[11] 연희는 이런 이분화 된 삶에 대해 당당하게 변명만 함으로써 준영과 다른 관점에서 결혼제도를 말한다.

> 날이 갈수록 아무런 죄책감도 느껴지지가 않아. 그냥 언젠가 네가 말한 것처럼 두 개의 드라마에 겹치기 출연을 하고 있는 것 같을 뿐이야. 그래서 남들보다 약간 바쁘게 살아가는 듯한 느낌 이야. (271면)

사랑은 원래 은밀하고 미묘하기 때문에 남녀 두 사람 마음의 변화에 따라 좌우될 수 있고, 그래서 쉽게 깨지거나 흔들린다고 말한다. 신문 콘텐츠처럼 문학적 글쓰기도 이 문제를 제기하고 고민해 온 것도 사실이다. 주인공의 내면과 외적 행동을 통해 경제력의 당위성을 말하고 있는 것과는 별개로 작가 자신이 경제력의 아포리즘적 문제를 들이대며 설득하는 방법을 권여선의 「사랑을 믿다」에서 볼 수 있다.[12]

> "지금 시점에서는 확실히 말할 수 있어. 금전적인 문제는 아니었어. 하지만 워낙 몰리면 그런 생각   이 들기도 하잖아."(25)

무엇이 사랑에 '워낙 몰리는' 것일까. 신체적 조건, 취향, 환경 조건 등 다양하다. 그러나 그것이 '금전적 조건'이라면 어떨까. 이수일과 심순애의 멜로 드라마를 넘어서기 위해 문학이 애써온 것도   여기서는 무너진다. 도덕 감각이, 문학이 태초에 초극한 것으로 되어 있는, 그래

---

11) 백지연, 앞의 책, p. 136.

12) 권여선, 「사랑을 믿다」, 『2008 이상 문학상 작품집』, 문학사상사, 2008.

서 소설과제에서 아주 빠져버린 이 문제가 작가에 의해 '워낙 몰리는' 사랑 소설의 조건으로 새삼 빛나고 있다.[13]

사회학자 울리히벡은 낭만적 사랑을 '세속적 종교'에 빗대어 말한 바 있다. 그는 "현대의 시민들은 계급적 연결망이 안락한 사회적 확실성과 사회적 지위를 충족시켜주지 못하기 때문에 자신에게만 고유한 사귐을 생각해내야 한다."고 지적했다.[14] 또 사랑의 개념을 분석한 사스비는 사랑이 근대사회에 이르러 어떻게 관습적인 형태로 변화되는지를 설명했다. 남성의 구애가 중심을 이루던 중세사회에 비해 개인주의적 사회경제질서로 재편된 산업사회에선 여성들이 적극적인 욕망과 감정을 드러내게 됐다는 것이다.[15] 연희의 경우가 그렇다. 적극적인 자신의 의지대로 안락한 욕망을 충족시킬 결혼을 선택하고 사랑은 또 다른 형태로 갖는, 적극적인 욕망을 실현한다.

대중적으로 결혼이 물신화되고 그것이 상식적으로 변하는 현상을 작가는 '구조적 모델'에서 설명한다. 현대인들은 자기 자신만을 위한 개성적인 화장, 미용, 의상, 취향을 꿈꾸며 제품을 구입하지만 결국 그러한 소비 과정을 통해 역설적이게도 서로 닮아간다는 것이다. 이렇게 되면 누구나 식별되지 않는 가치관을 갖고 처음에 죄의식을 느꼈던 선택이 죄의식 없이 행동을 따라하고 그것이 반복되는 역사성을 갖는다.

이제 우리 소설에서 자주 볼 수 있었던 낭만적인 사랑의 유효성도

---

13) 김윤식, 「'워낙 몰리면'에라는 문제적 설정과 그 소설 문법에 어울리는 아포리즘적 문체」, 위의 책, p. 304.

14) Ulrich Beck, Elizabeth Beck — Gernheim, *(Das)ganz normale chaos der liebe*, 「사랑, 우리의 세속적 종」, 『사랑은 지독한 그러나 너무나 정상적인 혼란』, 강수영 · 배기돈 · 배은영 역, 새물결, 1999, p. 326.

15) Jacqueline Sarsby, *Romantic love and society*, 박찬길 역, 『낭만적 사랑과 사회』, 민음사, 1999.

냉소적인 시선으로 바뀌었다. 물질과 상품이 넘쳐나는 대중문화 속에서 이젠 사랑의 환상이 쉽게 언제든지 변질될 수 있음을 알려준다. "사랑은 아무런 장벽도, 아무런 계급도, 아무런 법도 알지 못한다."라는 낭만적 사랑의 이데올로기가 본질적으로 환상을 필요로 함을 말한다.[16)

(2) 여성과 처가에 기대는 온달

① 소극적으로 바라는 온달

여성만이 결혼에서 조건을 따지는 것이 아니고 남성사회에도 '온달 컴플렉스'가 일고 있다. 온달형 남성상은 여성의 능력이나 물질에 의존해 살아가든가 출세하려 한다는 점에서 기존의 사내대장부 남성상과 배치된다. 자의건 타의건 처가나 아내 덕을 보고자 하는 남성의 의존 심리가 온달 콤플렉스이다.[17) 산업화 이후 사회가 복잡해지고 남성이 가족을 책임지는 생계 부양자 노릇이 힘들어지면서 이런 현상이 서서히 나타난 것으로 보인다. 남자로서의 우월감을 나타내고 싶은데 자신의 능력이 따르지 못할 때 나타난다. 가족위에 군림하려는 모습 뒤에 아내의 재산이나 시혜를 바탕으로 빌돋움하고픈 의존심을 갖고 있다. 경제력으로 집안을 일으키고 현명함으로 남편을 훌륭하게 만든 평강공주를 부인으로 맞고 싶어한다. 신데렐라가 아름다운 외모를 가졌듯이 이 온달은 학벌과 능력으로 자신을 표장한다.

남자가 찾는 신부감은 무엇이 우선일까. 미모와 몸매를 최우선으로 꼽는다. 내면적인 것은 잘 드러나지 않아 성격은 살면서 고치면 되지

---

16) 백지연, 「낭만적 사랑은 어떻게 부정되는가」, 『창작과 비평』, 2004. 여름, p. 131.
17) 여성을 위한 모임, 『일곱 가지 남성 콤플렉스』, 현암사, 1994, p. 86.

만 외형적인 틀은 쉽게 드러나기 때문에 예쁘고 날씬해야 한다는 것이다. 이와 함께 남자들이 빼놓지 않고 말하는 것은 여성의 '맞벌이가능' 여부다. 교사나 약사도 좋지만 시간 구애받지 않고 평생 일할 수 있는 음악이나 미술을 전공한 사람을 선호한다. 이는 첫째로 우리 경제현실이 남자 혼자 벌어서는 집장만하기도 어렵다, 둘째로 여자가 자신만 바라보고 있으면 부담스럽다, 셋째는 여자는 집에만 있어야한다고 주장하면 시대에 뒤졌다고 공격받기 때문이라고 말한다.[18]

'겉보리 서 말만 있어도 처가살이 안 한다', '처가와 화장실은 멀수록 좋다'등 전통적으로 여성과 처가에 의지해 사는 남자가 팔불출이었던 시대는 이제 장례식을 맞고 있다. 오히려 능력 있는 처가와 여성을 아내로 맞으려는 남자가 늘고 있다. 가난한 콤플렉스를 가진 남성과 능력 있는 여성과의 결합은, 능력 있는 남성과 무능한 여성과의 결합과 다를 바 없다.

박완서의 『휘청거리는 오후』[19]에서 허성씨 둘째 딸 우희와 민수의 예가 그렇다. 우희는 대학 졸업 후 자신만 가꾸며 결혼할 꿈을 꾸는 여성이고, 민수는 넉넉지 못한 집의 여러 형제 중 장남이고 부모에 조모까지 모시며 사는 남성이다. 민수는 우희와 성관계를 맺은 것을 기회로 잡고 "가장 양심적으로 가장 약소하게 처가 덕"(121) 있기를 고대한다. 대놓고 '물질적으로 무력하다'말하기도 한다. 민수와 우희의 부모는 둘의 '성관계'를 놓고 거래를 시작한다. 우희 부모는 '깨진 그릇'을 웃돈을 얹어 깨뜨린 놈한테 보내고, 민수 부모는 '깨진 그릇'을 웃

---

18) 동아일보, 1993, 6, 20, 9면.

19) 박완서의 『휘청거리는 오후』는 1976년 1월 1일부터 12월 31일까지 동아일보에 연재됐으며 1993년 세계사에서 개정판이 출간되었다. 여기서는 개정판을 텍스트로 삼는다. 박완서,『휘청거리는 오후』, 세계사, 1993.

돈을 받고 받아들임으로써 거래는 성사된다. 우희의 "금간 계집 콤플렉스"를 민수의 "가난뱅이 콤플렉스"로 상쇄하는 것이다. 그러나 어느 것도 공평한 거래가 아님을 이들은 안다. 민수의 아버지 오지경씨는 아들과 마찬가지로 잘 난 아들 팔아 한 몫 챙기려고 한다.

「요새 속 많이 상하시겠습니다」
「피차 마찬가지 아닙니까」
「어째 마찬 가지입니까? 댁엔 딸이고 우린 아들인데」
「자식들 일에 꼭 아들딸을 갈라 말씀 하셔야겠습니까?」
「뭐 편을 가르자는게 아니라요, 그게 사람의 원형이정 아닙니까요. 사내 녀석이 바람 좀 피웠기로소니 그게 뭐 대숩니까. 안 그렇습니까요?(……)그렇지만 딸이 몸을 망쳐놓으면 이거야 정말 큰일이죠. 아암, 큰일이구 말굽쇼. 안 그렇습니까? 교장 선생님」(167 – 168)

우희는 가난한 남자가 싫다. 민수를 만날수록 그의 가난이 옮겨 붙은 것처럼 싫다. 그와의 사랑에서 깨어나면 그녀가 누워 있는 곳은 "영락없이 지린내 나는 요강과, 가난과, 가난의 문제성이 주렁주렁 누더기가 되어 걸려 있는 민수의 할머니의 방"이다. 그럼에도 불구하고 그녀는 '깨진 그릇'이었기 때문에 '웃돈'을 주며 '그릇 깨뜨린 놈'과 결혼하는 또 다른 경제적 조건에 의한 결혼의 한 형태를 만들고 있다.

여성의 경제력을 등에 업고 결혼한 민수는 신혼 여행가서 집에 전화하려는 우희에게 전화를 못 걸게 한다. 자신의 집에 전화가 없다며 불공평하다는 이유에서이다. 처가에서 전셋집을 마련해줬다고 해서 공평의 원칙을 깰 수 없다고 한다. 순간 우희는 벽을 느낀다. 민수는 계속해서 경제적 능력이 따르지 않으나 남성으로서의 우월감을 나타내고 싫어 하며 그 탓을 우희한테 돌린다.

<blockquote>
「우희, 넌 너희 집에서 전셋집 얻어준 것 갖고 조금도 세도 쓸 것 없어. 넌 의당 우리 집에 들어와 맏며느리 노릇 해야 할 몸인데 그게 싫어서 딴살림 날려고 너희 부모 졸른 거고 너희 부모 역시 너 시집살이 안 시키려고 따로 방 한 칸 마련해 준 거 아냐. 치사하다, 치사해」(335)
</blockquote>

'가난뱅이 콤플렉스' 덩어리의 남자, 민수는 자신의 권위를 세우려 한다. 당연한 예의나 절차를 '공평'이란 이름으로 거세하고 무너진 자존심을 세우기 위해 상대에게 '탓'을 돌린다. 민수라는 남자와 동격으로 결혼한 것이 아니고 민수라는 촘촘한 그물에 걸려든 신세를 우희는 깨닫는다. 결혼으로 인해 새로운 가족관계의 형성이 그들 삶에 얼마나 구질구질한 모습을 던질지를 안다. 딴살림을 났다고 해서 가족관계로부터 자유로워지는 게 아니고 더 얽히고설킴을 느낀다. "슬레이트 지붕이나 핵가족이나 사람 사는 겉모양만일 뿐, 속생활을 속속들이 간섭하는 낡은 생활양식과 낡은 도덕은 아직도 터주 대감처럼 건재하지 않은가"하고(328) 말한다. 처가 덕을 보고 윤택한 삶을 누리고 싶다는 사고의 전환은 전통적인 권위주의형 남성상과 별개임을 보여준다.

② 적극적으로 다가가는 온달

단순히 처가에 덕을 보는 것보다 더 적극적으로 여성에 편승해서 덕을 보고자 하는 남성도 늘어난다. 『휘청거리는 오후』의 허성씨 셋째 딸 말희는 약대 졸업반으로 정훈이란 남자와 사귄다. 정훈이는 일류대학 상과를 나와 일류 기업체에 취직한 지 반년 만에 장래가 보장된 자리를 박차고 나와 고시공부중이다. 삼년 내에 사법·행정 양과에 동시

합격을 목표로 하고 있다. 그런 정훈을 말희는 결단력과 추진력을 갖춘 남아 중의 남아로 보고 있다. 그러나 정훈은 말희를 만날 때 '사랑'이란 말 대신 '필요해'란 말만 썼다. 하다못해 사랑을 하면서도 "네가 필요해, 네가 필요해"(367)라고만 하고 있다. '필요'는 상호관계의 소통을 전제로 한다. 일방적인 한 쪽의 '필요'는 폭행에 가까운 '요구'이며 '명령'에 불과하다. 그런데도 말희는 그가 남성성이 강하고 소위 '사'자가 들어간 일등 신랑감임을 믿어 의심치 않고 명령적인 필요에 기꺼이 따른다.

직업의 안정성과 보장된 미래를 신랑감의 으뜸 조건으로 뽑는다는 사실은 앞서 밝혔다. 그 기준에 보면 정훈은 누가 봐도 훌륭한 신랑감이다. 그 신랑감을 놓치지 않기 위해서는 인간적인 굴욕감을 참을 수 있는 것이다. 말희는 약학대학 졸업 후 진로를 걱정하고 있다. 제약회사를 갈지, 약국에 취직할지, 약국을 자영할 것인지를 정훈에게 편지로 쓴다. 정훈은 그 일이 지상과제인 듯 말희에게 자신이 수집한 정보를 낱낱이 보고한다.

「암만해도 자영을 하는 쪽으로 마음을 정하는게 옳겠어」
「그렇지만 약국을 하나 차리려면 돈이 적게 드는 줄 알아?」
「알아. 그렇지만 세상에 자본 안 드는 장사가 어디 있어. 나도 여기저기 알아봤는데 자본만 들여놓으면 그만큼 안전한 장사도 쉽지 않다는군. 아무리 변두리에 조그맣게 차려도 월수 삼십만 원은 보장된대. 그런데 취직을 해봐. 그까짓 여자 약사 얼마 주는 줄 알아?」
「아까도 말했잖아. 우린 부자가 아니래두」
「부자가 누가 딸 약방 차려주나. 부자가 아니니까 차려줄 수도 있는 거지. 뭣하면 동업조건으로 할 수도 있는 거 아니겠어? 절대로 밑질 장사는 아니니까」

（……）

「언제 그렇게 자세히 알아봤어?」

「그럼 말희 일인데. 아까도 말했지만 우리 장래 문제를 서로 떼어놓고 생각할 수 없는 사이 아냐.」(372 - 373)

온달 콤플렉스를 가진 남자의 특징 중에 남자로서의 우월감을 나타내고 싶은데 능력이 따르지 않을 때 상대에게 군림하려는 것이 있다. 정훈은 대표적인 온달 콤플렉스를 가진 남자이다. 자신이 가진 사회적 가능성을 빌미로 가장 상대를 위하는 척하며 상대가 가진 것에 쉽게 무임승차하려는 특징을 갖고 있다. 이는 자신의 허약한 본질을 오만과 독선으로 감추려는 것이다.

정훈의 온달 콤플렉스 포장은 말희가 문경하를 만나면서 벗겨진다. 남자의 "우월감과 열등감은 백지장의 표리"에(423) 불과하고 헤어지자는 말에 정훈은 약을 먹고 자살소동을 벌인다. 자신을 찾는다는 경하 말에 억지로 정훈을 찾아간 말희는 정훈 어머니로부터 포장만 있고 내용은 없는 잘난 아들 가진 기성세대를 대변하는 목소리를 듣는다.

「에그 이 못난 녀석아, 어디 계집애가 동났던. 저런 화냥년만도 못한 계집앨 또 불러들이게. 에미가 그렇게 말렸는데도. 에민 처음부터 저 기집애가 탐탁지 않았어. 저 계집앤 무얼로 보나 너하곤 너무 기울어. 너 만한 머리에 너 만한 학벌에 너 만한 인물이면 허다헌 집에서 너도 나도 사위 삼으려고 침을 흘릴 텐데 저 계집애 가문이 뭐 볼게 있냐? 권세가 있냐, 돈이 있냐, 저 계집애 내세울 거라곤 그까짓 약사 자격증? 네가 지금 아직 출세하기 전이니까 그까짓 게 대단해 뵐지 모르지만 출세만 해봐라 그 까짓 걸 뭣에다 써먹나. 잘됐어. 이번 일은 열 번 잘되고말고.」(424)

미남이고 수재라는 현상을 출세와 명문가의 사위로 가는 신분상승의 기회로 만든 것은 일차적으로 부모이다. 그러나 그 근저에는 그런 사람을 어떠한 대가를 치르더라도 사위로 삼고 싶어 하는 딸 가진 부모들의 그릇된 사고와 그에 편승해 출세하려는 남성의 강박관념이 만들어낸 합작품인 것이다.

온달족에 대한 20대 남녀의 토론의견을 들어보면 문학적 글쓰기하고는 조금 양상이 다르다. 중앙일보 기사에 의하면[20] 남성측은 온달이 단지 아내의 힘에 의해 '장군'이 되지 않았다는 전제에서 출발한다. 자신의 의지와 노력이 없었다면 불가능하다는 것이다. 어떤 식으로든 자신이 성취하고자 하는 목표와 노력이 같이 동반됐음을 역설한다. 여성은, 남성이 여성의 능력에 무임승차함을 질타하지 않는다. 오히려 남성이 자신의 무능함을 인정한 솔직함에 공감한다. 문학적 글쓰기는 그런 남성을 질타하고 있지만 기사 글에서 현실 속 여성은 그것을 부정적으로 보지 않는다. 문학이 가진 계몽의식에 반대로 현실은 가고 있다. 일반 사회대중의 의견을 대변하지는 않지만 신세대가 결혼에 대해 이런 생각을 하고 있다는 것은 무시할 수 없는 현실이다.

문학적 글쓰기의 관점에서 볼 때 우희의 남편 민수는 자신이 우희 집 경제력에 편승해 한 몫 잡았음을 인정하고 싶어 하지 않는다. 우희가 편하게 살기 위해서 방을 얻었다고 말한다. 그렇다면 기사 속 남성의 사고와 같다고 말할 수 있다. 우희도 민수의 그런 생각을 알고 역겨워하면서도 인정하고 받아들인다. 기사 속 여성의 가치와 잘 맞는 부분이다. <표2>에 따르면 말희는 최고의 신부감이다. 결국 기사 속 글쓰기와 문학적 글쓰기는 편하게 살고 싶은 주인공의 가치에 대한 부분

---

20) 중앙일보, 1995, 7, 24, 12면 (부록 표3).

이 공통적이었다. 이 시대 남성들이 원하는 최상의 조건을 다 갖고 있다. 맞벌이가 가능해 가정경제에 도움을 줄 수 있는 전문직 여성이다. 여성이 직업을 갖는 것에 대해 남성들은 경제적 이유와 종속되지 않는 삶을 들었다. 그러나 여성을 해방시킴으로써 자신들이 해방된다는 것이 바탕에 깔려 있다. 그래서 서로 간에 '레테르'있는 조건을 찾아 맞추려고 한다. 여성이 경제력 때문에 남성을 선택하듯 남성도 경제력 때문에 여성을 선택하는 시대가 왔음을 알 수 있다.

이런 변화된 가치와 사회 변동에도 불구하고 여전히 변하지 않는 것이 있다. 여성은 능력이 뛰어나도 결혼할 때 불리하다는 사실이다. 작품 속 아버지, 허성씨는 우리 사회가 아직도 양성 평등이 젓가락 짝처럼 평등하지 않은 요원한 것임을 절망의 몸으로 말한다.

그는 딸만 셋씩 낳아 기를 때, 딸 이니까 섭섭하다는 생각을 거의 안 가지고 길렀다. 딸을 섭섭해 하지 않기 위해서는 남자와 여자는 젓가락처럼 평등하다는 진보적인 생각을 갖지 않으면 안 되었다.

그렇게 기른 딸을 막상 결혼시키려고 사돈을 만나게 되면, 암사돈 수사돈 사이는 결코 젓가락처럼 평등하지는 않다는 걸 알게 된다.

누가 시킨 것도 아닌데 암사돈은 저자세로 위축되고, 모든 주도권은 수사돈이 쥐게 된다.

그것은 결코 서로의 인격이나 경제력하고도 상관이 없는 수사돈이기에, 암사돈이기에 각각 지켜야 할 자연스럽고도 엄격한 본분이었다.(517)

이런 문학적 글쓰기의 한계에도 불구하고 이미 신문매체를 통해 신세대의 가치관이 변하기 시작했음을 알았고 그 흐름은 정보화와 함께 세대 변화가 빨라지면서 역행하기는 어렵다고 본다.

<표2> 한겨레신문, 1991, 3, 28, 8

직장 가진 여성 '최고 신부감'

월간 '신부' 미혼남성 1천명 설문조사 결과

직장에 다니는 여성을 최고의 신부감으로 여기는 남성들이 늘어나고 있다. 결혼 뒤 집안일만 하기를 원하던 기성세대와는 달리 요즘 20, 30대 젊은 남성들은 "자기 일이 있는 아내", " 직업이 있는 아내'를 좋아하는 경향을 보이고 있다. 그래서인지 요즘 직장인들 사이에 '직장인 그룹 미팅'이성행하고 있다.

대학생 미팅에서 명문재생이 인기 있는 것처럼 직장인 사이에서도 인기직종이 있어 남성은 재벌그룹 사원, 연구소 연구원, 고시출신 공무원 등이 미팅상대로 인기가 높다. 여성은 교사, 은행원, 광고회사 직원, 사무직 여성 등 비교적 안정된 직업을 가진 여성들이 인기가 있다.

결호전문지 월간 <신부>가 서울에 사는 미혼직장남성 1천명을 대상으로 설문조사 결과 65.2%가 '맞벌이를 원한다.'고 응답. 요즘 젊은 남성들의 의식변화를 잘 보여주고 있디. 직장 여성을 최고의 신부감으로 꼽는 대부분의 남성들은 "맞벌이기 가정경제에도 도움이 되고 자기발전에도 도움이 된다"고 입을 모은다.

맞벌이 부부인 손철민(30, 공무원), 윤혜자(27, 광고 카피라이터)씨는 "서로 바쁘게 살지만 각자의 생활이 있어 늘 활기차고 새롭다"고 말했다. 결혼 3년째이지만 권태와 짜증을 느낄 수 없었다고 두 사람은 털어놓았다.

지난해 5월 결혼해 2천만원짜리 전셋집에 사는 회사원 김진수(30)씨는 "맞벌이하는 덕분에 혼자 버는 친구들보다 5년 정도 빠른 '5년 후 내 집 마련' 계획을 세워두고 있다"면서 "경제적으로도 도움이 되지만 아내가 직장생활에 대해 이해를 잘 해줘서 좋다"고 은근히 자랑한다.

결혼 10개월째인 허장(31, 농촌경제연구원 연구원)씨는 결혼 직전에 직장을 그만둔 부인에게 "직장에 다니는 것이 자기발전에 도움이 된다."고 설득해 다시 직장에 다니게 한 경우다. 허씨는 "결혼과 동시에 남편과 가정에 종속되면 한 사람의 삶이 집안이라는 좁은 울타리에 묶이게 되지 않느냐"고 반문하년서 "아내가 하루 종일 집에서 나만을 바라보며 기다리는 것도 부담스럽고, 교육받은 만큼 사회에 기여 하는게 마땅하다"고 진보적인 여성관을 밝혔다.

직장에 다니는 여성을 선호하는 젊은 남성들은 맞벌이를 전제로 하기 때문에 탁아소문제, 출퇴근 문제에 대해서도 관심이 높다. 2살 된 아이를 둔 회사원 임채준(31)씨는 "파출부가 아무 연락 없이 안 오는 날마다 아내가 시댁으로 친정으로 뛰어다니는 게 안쓰럽다"면서 "기혼 취업여성 증가추세에 맞춰 기업체들이 직장 탁아소를 설치하고 지역단위 탁아소가 많이 생겼으면 좋겠다."고 바랐다.

(3) 신분상승을 꿈꾸는 신데렐라

① 자아가 상실된 신데렐라

결혼을 통해 여성이 경제적인 조건의 충족을 통해 안락한 삶을 누리는 것처럼 나보다 잘난 남자를 통해 신분 상승하려는 욕구도 그에 못지않다. 남편감으로서의 남성은 돈도 많고 사회적 지위도 나보다 월등해야 한다. 남편이 능력 없고 못생기면 시댁이라도 능력 있고 사회적 지위가 있으면 된다. 사랑은 없어도 되며 살면서 맞추면 그만이다. 이런 조건에 맞춰 결혼할 수 있는 여성이 몇이나 될까? 그래도 여성들은 포기하지 않고 환상 속에 빠져 꿈을 꾼다.

여성이 세상을 안락하게 살기 위해 사랑이나 결혼에, 남편이나 자녀에 맹목적으로 매달리는 현상을 미국의 저널리스트 다울링은 '신데렐라 콤플렉스'라 불렀다. "억압된 태도와 불안이 뒤엉켜 여성들이 그들의 의욕과 창의력을 한껏 발휘하지 못하게 하는 일종의 미개발 상태로 묶어 두는 심리 상태"라 정의하고 있다.[21] 즉 신데렐라 콤플렉스에 빠

---

21) Collette Dowling, *The Cinderella Complex*, 이호민 역,『신데렐라 콤플렉스』, 나라원,

진 여성은 무엇인가를 해야 할 때 두려움이나 불안을 느낀 나머지 주저하며 포기하려는 상태에 이른다. 실제로 못하게 막거나 억압하는 대상이 없을 때도 미리 겁을 내거나 두려워하여 아무것도 하지 못하고 누군가 해주었으면 하고 바란다.[22] 신데렐라 콤플렉스의 특징으로는 결혼에 대한 경제적·정서적 집착과 무기력증, 열등감, 두려움, 의존성, 취업이나 자신의 일에 대한 회의와 공포심 들이 있다.

'신데렐라 콤플렉스'의 저자 다울링은 여성들이 자아의 실상에 정면으로 맞선 다음, 의존성이나 두려움이 마음속에 깔려 있다는 것을 솔직히 인정함으로써 자신이 누구이며 또 실제로 자신이 성취할 수 있는 일이 무엇인지 뚜렷하게 파악하여 새로운 활력과 힘을 끌어내야 한다고 말한다. 이로써 여성들의 '자유를 향한 도약'이 가능하다는 것이다.[23]

<표3>은 2000년대 이 시대 여성들이 얼마나 무차별적으로 신데렐라 콤플렉스에 빠져있는지를 보여준다. 신데렐라의 꿈을 꾸는 여성들은 '돈'이 많다는 그 한마디에 모든 경계를 허물어 버린다. 부유층과의 만남을 인생의 기회로 여기고 자신이 피해자임을 알지 못한다. 재미있는 사실은 경제난과 취업난이 심해지면서 이 현상이 더 늘어난다는 것이다. 물론 초희는 대학 졸업 후 직장을 갖지 않았고 그래서 더 신데렐라같은 삶을 목표로 할 수도 있다.

1992, p. 32.

22) 여성을 위한 모임, 『일곱 가지 여성 콤플렉스』, 현암사, 1992, p. 84.

23) Collette Dowling , 앞의 책, p. 33.

<표3> 중앙일보, 2004, 9, 3, W14

'신데렐라 콤플렉스'에 빠져 자신은 물론 가족을 파탄으로 몬 극단
적인 경우가 『휘청거리는 오후』의 허성씨 맏딸 초희다. 그녀도 연애

와 결혼은 별개라 말하고 실제로 그렇게 만나는 남자가 있다.

> 「아빠두, 제가 왜 연애를 못해봐요. 누굴 바본 줄 아시나봐. 해
> 도 몇 번 했어요. 그렇지만 연애하고 결혼하고 어디 같아요. 연애
> 는 연애 멋있게 할 줄 아는 남자하고 할 만큼 해봤으니까 결혼은
> 결혼생활 멋있게 할 수 있는 남자하고 할래요.」(17)

27살의 초희는 '어마어마한' 집안 남자인 조실장과 선을 본다. 젊은 나이에 출세해 대기업 기획실장이고 아버지는 자유당 때 국회의원을 지냈고 지금은 수출입 업무를 대행하는 무역상을 운영하고 있다. 또 시험 쳐서 붙고 떨어지는 거라면 대통령도 할 수 있을 만큼 똑똑한 남자다. 거기에 비해 초희네 집은 초라하다. 아버지는 초등학교 교감선생이었다가 식구들을 먹여 살리고자 공장을 운영하고 있는데 직원이래 봤자 여남은 명이 고작이다. 게다가 왼쪽 손가락은 기계에 절단돼 여간 불편한 게 아니다. 아내인 민여사는 어마어마한 집과 맞선을 보고자 허성씨를 전직 교장이라 속이고, 공장도 직원을 칠 팔십명 거느린 수출전망이 유망한 중소기업제라고 말한다. 단지 그 '어마어마한' 집에 딸을 시집보내고자 아무런 양심의 거리낌 없이 남편을 무시한다.

그러나 이 혼사가 불발로 끝나자 초희는 물건을 적재적소에 잘 배치한다는 중매쟁이한테 자신을 상품으로 내놓는다. 물건을 보고 감정이 끝나면 적재적소에 팔 시장에 나선 것이다. 맞선 시장에 나온 초희는 일개 상품일 뿐이다. 좋은 곳으로 시집가는데 물건 취급받는 수모쯤은 기꺼이 감수한다. 집안도 안 좋고 돈도 별로 없는 초희에게 맞는 적재적소의 인물이 나타났는데 바로 공회장이다. 딸과 아들이 하나씩 있는 사십 초반의 상처한 남자이다. 그녀는 자기 결혼 기준에 이 남자가 맞

다고 생각한다. 단지 돈이 많이 있다는 이유만으로 말이다. 상류사회로 통하는 울타리를 뛰어 넘어보려는 집념이 그녀를 그렇게 만든 것이다.

> 그리고 이를 악 물면서 그녀가 자기 결혼에 대해 세우고 있는 불멸의 원칙을 다시한번 확인한다. 그녀의 남편 될 사람은 반드시 남자여야 한다는 것만큼이나 확고부동한 원칙, 그것은 그녀의 남편 될 사람은 부자여야만 한다는 것이다.(241)

신데렐라가 되고 싶은 초희는 결혼식도 성대하게 치른다. 처음 예약했던 S호텔 예식장을 취소하고 운치 있는 정원과 호사스런 내부 장치와 터무니없이 비싼 음식값으로 유명한 K장의 특실을 빌려 결혼식 겸 피로연을 한다.

초희는 어렵게 거머쥔 부와 신분을 잃지 않기 위해 상류사회 여자들에게 필요한 것을 배우기 시작한다. 그녀는 공회장이 여태까지 소문으로만 듣던 여자, 꿈에라도 한 번만 만나지기를 소망하던 완전한 여자로 변신한다. 그러나 남편인 공회장은 초희와의 쾌락이 끝나면 후에는 돈 주고 여자를 산 것보다 더 허전함을 느낀다. 사랑 없이 조건을 택한 대가이다. 그런 대가는 공회장 뿐만 아니라 초희에게도 나타나기 시작한다. 그녀는 자기 삶의 불안함에 xx정을 먹기 시작했고 날이 갈수록 복용량은 늘어나기만 한다. "심장은 살아 있는데 손끝은 죽어가고, 숨결은 화통처럼 뜨거운데 살갗은 석고처럼 굳어버리는 공포의 체험"까지 한다. 그래서 결혼 전 사귀던 김상기를 만나 불륜을 저지르고 임신하기까지 한다. 이 일로 인해 그녀는 친정으로 쫓겨와 정신병원에 입원하고 딸들 일로 상심한 허성씨는 정신적인 압박을 받고 자살에 이른다.

초희는 자신이 그토록 꿈꿨던 상류사회 진출, 돈 많은 남자와의 결혼을 성공했지만 자신을 다스리는 것에는 실패해 모든 것을 다 잃고 만다. 신분도, 남편도, 돈도, 그리고 양친까지 잃어야 했다. 이런 결혼 제도의 문제점을 인식하고 있는 사람은 허성씨뿐이다. 그는 말희 결혼식 이후 사회 결혼제도의 모순을 혼자 고백한다. 여성들이 모르고 저지른, 그래서 남성위주 사회에서 영원히 피해자로 남을 수밖에 없는, 조건만 따지는 이 시대 여성들과 사회에 뼈있는 말을 던진다.

> 그는 자리를 떠서 정원이 보이는 테라스로 혼자 나가 담배를 피면서 속으로 몰래 부르짖었다. 딸들이여, 여자들이여, 딸이 더 좋아, 여자가 더 좋아라는 감언이설을 십원짜리 알사탕 핥듯이 핥고 있는 한 너희들은 남성 위주의 폭력으로부터 영원히 자유로워지지 못하리라. 너희들은 우선 그게 감언이설이라는 것부터 깨달아야 된다. 진실이 아니라 감언이설이라는 걸.(542)

초희는 좋아한다는 것과 결혼한다는 것은 선명하게 구별할 수 있을 만큼 똑똑했던 여자이다. 그러나 그녀는 소녀시절부터 경험으로 논이 왜 필요한지를 알고 있다. 부모의 모습에서 그것을 봤다. 아버지의 구질구질함, 그런 남편을 둔 아내의 바가지, 젊음을 말리고 얼굴에 검버섯이 피는 여자가 되기는 싫었다. 그래서 굴욕적인 자리를 박차지 못하고 견딘 후 자신이 쉴 수 있는 연애감정이 있는 남자한테 달려간다. "한 번도 사랑으로 피가 더워진 적이 없는 게 우리 헛똑똑이들의 참모습임을"(68)알면서도 차가운 피쪽으로 달려간다.

② 현실과 타협하는 신데렐라

2000년대 들어서도 신데렐라 현상은 줄어들지 않았다. 신데렐라가 되고 싶은 여성들의 가치관에는 대중 매체도 한 몫을 한다. 신데렐라가 된 여성들을 끊임없이 소개하고 그런 삶이 인생의 성공인 것처럼 부각시키면서 신데렐라가 되고 싶은 생각을 부추긴다. <표4>는 미스코리아 출신의 탤런트와 재벌가의 결혼으로 당시 사람들은 그녀를 신데렐라로 불렀던 커플을 보여준다. 그녀는 당시 모든 여성들의 로망이었다. 이처럼 결혼 후에도 신분상승과 경제적 안락함의 욕구가 지속됨을 알 수 있는 작품이 공지영의 『무소의 뿔처럼 혼자서 가라』이다.[24] 방송국이란 매체에 소속되어 있었기 때문에 이런 속성을 잘 알고 있는 주인공 경혜는 '어차피'라는 대명사로 표출되는 인물이다. 자의식이 적고 남편의 부와 명성의 그늘에서 살고자 하는 욕망을 가진 속물로 나온다. 경혜는 방송국 아나운서 출신으로 의사 남편을 만나 결혼했다. 나름대로 계산해서 이 남자다 싶을 때 결혼하고 직장도 그만 둔다. 그러나 남편은 결혼한 지 얼마 안 돼 바람을 피기 시작했고 그 사실을 알면서도 남편이 가진 편안함과 안락함, 상류 사회층의 미련을 버릴 수 없어 모른 척하고 산다.

---

24) 공지영, 『무소의 뿔처럼 혼자서 가라』, 도서출판 푸른숲, 1998. 이하 면수만 표시함.

"내가 우리 연지 가졌을 때부터 남편한테 딴 여자 있었다는 길
몇 달 전에 알았거든. 같이 여러 번 해외에도 다녀온 모양이야.
그런 것도 모르고 남편 세미나 갔다 온다면 난 연지 데리고 목욕
재계에 칠보단장까지 하고 공항에 나갔던 거야. 그 계집애가 비
행기에서 남편이랑 같이 내려서 따로따로 걸어 나오면서 날 바
라보고 뭐라고 생각했을까 …… 생각해봐. 너무 소름끼치지 않
니?"(51)

(중략)

"너랑 나랑은 비슷한 거 같지만 다른 게 하나 있어 ……. 닌 니
와는 다르잖아. 영악하게 말하면 손익계산서를 따져봤지. 내가
이정도 집에서 살 수 있을까? 사람들 앞에서 이혼녀라고 말할 수
있을까? 솔직히 아이는 뒷전이었어 ……. 하지만 결론은 이거였
어. 넌 연애해라, 난 니가 벌어다 주는 돈이나 쓰면서 살지. 그러
다 지치면 돌아오겠지. 안 돌아오면 또 어때? 이 세상 어느 부부
가 사랑하면서 사니? 어차피 의사가 아니었다면 난 결코 그 사람
하고 결혼 따윈 안 했을 거였고 피차 마찬가지지 뭐 ……. 그런
면에서 혜완이 넌 뭐랄까 용감하고 무모해. 너랑 나랑 다른 점은
바로 그거고."(52)

경혜는 당시 여성들에게 선망의 대상이었던 의사 남편을 선택한다. 자신이 갖고 있던 당당함을 버리고 남자의 조건을 선택한다. 기사를 통해 본 90년대 초에도 있었던 여성들의 결혼관이 아직도 변하지 않고 오히려 더 지능적이고 교활한 모습으로 가고 있음을 문학적 글쓰기는 여기서 보여준다. 행복하지 않은 결혼 생활, 그래서 경혜 손에 얹혀진 둔중한 다이아몬드는 "파리하고 무력"해 보였다.

그녀에게도 혼수의 문제는 있었다. 의사아들을 장가보내는 당시 시어머니들처럼 과한 혼수를 요구했고 남편이 부족한 혼수비를 댐으로써 그녀는 남편에게 여성으로서 더 설 자리가 없이 위축된다. 그럼에도 불구하고 그 자리를 차지하기 위해 기꺼이 굴욕감을 참는다. 좋은 남자를 만나 신분상승하고 싶은 욕구, 그것을 유지하는 대가는 현재 치르고 복수는 미래에 한다는 끔찍한 삶을 산다.

"내 얘기 해줄까? 난 그것들이 들어 있는 호텔 옆방까지 들어 갔던 사람이야! 니들이 뭐라고 해도 난 이혼 안 해! 니들 다 이혼 하고 그래도 난 안 해! 끝까지 살아남아서 그 작자가 늙어서 기운 빠지고 반신불수가 되어서 기어 다니는 꼴을 보고 말 거야. 그 때 복수할 거야……."(109)

이 쯤 되면 두 사람이 만나 서로를 의지하고 보듬으며 결점을 보완하는 결혼의 본래 의미는 사라지고 '적과의 동거'가 시작된다. 안진진은(『모순』) 좋아하는 남자를 선택하려는 순간 자신에게 닥친 환경의 변화로 경제력 있는 남자를 선택한다. 초희(『휘청거리는 오후』)는 자신이 갖지 못한 것을 억지로 갖고 지키려다 정신병자가 된다. 연희는 (『결혼은, 미친 짓이다』) 순전히 자신의 의지로 조건이 변변치 않은 사랑하는 남자를 두고 의사를 남편으로 맞는다. 그녀는 (「사랑을 믿다」)

금전적 문제가 '워낙 몰리면' 그럴 수 있다고 아포리즘적으로 토로한다. 경혜는(『무소의 뿔처럼 혼자서 가라』) 계산해 취득한 것을 지키는 대가로 남편의 불륜을 눈감고 복수를 다짐한다. 이들의 특징을 대중매체 글쓰기와 문학적 글쓰기를 통해 요약하면 첫째, 결혼에 있어 사랑은 중요하지 않다는 것이다. 사랑과 연애는 별개이다. 둘째, 조건이 우선시된다는 점이다. 경제적 조건, 신분상승의 조건, 학력과 계층이 맞아야 한다. 셋째, 이들이 모두 대학을 나온 엘리트 여성이란 점이다. 자신의 삶을 주체적으로 살 수 있음에도 불구하고 남성에 편승하려는 의식이 깔려 있다. 넷째, 다들 행복하지 않다. 조건은 사랑을 버린 대가임을, 그래서 세상에 공짜는 없음을 다음의 기사에서 확인할 수 있다.

<표5> 한겨레신문, 2001, 1, 29, 14

30, 40대 남성 60% 행복하지 않아

우리나라 30－40대 남성의 60%이상이 현재 자신의 삶이 행복하지 않다고 생각한다는 설문조사결과가 나왔다

'사랑의 전화'(대표 심철호)사회조사연구소는 지난해 12월 12－13일 10대부터 50대까지 남녀 487명을 상대로 전화설문조사를 한 결과, 30－40대 남성의 62.2%가 "현재 행복하지 않다"고 응답했다고 28일 밝혔다.

같은 반응을 보인 30－40대 여성은 25.7%였고, 전체 평균도 35.1%에 그친데 비해, 30－40대 남성들의 행복도가 상대적으로 낮은 것으로 나타났다.

행복하지 않다고 응답한 이들은 그 이유로 '경제적 어려움'(41.5%)을 가장 많이 꼽았고, '가족 내 갈'등(21.1%)과 '직업상 스트레스'(8.2%), '취업문제'(7.6%) 순으로 꼽았다.

이 단체는 "최근 어려운 경제상황 때문에 가장인 30－40대 남성들이 다른 연령대난 여성보다 일상생활에서 더 큰 압박감을 받고 있는 것 같다"고 풀이했다.

<표5>를 보면 남성이 행복하지 않다고 말하며 <표6>에서도 보면 '남편과 불화를 빚는 기혼여성은 미혼여성보다 심장마비로 사망할 확률이 네 배나 높은 것으로 나와있다. 또한 배우자와 정서가 맞지 않는 기혼남성은 독신남성보다 곱절이나 일찍 사망했다. "일터에서 스트레스가 쌓여 불쾌한 기분으로 귀가한 부인을 둔 기혼남성의 수명도 독신남성에 비해 짧았다. 남성들은 주로 일 때문에 스트레스를 받지만 여성들은 배우자와의 갈등이 가장 스트레스를 받는 것으로 나온다. 결국 불만족한 결혼생활은 남성과 여성 모두에게 수명단축이라는 결과를 가져옴을 알 수 있다. 기사 글과 문학적 글쓰기에서는 이 둘이 아주 공통성을 드러낸다. 기사에서 말한 불행한 결혼, 건강상의 문제는 그대로 문학적 글쓰기로 이어진다. 결혼 생활이 그려지지 않은 안진진만 빼고 연희, 초희, 경혜는 모두 배우자로부터 스트레스를 받는다. 연희는 그래서 외도를 하고, 초희는 정신병원에 입원하고, 경혜는 외도와 함께 불안증세를 보인다. 위에서 분석하지는 않았지만 경혜 친구 영선이는 결국 자살을 하고 만다. 그럼에도 불구하고 여성들은 그 대가로 남편들이 가진 것을 누리려고 한다. 조건에 의한 결혼은 결코 행복하지 않지만 현재도 미래에도 많은 여성들이 그 조건을 좇아 결코 포기하지 않을 것으로 예측된다.

우리 사회의 신데렐라 콤플렉스 현상은 2000년대 들어서도 꺾이지 않음을 볼 수 있다. 오히려 늘고 있음을 알려 주는데 문제는 여성들이 피해자라는 사실을 알지 못한다는 데 있다. 신데렐라를 좇는 이유로는 앞의 논의를 통하여 경제난과 취업난을 들었다. 소설 속 진진이는 경제력이 가장 우선시 되었지만 초희, 연희, 경혜는 사실 경제력과 별 관계가 없다. 그녀들은 경제력보다 신분상승의 욕구가 더 컸다. 그런 면에서 본다면 진진이가 초희, 연희, 경혜보다 덜 세속적이란 생각까지

들게 한다. 조건에 의한 만남이 현실적으로 많은 문제점을 내포하고 있음에도 여성들은 자신이 갖지 못한, 가질 수 없는 것에 대한 막연한 동경이 이런 풍조를 만들고 있다.

즉, 우리 사회의 결혼이 갈수록 조건과 계층에 맞춰 이루어지고 있음이 확인된다. 결혼만큼 냉정한 선택도 없다. 어떤 배우자를 선택하느냐에 따라 '팔자'가 달라질 수 있기 때문이다. 결혼정보회사에서 만나 결혼에 성공한 933쌍을 분석한 2005년 한국사회의 풍속도를 보면 그런 결합이 여실히 드러난다. 결혼을 통한 사회계층화가 빠른 속도로 진행 중이고 짧은 만남이나 결혼이 '끼리끼리'로 이루어진다. 여기서는 인상·수입·학력 등 세 가지 조건이 중심이 되는데 이중 결혼시장 최고의 '계층장벽'은 학력이다.[25]

<표6> 중앙일보, 2005, 3, 7, 18

불행한 결혼 수명 줄인다

심장마비 등 확률 높아

불행한 결혼은 수명을 앞당긴다고 오스트리아의 한 통신이 4일 보도했다. 미국 보스턴 대학 연구팀이 1493명의 남성과 1501명의 여성을 대상으로 조사한 결과다. 연구진이 국립 심장·폐·혈액연구소에 보관된 환자들의 자료를 분석한 결과 이 같은 결론에 이르렀다고 통신은 전했다. 이 연구는 결혼이 심장병 발병과 사망에 미치는 영향을 조사한 첫 사례다.

이에 따르면 남편과 불화를 빚는 기혼여성은 미혼여성보다 심장마비로 사망할 확률이 네 배나 높았다. 또한 배우자와 정서가 맞지 않는 기혼남성은 독신남성보다 곱절이나 일찍 사망했다. 연구를 이끈 엘렌 이커 팀장은 "결혼한 남성들은 대개 휴면을 하지 않았지만 인맥 폐으로 스트레스로 인한 폐산 경향이 있었다"고 설명했다. 그는 또 "기혼남성은 독신남성보다 혈액성분의 수치가 나빴으며 콜레스테롤도 많았다"고 지적했다. 그는 "일터에서 스트레스가 쌓여 불쾌한 기분으로 귀가한 부인을 둔 기혼남성의 수명도 독신남성에 비해 짧았다"고 덧붙였다.
베를린=유권하 특파원
khyou@joongang.co.kr

이에 따르면 일단은 남녀 모두 잘생겨야 한다. 처음에 외모를 최우선으로 따지기 때문이다. 그러나 결정적으로 결혼 단계에 이르면 '경

---

25) 중앙일보, 2005. 7. 22. W2면 (부록 표 4).

제력’을 우선시한다. 남녀 모두 연봉이 높으면 배우자를 선택할 수 있는 폭이 넓다. 그러나 자신보다 못 미친 경우에도 결혼한 예가 예상치보다 높게 나온다. ‘전문직 고액 연봉자들이 배우자의 소득에 크게 개의치 않고 상대의 인상을 고려한 결과’라고 분석했다. 이를 보면 외모가 뛰어난 여성이 결국 신데렐라가 될 수 있는 여지가 많다는 것을 의미한다. 결혼에서 장벽이 가장 높은 것으로 학력을 들었다. 비슷한 학력을 가진 사람끼리 결혼하는 비율이 높게 나온다. 학력에서만은 양보가 없이 ‘유유상종’을 이룬다는 것이다.

연희와 경혜 모두는 대학을 나왔다. 남편들도 그렇다. 작품의 등장인물들은 거의 대학을 나왔는데 결국 그런 비슷한 남자들을 선택해 결혼했다. 그러나 신데렐라의 길은 멀다. 매체 글과 문학적 글쓰기가 공통점이 강한 부분이 이 점이다. 신데렐라가 되길 원하지만 그런 길은 쉽지 않다는 것과 여성 자신이 이런 조건에 맞춰져 있을 때 가능함을 두 글쓰기는 알려준다. 또한 선택에는 죄의식을 포함한 여러 대가가 있음도 다음에서 알 수 있다.

③ 신데렐라 대가로써의 혼수

혼수는 새로운 결혼생활에 대한 뜻깊은 준비의 개념이어야 한다. 그런 혼수가 결혼 과정 및 결혼 후에도 계속 갈등 요인이 되고 있는 것이 문제이다. 특히 일부 특수층의 과시적 소비 풍조와 과다 혼수는 그 문제가 더 심각하다. 인류학자들이 말한 결혼함에 있어 순수하게 서로 재화를 나누던 의식의 의미는 이제 변질됐다. 신부의 노동력을 빼앗는 것에 대한 대가였던, 그래서 신부집으로 갔던 신부값은 이름은 남았지만 형태와 본질이 달라졌다. 신부값이란 이름은 존재하지만 여성 쪽에서 남성 쪽으로 ‘혼수’라는 명목으로 건네주게 되었다.

'무직'인 여성이 자신을 벌어 먹일 수 있는 '평생직장인'을 구하 대가는 혼수로 치러진다. 시가, 특히 시어머니측에서 보면 아들을 잘 키운 것에 대한 '권리금'이다. 혼수값은 신랑감의 능역 직업 장래성 등의 종합평균치에 따라 결정된다는 것이다.26)

혼수문제를 결혼 문제와 같이 다룬『휘청거리는 오후』를 보면 초희 결혼준비를 하면서 허성씨는 돈이 쪼들린다. 민여사가 상류사회 결혼 풍속에 맞춰 혼수를 준비하기 때문이다. 잘 나가는 남자, 좋은 집안에 걸맞은 상류풍속 혼수가 허성씨로서는 도저히 감당하기 어려운 것이었고 이로 인해 사업은 불안한 길을 가고 있었다.

기어코 신랑 줄 예물로 로렉스 시계를 징만하더니, 백금에 다이아가 든 반지를 장만하지 못해 했고 신랑과 신랑 아버지 양복감 한복감을 몇 벌씩 떠오는가 했더니, 마고자와 조끼에 달 단추를 금으로 맞추겠다고 극성을 떨었다.

「뭐라구? 신랑한테 다이아가 박힌 백금반지를 해준다고? 아니 어떤 시러베아들놈이 그런 걸 끼고 다닌답디까?」

「그런 걸 못 끼고 다니는 게 시러베아들이지 끼고 다니는 게 왜 시러베아들이에요. 당신은 아무것도 모르면 좀 국으로 가만히 계세요. 그게 다 요즘 상류시회의 결혼풍속인 길 낸들 어떻세 해요?」

「그리고 신랑 양복 한 벌도 과남하지 한복은 또 뭐구 거기다 금단추? 내 기가 차서. 우리 초희가 어디가 병신이야? 금붙일 안 동을 해 보내게」

「아유 그 숨넘어가는 소리 좀 고만 하세요. 금단추를 단갰게 망정이지 백금단추라고 단댔으면 정말 숨넘어가시겠수. 그게 요즘 상류사회의 풍속인 걸 어떻게 해요. 상류사회의 사돈을 맺으

---

26) 동아일보, 1993, 6, 20, 9면.

려면 상류사회의 풍속을 따라가야지 별수 있어요. 당신은 마치
내가 돈 쓰고 싶어 그러는 줄 알지만 실상 난 아무 죄도 없다구
요. 상류사회의 풍속이 그렇고, 우리가 상류사회와 ……」(70)

　개인의 가치관과 연결된 그릇된 사고행태를 민여사는 사회 풍속 탓
으로 돌린다. 자기는 그렇게 하고 싶지 않은데 마치 풍속이 그래서 어
쩔 수 없이 따라가는 것처럼 말한다. 상류사회로 진출하려면 그만한
대가는 반드시 치러야한다는 것을 당연시한다. 단지 남성이 장래성 있
는 직업이 있고 그 집이 돈과 사회적 명성이 있다는 이름만으로 쉽게
여성의 노동력과 재물을 편취하는 형태로 바뀌었다. 그러나 여기서 생
각해야 할 점은 재물을 주고받는 주체가 누구냐는 것이다. 언뜻 보면
여성이 남성에게 주는 것 같지만 실상은 당연히 받아야한다고 생각하
는 남성, 더 나아가면 그런 사회적 풍속을 만든 모든 사람들이 공범에
해당된다. 모두가 그러니까 어쩔 수 없이 한다고 하면서 자신은 발뺌
하지만 자신이 그런 풍속을 만든 주체임을 알아야 한다. 91년 신혼부
부를 조사한 결과 '예물·예단 마련 부담'이 크다는 것과 88%가 '혼수
비 분에 넘친다'고 지적했다.27) 2002년은 4배가 넘게 올랐다.<표7>
　초희는 무직인 여성이다. 그런데도 위 기사에서 본 것보다 훨씬 더
과다한 혼수를 하려고 한다. 집이나 기타에 들어가는 것이 아닌, 말 그
대로 소모성 혼수에 돈을 쓴다. 그런 무직여성이 평생 직장인을 구하
기 위해서는 대가를 치러야 한다. 조실장의 능력, 장래성 등에 합당한
대가를 초희는 감당해야 한다. 그래서 로렉스 시계, 백금 다이아 반지,
금단추, 양복 등이 줄줄이 거론된다. 초희는 상류사회로 가고자 과도
한 혼수를 준비하지만 집안이 말한 것보다 별 볼 일 없다는 이유로 파

---

27) 한겨레신문, 1991, 1, 29, 6면 (부록 표5).

혼당하고 만다. 결혼과정에서 빚어진 갈등이 파혼이란 극단적인 결과
를 가져옴을 알 수 있다.

<표7> 중앙일보, 2002. 10. 29. E18

평균 결혼비용
8,600만원

신랑측 부담 전체 68%
집 장만에 7,000만원 들어

미국의 영화배우 마이클 더글러스는 캐서린 제타 존스와의 결혼식 비용으로 2백만달러(약 25억원)를 썼다. 반면 결혼 당사자와 가까운 친구들만 모여 간소하게 결혼식을 치르고 월세방에서 신접 살림을 시작하는 신혼 부부도 적지않다. 결혼 비용은 집안에서 얼마나 도와주느냐, 얼마나 비싼 집을 구하느냐, 예식비용을 얼마나 들이느냐 등에 따라 천차만별일 수밖에 없다.

우리나라 신혼 부부들은 결혼 비용으로 얼마나 쓸까. 결혼 정보회사 선우(www.sunoo.com)에 따르면 지난해 신혼부부 한쌍의 결혼 비용은 평균 8천6백여만원이었다.

신랑측이 5천9백여만원, 신부측 2천7백여만원으로 신랑측 부담이 총비용의 68%를 차지했다. 주체별로 비용 부담을 따져보니 신랑 집안(총비용의 40.3%), 신랑 본인(28.0%), 신부 집안(19.0%), 신부 본인(12.7%) 순이었다. 본인 부담 금액은 신랑 2천4백25만원, 신부 1천1백만원 정도였다.

가장 큰 비중을 차지하는 것은 집 마련 비용. 결혼하지까지 분가하는 신혼부부(분가자 비율 88.3%)가 집 장만에 들이는 돈은 7천여만원에 달했다. 살림살이 장만, 함들이, 예단, 예물, 예식, 신혼여행 등에도 적잖은 돈이 들어간다.

지난해 10월 한국소비자보호원(www.cpb.or.kr) 조사에 따르면 예식비용은 평균 2백44만원, 피로연 비용은 평균 6백39만여원으로 결혼식 당일 지출 비용은 평균 8백83만여원에 달했다.

축의금은 조사 대상의 41.9%가 5백만~1천만원을 받은 것으로 나타났다. 예식 비용 중 일부는 축의금으로 충당할 수 있는 셈이다.

정훈과 헤어진 말희는 경하와 사랑으로 만난다. 언뜻 보면 사랑으로 맺어진 부부로 비춰진다. 그러나 말희 또한 남자의 조건과 그에 맞는 혼수를 바라는, 다른 언니들처럼 똑같이 불쌍한 아버지 등을 쳐먹는 이기적인 딸에 불과하다.[28] 자신이 선택한 결혼에 대해 떳떳한 일대일 대응이 아닌 여성이니까 남성 쪽에 맞춰줘야 한다는 식의 논리로 자신의 가격을 내리고 정체성은 그 순간 사라진다. 그래서 허성씨는 고시 합격이나 박사학위에 대한 집착이 대단한 사돈댁의 비위를 맞춰야할 생각을 하니 더욱 난감하다.

---

28) 조혜정, 「박완서문학에 있어 비평은 무엇인가」, 『작가세계』, 1991 여름, p. 135.

경하의 부모는 현대적인 사고를 갖고 호탕한 사람처럼 혼수걱정은 하지 말라고 한다. 대신 돈으로 가져오고 미국 생활비를 반반 대자고 제안한다. 사돈 생각하는 척하면서 한 수 더 떠서 노골적으로 혼수를 챙기려는 교활한 지식인이다.

「우리끼리니까 말씀인데요……」
「우리끼리니까 말씀입니다만요. 혼수 걱정은 아예 하지 마세요. 장롱, 화장대, 냉장고 그런 거 장만해 보낼 생각은 아예 하지 마세요. 곧 떠날 텐데 떠나고 나서 그런게 가로걸려 보세요. 더군다나 그 애들이 눈에 밟힐 것 아니겠어요」
그 대신 우리끼리니까 말씀인데, 미국까지의 여비랑 소지하고 갈 당분간의 생활비랑은 각자 부담하잔다. 그러니까 혼수 대신 달러를 바꾸란 소리 같았다.
「우리끼리니까 말씀인데, 혼수 제대로 갖추려도 그만한 돈은 드실 겁니다. 암 들고말고요. 아마 더들면 더 들걸요」 (522)

말희는 초희와 우희가 전에 결혼 말이 있을 때 "이건 혼인도 아니야. 순 노략질이지" (288)하며 혼수 문제를 들며 둘을 비판한 적이 있었다. 마치 자기만 정상적인 사고를 갖고 있는 듯, 부모 생각은 자신만이 하는 듯하면서 둘을 싸잡아 욕했다. 그러나 자신이 그토록 비난하고 경멸해하지 않던 도둑질과 노략질을 서슴지 않고 감행한다. 결혼하기 위해 대출을 받고 그런 과정에서 갈등을 빚고 결혼 후 다시 재갈등을 빚는 악순환이 계속된다. 말희의 혼수비를 마련하기 위해 허성씨는 돈을 꾸러 다니고 그것도 여의치 않자 부정을 저지르고 그것이 발각 되면서 결국 자살하고 만다. 딸들의 도둑질이 아버지의 목숨 값을 대신한 것이다.

중산층일수록 혼수비용은 늘어난다. 좋은 조건과 좋은 집안이면 더 늘어난다. 우희는 시집이 못사는 집이었기에 그저 '전세방'과 식구들 예단이면 족했다. 그러나 초희는 어마어마한 집안답게 혼수 품목이 어마어마하다. 경혜도 시어머니 혼수 요구에 남편 손을 빌려야 했다. 말희는 더 교활하게 혼수를 요구한다. 풍속의 모순과 개인적 욕심이 빚어낸 결과는 참담하다. 부모의 목숨을 내놓고 남편한테 굴욕감을 느끼며 평생 살아야 한다.

<표8>은 '사'자 붙은 의사 신랑과 결혼했으나 혼수문제로 이혼하는 기사의 사례다. 문학적 글쓰기에서도 혼수 문제로 계속 갈등이 있었고 기사가 보여주는 것처럼 현실에서도 혼수 문제는 갈등의 요인이다. 이처럼 신랑의 신분에 맞는 혼수는 여성의 신분상승이라는 대가로 당연했다는 것이 증명되나 결국 혼수로 인해 이혼하게 된다. 그마나 신문 콘텐츠 글쓰기의 여성은 적극적으로 자신의 주장을 내세워 권리를 찾았으나 문학적 글쓰기 속 초희, 우희, 말희는 할 만큼 해갔음에도 불구하고 그런 권리를 내세우지 못했다.

<표8> 조선일보, 2002, 11 26, A30

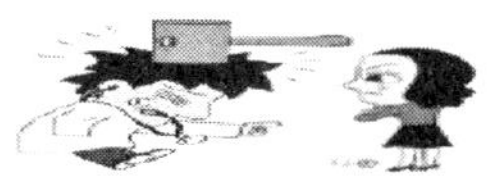

민여사는 혼수 문제를 "남들이 다 하니까"라고 한다. 그 '남'은 구성원 외에 결혼을 상업화하려는 기업들도 포함된다. 한복은 어디서 맞추고, 예물은 어디서 하고 등 정해진 공식이 있다. 즉 '결혼 산업시대'가 온 것이다.[29] 예비부부는 '돈'이라는 업계의 생각이 과소비를 부추기고 모든 결혼이 획일화되었다. 결혼대상자들을 '상품'으로 보고 상품이 원하는 것을 교묘하게 이용한다. 그러나 자세히 들여다보면 '상품'이 원하는 것이 아니라 '상품화'된 것에 '상품'들이 끼워 맞추기를 하고 있다. 민여사를 포함한 초희, 우희, 말희는 '상품'이 아니고 '상품화'된 것에 끌려가고 있을 뿐이다.

혼수와 관련된 신문 콘텐츠를 보면 광고에 특히 많다. 온갖 종류의 가전 제품부터 화장품, 예식장 등의 광고는 문학적 글쓰기에 나오는 시장과 다를 바 없다.<표9> 이 뿐만 아니라 신랑 신부의 만남을 주선하는 결혼정보회사까지의 영향력을 고려한다면 한쌍의 신랑 신부가 만남부터 결혼이 이뤄질 때까지 전 과정이 거의 상품화의 대상이 된다고 해도 과언이 아니다. 이는 '자본주의 사회 속에서 새로운 소비 주체인 신혼부부를 대상으로 하는 새상품 개발은 어쩔 수 없는 필연적인 현상'이며 '중산층 이상의 결혼문화가 전체 사회의 지배적인 풍습으로 자리 잡는 등 결혼 산업 활성화에 따른 결혼비용 확대 추세는 의식 있는 젊은층들을 중심으로 한 새로운 결혼문화를 창출로 가라앉혀야 할 문제'이기도 하다.[30]

이처럼 경제력이나 정신적 면에서 우월한 남편에게 그저 귀엽고 사랑스런 부인이 의존하는 '사랑받는 아내 성공하는 남편'이라는 부부

---

29) 한겨레신문, 1992, 5, 20, 17, 18면 (부록 표6).

30) 조혜정, 「가부장제의 변형과 극복」, 『한국여성학』 2집, 한국 여성학회, 1986, p. 136 − 205

상은 여성의 독립성을 사장시키고 여성을 사랑받는 것에만 열중토록 만드는 문제를 가져온다. 이것은 결국 여성을 하나의 인격체로 만들기 보다는 성적 대상이나 역할중심으로만 자리매김하게 만드는 '상품'이 될 뿐이다.

　지금까지의 문학적 글쓰기는 주로 여성의 입장에서 혼수문제를 다루었고 남성 측 입장에서는 이 문제를 별로 다루지 않았다. 그러나 기사에서 비교한 것처럼 남성의 결혼 비용도 만만치 않게 증가하고 있다. 특히 집 문제가 민감한 부분으로 남성의 결혼비용이 더 높아지는 것으로 나온다. 그렇다면 이제부터는 남성들의 입장에서 결혼문제를 다루는 시각이 필요하다. 이분법으로 나누자는 게 아니고 남성들도 얼마나 결혼비용 때문에 고민하는지, 그 해결 과정은 어떻게 되는지 등을 밀도 있게 그리는 문학적 글쓰기가 나왔으면 하는 바람이다.

<표9> 중앙일보, 1997, 3, 21, 46

문학적 글쓰기가 다루는 이런 경제력과 신분상승 유형을 신문활용 교육에서 다루고자 할 때는 평등한 성역할을 통한 자기 정체성 회복 문제에 무게를 두어야 한다. 여성뿐 아니라 남성도 콤플렉스를 갖고 있음을 인지하고 이를 극복하기 위해서는 조건에 함몰되기 보다는 서로가 총체적 삶을 살기 위한 관찰이 필요하다. 생물학적 차이가 사회적 차이까지 연속 되어서는 안된다는 사실을 신문 콘텐츠의 사례를 통해 확인시키고 자신의 삶을 책임질 수 있는 개인의 노력이 필요함을 알게 해야 한다.

2) 외모 지상주의의 루키즘

(1) 여성의 영원한 로망, 외모

앞의 논의에서 여성은 경제력 있고 집안 좋은 남자를 만나고 싶어 한다고 했다. 결혼이 여성에게 지위부여와 지위상승의 중요 통로가 되기 때문이다. 그래서 사회경제적 조건과 관련된 조건을 중시하며 하향혼 보다는 상향혼을, 사랑과 연애는 별개임을 확인했다. 그러기 위해서는 자신이 그만한 위치에 있든지 집안이 좋든지 어떤 거래에 맞는 조건을 갖고 있어야 했다.

그러나 이런 조건을 갖추었든 갖추지 못했든 여성은 자신의 젊음과 미를 통해 또다시 경쟁하려고 한다. 왜냐하면 여성은 사회화 과정에서 '아름다워야 한다'는 것을 강요받고 여성미의 규정 이면에는 조건 좋은 남편을 얻기 위한 수단이라는 의미가 함축되어 있기 때문이다. 그러므로 외모는 여인의 아름다움을 판단하는 거의 절대적인 기준으로 작용한다. 전 세계적으로 열리는 미스 월드나 우리나라에서 열리는 미스코리아 선발 대회 같은 미인대회와 신데렐라 신화는 여성의 최고 잠

재력은 오로지 육체적 미라는 것을 합리화시킨다.31) 때문에 여성들은
정신적, 지적 영역보다 자신의 외모나 성적인 면에 더 관심을 기울이
고 이를 개발하기 위해 노력한다. 아름답고 젊은 것만이 여성의 유일
한 미덕이고 인간으로서의 여성의 능력은 중요하지 않다. 여성들은 단
지 남성에게 즐거움을 주기 위한 존재이며 남성들의 보조자라는 개념
때문에 여성은 매력 특히 성적 매력을 가지려 노력하게 된다는 것이
다.32) 이는 인종차별주의와 비슷한 형태로 정형화된 성에 관한 태도는
여성을 남성위주의 문화 속에서 예속된 존재로 왜곡시켰다고 볼 수 있
다. 이렇게 외모를 중시하는 현상을 루키즘(lookism)이라 한다.33)

외모가 자신의 삶에 중대한 영향을 끼친다고 여성들은 생각하며 그
래서 더 예뻐지고 싶어 한다. 연예인을 선망의 대상으로 삼기도 하고
주변의 자신보다 예쁘고 날씬한 여성들을 보고 부러워한다. 이를 '외
모 콤플렉스'라고 하는데 외모에 대한 정신적, 심리적 부담감이 결국
열등의식으로 작용해 여성들의 일상생활과 의식 속에 많은 작용을 한
다. 문제는 대부분의 여성들이 정도의 차이는 있지만 외모 콤플렉스에
빠져있다는 사실이나. 나른 사람이 볼때는 아부 문제가 없어 보이는데
더 예뻐지려고 얼굴을 성형하고, 그렇지 못한 여성은 열등감이나 소외
감에서 벗어나기 위해 외모를 가꾸는 수준이 아니라 바꾸려 한다. '예
쁘다'는 것에 미스코리아처럼 특별한 기준이 있는 것은 아니지만 예뻐

---

31) Banner.L.W, *American Beauty*, Cicago:The University of Cicago Press, 1983, 추애주,
「소외의 관점에서 본 여성다움에 관한 연구:한국대중소설에 나타난 여성상을 중
심으로」, 이화여자대학교 대학원 석사논문, 1986, p. 17 재인용.

32) 한국여성개발원, 『여성과 성차별』서울, 1986, p. 15.

33) 외모라는 의미의 'look'과 주의 · 학설을 뜻하는 'ism'이 합쳐진 용어로 뉴욕 타임
스의 칼럼니스트 윌리엄 새파이어가 처음 사용했다. 인종 · 성 · 종교 · 이념 등
에 이어 새로운 차별 매카니즘으로 외모가 떠오르고 있다는 것이다.

지는 것이 지상과제인 양, 그리고 그것을 무기로 써야 하는 것처럼 경쟁적으로 하다 보니 외모 콤플렉스에 더 빠지고 있다.

이제 현대인에게 몸은 타고난 그대로의 정형물이 아니다. 부모에게서 물려받았으되 성형외과나 바디클리닉을 통해 사후관리되고 집중 교정을 받는 대상이 되었다. 앤서니 기든스의 말처럼 이제 몸은 하나의 "프로젝트"이며, 보들리야르의 표현대로 "가장 아름다운 소비대상"이 되었다.34) 산업혁명 후 대량생산 및 소비산업사회의 도래는 누구나 비슷한 장신구와 옷을 갖게 되었다. 이제 이것만 갖고는 다른 이와 자신을 대척할 수 없게 되었다. '옷이 날개'였던 시대가 '몸이 날개'인 시대로 바뀐 것이다.

왜 여성들은 외모가 자신의 전부인 것처럼 아름다움을 가꾸려고 하는가. 그것은 미모가 능력이며 재산으로 평가받는 시대가 도래했기 때문이다. 사회학자 쿨리는 '거울에 비친 자아(the looking ─ glass self)라는 개념으로 한 개인이 자아를 형성해 가는 과정을 설명한다. 이것은 각자가 타인의 눈을 통해 자신을 이해하며, 타인이 그들을 어떻게 판단하는가 하는 것을 이해함으로써 그 자신을 판단하는 것을 배우는 방법이다. 어린 아이들은 부모가 '나'를 어떻게 생각하는지, 친구들이나 친척들이 '나'의 장단점은 무엇이라고 말하는지, 그 판단에 비추어 자아를 형성해 나간다.35) 이 사회화 방식을 적용하면 여성이 왜 외모지상주의에 빠져있는지를 알 수 있다.

---

34) Anthony Giddens, *Modernity and Self ─ Identity ─ self and society in the late modern age*, 권기돈 역,『현대성과 자아정체:후기 현대의 자아와 사회』, 새물결, 1997, p.342 ─ 348 ; Baudrillard, *La société de consommation: ses mythes*, ses structures, Paris: Denoöl, 1970, p.199 ─ 238.

35) Baldridge, J. Victor, *Sociology:a critical approach to power, conflict and change*, 이효재 · 장하진 공역,『사회학』, 경문사, 1979, p. 94.

현대 사회에서 자신의 위치를 개선하는 방법으로는 '돈', '결혼', '교육', '정치적 압력', '인상' 등을 들 수 있다. 이 중에서 결혼으로 사회적인 위치를 상승시키는 방법은 남성보다 여성의 경우가 훨씬 더 쉽다고 한다.[36] 심지어 외모가 이쁘면 남편 연봉이 높아진다는 조사도 나왔다.[37] 전국 13 - 43세 여성을 전화로 조사한 바에 의하면 외모 가꾸기는 청소년에서 기성세대로까지 이어지며 응답자의 78%가 '외모를 가꾸는 것은 멋이 아니라 필수'라고 했으며 상대의 피부와 몸매를 보면 생활수준을 짐작할 수 있다고 답했다.[38] 이처럼 여성의 외모는 중요한 결혼 조건이 되었다. 직장이라는 의미에 담긴 생활의 안정, 즉 경제력이 있다고 볼 때 결국 재산을 소유하고 남편도 얻기 위해 여성은 미모를 갖추고 있어야 한다는 논리가 지속되고 있음을 알 수 있다. 미하일 마르코비치의 지적처럼 여성 스스로의 주체적인 자각이 외모 콤플렉스를 극복할 수 있다. 미화 과정에서 여성이 미의 법칙에 따라 행동하는 게 아니라 주인(남자)의 취미에 따라 행동하는 게 문제라는 것이다. 미를 추구하는 것이 인간의 본질일 수는 있지만 여성만의 본질은 아니기 때문이다.[39]

(2) 여성의 외모를 부추기는 사회적 조장물

여성에게 미인이어야 함을 끊임없이 강조하는 환경은 대체 무엇인가. 개인의 가치변화가 조장했다고 볼 수 있지만 그 전에 사회 환경의

---

36) 페터 버거, 『현대 사회학』, 이효재 편, 보성문화사, 1983, p. 159.

37) 중앙일보, 2005, 7, 22, W1면 (부록 표7).

38) 중앙일보, 2002, 8, 12, 29면 (부록 표8).

39) 미하일로 마르코비치, 「여성 해방과 인간 해방」, 『여성 해방의 이론과 현실』, 이효재 엮음, 창작과 비평사, 1979, p. 133.

변화와 조장을 들 수 있다. 개인의 의식변화는 전체 사회 환경의 변화와 그들이 만들어낸 조장물에 의해 따라가기 때문이다. 소비대중사회와 대중매체가 만들어 낸 미의 기준, 미적 물건 등이 유행이란 이름으로 개인을 정형화 · 획일화시킨다. 아름다움을 상품으로 내건 미용 산업, 신데렐라의 꿈을 퍼 올리는 대중 매체, 미인을 등장시킨 상품광고, 학교와 가정에서 교육되는 여성다움의 강조는 어린 소녀에게 '나도 언젠가는 미운 오리가 아닌 백조'가 되리라는 꿈을 심어준다.[40]

원래 화장품은 신체를 보호하거나 종교 의식을 치르거나 분장하기 위해 만들어졌다고도 하고 신분을 표시하거나 장식하기 위해 시작되었다고도 한다. 시집갈 때 이마와 뺨에 연지와 곤지를 빨갛게 찍는 것은 시집에 대한 또는 신랑에 대한 '복종'의 뜻을 표시한다. 그래서 화장이 남성에게는 금지되고 여성에게만 강조된다는 사실은 남성에 대한 여성의 복종을 의미하는 것으로 본다.[41]

여성을 상품화한 미용광고의 팽창은 대중 매체와 긴밀히 연결되어 있으며 우리를 둘러싼 대중 매체는 여성의 외모를 강조하는 거의 직접적인 요인이 되고 있다고 해도 과언이 아니다. 뚱뚱하고 못생긴 여자를 광고 주인공으로 내세우는 경우는 드물다. 설사 나온다해도 그건 못생긴 여성을 등장시켜 결국 여성은 아름다워야 한다는 당위성을 설명하고 아름다움을 위해 투자해야 한다는 쪽으로 우리를 몰아가는 방법에 불과하다. TV에 나오는 예쁜 연예인, 그들이 소개하는 여성관련 상품은 물론이고 신문이나 여성지에 나오는 여성관련 상품과 카피는 그것을 보는 여성을 늘 불완전한 여성으로 인식하게 만든다.

---

40) Usa Stannard, *The Mask of Beauty, Women in Society*, Basic Books, Inc, 1972, pp. 187 – 188.

41) 여성을 위한 모임, 『일곱 가지 여성 콤플렉스』, 현암사, 2003, p. 150 – 151.

광고가 여성 외모의 부족함을 지적하고 아름다움을 강조하는 이유
는 더 많은 상품을 더 비싸게 팔기 위해서다.[42] 따라서 상품 광고는 청
결함이나 간편함, 아름다움과 같은 특정한 가치관을 강조하고 그 가치
관을 퍼뜨려 많은 소비를 만들어 내고자 한다.[43] 특히 화장품, 의상,
구두, 다이어트 식품에 이르기까지 다양한 상품들이 "여자는 아름다
워야 한다."는 가치관을 앞세워 상품을 팔려 든다. 이들 상품들의 특징
은 여성이 자신의 열등감을 극복하기 위해서 더 많은 상품을 소비하고
스스로도 남성을 위한 '비싼 상품'이 되라고 권고하는 것이다.

<표10>의 광고를 보면 얼굴은 서구적인 계란형의 미인이고 '건강
하고 용모단정한 자'라고 못 박고 있다. <표11>을 보면 여성은 아름
다워야 한다는 전형을 광고를 통해 볼 수 있다. 외모가 단순히 한 남성
에게 선택당하기 위해서 존재하는 것이 아닌 사회제도 속 문제임을 보
여주고 있다.

신문 콘텐cm가 제공한 이런 여성의 외모나 신체적 조건을 구체적으
로 제시한 기업의 채용에 대해 문학적 글쓰기가 수용하고 문제점을 지
적한 예를 신경숙의 「그는 언제 오는가」[44]에서 찾아볼 수 있다. 음독
자살한 서미란의 일기장에 그녀가 일간지에 여성 칼럼을 쓴 내용이 나
온다. 대기업에서 여사원을 채용하는데 그 자격 조건으로 키 160센티
미터 이상, 체중 50킬로그램을 내건 적이 있었다. 이를 놓고 부당하다
는 여성단체의 목소리를 그녀는 옹호한다.

---

42) Betty Friedan, *(The)feminine mystique*, 김행자 역, 『여성의 신비』下, 평민사, 1997,
  p, 43

43) 고석주, 「광고의 성 차별주의에 대한 소비자 의식 연구」, 이화여대 여성학과 석사
  학위논문, 1985, p. 37

44) 신경숙, 「그는 언제 오는가」, 『동인문학상 작품집』, 조선일보사, 1997.

언젠가 어느 대기업에서 여사원을 채용하는데 그 자격 조건으로 키 160센티미터 이상 체중 50킬로그램을 내건 적이 있었다. 그 대기업의 이름은 언론 매체의 광고에서나 어디에서나 우리가 매일 마시는 공기처럼 일상 생활 깊숙이 들어와 있는 기업이었다. (중략)

여성으로서 살면서 아름답고 싶은 것은 여성 누구나의 바람일 것이다. (중략) 검찰이 160센티미터, 50킬로그램을 옹호하고 나서지 않아도 암암리에 여성의 신체 조건이 고용에 영향을 끼치고 있음은, 그 영향이 미미한 게 아니라 상당한 정도라는 건 누구나 다 안다. (중략) 남자 사원과 함께가 아니라 여사원만을 따로 모집할 때 신체 조건에 제한을 두는 것은 남녀 차별이 아니라는 건 내 보기엔 복잡한 문장에 불과해 보인다. 그럼 여여 차별은 해도 된단 말이나 다름없지 않은가. (중략) 직업 모델도 아니고 자기 능력으로 변화시켜 볼 수 없는 선천적 신체 조건이 암암리에 통하고 있음도 서러운 일인데 그것에 법이 정당성을 부여해 주는 판단을 한다면 인품이나 능력 자질 같은 중요한 가치를 법이 스스로 외면하는 꼴이 아니겠는지.(48-49)

<표10> 한겨레신문, 1992, 3, 8, 4

신체 조건으로 차별받는 문제를 바로 지적한다. 2004년 말, 취업사이트 커리어(www.career.co.kr)가 구직자 1182명을 대상으로 '취업하기 위해 가장 필요하다고 생각하는 조건'을 조사한 결과, 여성응답자들은 외모(20.7%)를 외국어(21.3%) 다음으로 꼽았다. 이런 '외모 중시' 풍조는 방송, 광고 등 매스미디어가 더욱 부추기면서 확대재생산 과정을 거쳐 어느새 우리 사회의 거대한 이데올로기가 되고 있다. 최근 소비자들의 반발로 문안을 일부 수정한 O화장품의 처음 광고 문안은 '그녀는 피부에 투자했다. 여자가 예쁘다는 건 경쟁력이니까'였다. 여성학자 한설아씨는 이를 두고 "외모가 자본이 되는 세상을 넘어 자본이 외모를 만드는 세상이 됐다"고 지적했다. 그러나 한국사회에선 성별과 세대를 통 털어 외모차별로 고통 받는 이들이 늘어가면서도 외모차별 풍조를 반성하는 움직임은 거의 없는 상태다.[45]

<표11> 중앙일보, 2005, 5, 23, 22

---

45) 한겨레신문, 2002, 5, 7, 19면 (부록 표9).

신문 콘텐츠에는 보도기사 외에 의견이나 논평을 듣는 오피니언란이 있다. 위 지문은 이런 종류에 속하는 것으로 중대한 시사 사안에 대한 객관적이고 논리적인 의견을 싣는 것이다. 이 당시에도 외모지상주의는 사회 문제로 대두되었고 그에 대한 칼럼을 씀으로써 구성원들을 계몽하고 있다. 이처럼 시사 사건은 창작의 모티프로 작용하고 당대성을 보여주는 역할도 한다.

그러나 이런 사회 제도를 마냥 비판만 할 수 없게 됐다. 용모에 의한 고용차별은 남성도예외가 아니다. 고객과 접촉이 많은 서비스직종일수록 노동시장서 고용차별은 횡행한다. 외모와 생산성의 상관관계를 조사한 결과 매력적인 외모가 생산성을 높이는데 기여한다는 것이다. 이는 남녀 모두에게 해당된다. 결국 이 사회는 아름다운 외모에 의한 프리미엄보다 추한 외모에 벌점이 더 크다는 의견이다. 이러니 취직을 위해서라도, 그 취직을 통해 자아성취라는 거대한 이상보다는 현재보다 더 나은 '무엇'인가를 얻기 위해서 외모 가꾸기는 이제 필수가 된 것이다.46)

(3) '차이'를 인식하고 '차별'화 된 삶을 꿈꾸는 여성

외모 지상주의에 빠진 여성이 어떻게 자신의 육체와 정신을 파괴하는가. '육체'라는 수단으로 '결혼이나 남성획득'이란 목적을 어떻게 달성하는가. 안진진(『모순』)은 자신의 꿈을 이뤄줄 무기가 20대의 '젊음'이라 했다. 초희(『휘청거리는 오후』) 또한 자신의 꿈을 이루는 무기를 미모로 선택했다.

---

46) 중앙일보, 1994, 12, 29, 26면.

　　초희는 자기의 미모를 자각하고 나서부터 그 미모를 헛되게
하면 안된다는 굳은 결의를 갖게 되었었다. 언제고 반드시 그 미
로를 밑천으로 물질적인 풍요를 얻으리란 꿈이 있었다. 아니 그
건 꿈이 아니라 집념이었다.(340)

　생계를 위해서도 아니고, 그를 통해 자아성취를 위해서도 아닌 오로지 결혼을 통해 한 남자의 아내가 되어 경제력과 사회적 신분 상승을 위해 젊음과 미모를 무기로 택했다. 안진진은 가난하기 때문에 20대라는 젊음만을 내세웠다. 가진 게 그것밖에 없었기 때문에 적극적인 미모관리나 바디관리는 부족했다. 자신을 상품성 있게 내보일 수 있는 '프로젝트'의 부재 속에 단지 두 남자 중 조금 더 조건이 좋은 한 사람을 선택할 뿐이었다. 초희는 타고난 미모를 바탕으로 꾸준한 관리를 통해 자신의 외모를 가꾸었다. '프로젝트'면에서는 안진진보다 낮지만 그다지 별 차이는 보이지 않는다. 『휘청거리는 오후』가 70년대 처음 쓰여진 것이었기에 성형이나 바디클리닉 같은 것은 작품 속에 나오지 않는다. 즉 본격적인 외모 가꾸기 '프로젝트'가 여기에도 없다. 당시에는 성형이 보편화되지 않았기 때문에 아무리 중산층이라 힐지라도 이는 무리라고 실명할 수 있다.

　그러나 한강의 『그대의 차가운 손』[47]은 본격적인 외모 가꾸기 '프로젝트'와 그의 부작용, 사회의 부조리를 여실히 보여준다. 조각가 장운영에게 장혜숙으로부터 배달된 액자식 장편 소설을 읽는 것으로 이야기는 시작된다.

　자신의 개인전에서 처음 L을 보았는데 그녀는 100킬로그램 정도 되는 일반적으로 말하는 '아름다운 여성'과는 거리가 있는 여자였다. 자

---

[47] 한강, 『그대의 차가운 손』, 문학과 지성사, 2002, 이하 면수만 표시함.

신의 거대한 몸을 숨기기 위해 큰 옷을 입고 왠지 그래서 더 슬퍼 보이는 눈을 가졌다. L은 몸을 드러내지 않기 위해 여름에도 땀을 흘리며 굳이 긴팔 옷을 입고 다니는 여성이다. 그러나 그녀도 처음부터 이렇게 뚱뚱했던 것은 아니었다. 14살에 시작된 의붓아버지의 상습적인 성폭행이 L을 절망적으로 만들었고 그 대안으로 살기 위해 시작한 일이 먹는 것이었다.

> "언제부턴지 몰라요. 입에 먹을 걸 물고 있으면 마음이 편해진 게…… 쉴새 없이 먹어댔죠. 나중엔 열쇠 소리가 들리거나 말거나 처먹구만 있었어요. 살이 찌기 시작했죠. 한 달에 10킬로씩 불어난 것 같아요. 그래도 그 새낀 지치지도 않았어요. 40킬로가 불고 나니까 날 괴물 쳐다보듯 하더군요. 실제로, 허벅지가 너무 굵어져서 억지로 파고들기도 어려웠겠죠. 그 새끼가 날 더 건드리지 않으니까 좋았어요. 난 계속해서 먹었고, 살은 계속 불어났죠."(113)

사랑받고자 하는 열망을 먹는 것으로 해결한다. 그래서 "이 세상에서, 먹는 게 제일 좋고, 음식이 엄마이고, 힘"이다. 그런 그녀에게 외모에 관심을 갖게 하는 사건이 발생한다. 좋아하는 남자가 생겨 그에게 '아름다운 여자'로 보이고 싶어 하는 욕망이 생긴 것이다. 그가 뚱뚱한 자신을 징그러워하기 때문이란다. 그래서 학교를 휴학하고 다이어트까지 감행하는 변신을 시도한다.

상황의 모순이 여기서 드러난다. 살기 위해 살찔 이유를 제공한 것도 남성이고 사랑받고 싶어 살 뺄 이유를 제공한 것도 남성이다. 단지 "예쁘다"는 말을 남성한테 듣고 싶어 하고 그 말을 듣기 위해 시간과 노력을 쏟을 결심을 한다. '껍데기'에 불과한 육체가 정신을 지배하는 상황이다. 물론 L이 결혼을 하기 위해 외모 가꾸기에 돌입한 것은 아니지만 그렇게 해야 할 당위성을 제공한 쪽이 남성이란 점 때문에 문제가 되지 않는다.

몸은 여성 경험의 가장 문학적인 토대이자 그에 대한 은유이다.[48) 몸을 통해 세상과 소통하고 무엇인가를 저장하는 비밀스런 저장고이다. 때문에 여성에게 몸은 그들이 미완성의 존재이며 세계를 향해서 열려 있고, 몸을 매개로 타인과 주변 세계와의 상호관계의 장을 연다는 의미가 된다.[49) 그런데 남성과 여성을 포함한 세상은 여성의 몸을 그냥 내버려두지 않는다. 과학과 의학이란 수단으로 신체의 일부분 또는 전부를 덧붙이거나 고치거나 빼는 방법으로 몸을 목적으로 만든다. 여성의 몸은 처음 태어날 때는 생물학적으로 '차이'있는 몸이지만 이런 과정을 거치면서 생물학적 몸을 떠나 사회적·문화적으로 '차별'된 몸으로 '재생산'되는 것이다. 사소한 차이가 큰 차별을 이룬다.

몸의 예술적 형상화의 과정은 어떻게 타자가 주체의 몸을 아름다운 몸(체화된 정신)으로 경험할 수 있는가 하는 질문으로 집중된다. 타자가 주체의 몸을 예술 작품처럼 주형된 아름다움으로 바라볼 수 있어야 한다.[50) 이것이 외모 가꾸기 '프로젝트' 성공어부의 관건이디. 그래서 자신의 '껍데기'를 '본질'인양, '몸'이라는 수단을 통해 '남성획득'이라는 목적을 달성하고자 한다.

<표12>를 보면 다이어트 하는 여성이 많다. 전체여성의 65%가 다이어트 경험이 있다. 또한 75%이상이 자신이 뚱뚱하다고 생각하고 있

---

48) Helena Michie, *(The)flesh made word*, 김경수 옮김, 『페미니스트 시학』고려원, 1992, p. 189.

49) Cornelis Anthonie van Peursen, *Body, Soul, Spirit*, 손봉호·강영안 옮김, 『몸·영혼·정신』서광사, 1985, p. 28, 134.

50) 김종갑 ,『근대적 몸과 탈근대적 증상』, 나남, 2008, p. 207.

다. 외모와 관련한 부분에서 현대 여성이 얼마나 자신감 없이 자신의 몸을 타자화 하는지 알 수 있다. 뚱뚱하고 못생겼다는 설정은 자신이 날씬하고 마른 사람이나 예쁜 사람에게 견주어 그런 것이지 어떤 기준이 설정된 것은 아니다. 그런데도 전반적으로 자신의 외모나 체형에 만족하는 경향은 많지 않다. 작품 속 L처럼 모두가 다시 쳐다 볼 만큼 극단적인 경우는 상황이 다름에도 일반 여성들은 자신이 뚱뚱하다고 생각함으로써 이런 현상은 사그라지지 않고 있다.

<표12> 한겨레신문, 1995, 9, 28, 11.

직장 여성 65% 다이어트 한적 있다.

직장 여성들은 자신의 신체에 높은 관심을 가지고 있으며 특히 '비만'에 대해 매우 민감한 반응을 보이는 것으로 나타났다.

현대 백화점이 최근 여직원 6백명을 대상으로 '다이어트에 대한 관심과 경험'을 조사한 결과, 다이어트를 해본 적이 있다는 사람이 65%에 이르렀다 그 동기로는 '기성복을 마음대로 사입을 수 있기 때문에(35%), 스스로 건강을 유지하기 위해서(27%), 친구들에게 놀림을 당한 적이 있어서(9%)등을 꼽았다.

한편 자신이 날씬하다(13%), 말라서 걱정된다(11%)는 사람보다 뚱뚱하다(14%), 살이 조금 찐 편이다(28%), 조금 찌긴 했지만 봐줄만하다(34%)고 생각하는 사람이 훨씬 많은 것으로 드러났다.

아래의 <표13>은 성형에 대한 일반인에 대한 생각을 알아보고자 성형을 경험한 사람을 중심으로 좌담을 한 기사다. 이를 분석해보면

---

51) Elizabeth Haiken, Venus Envy : A History of Cosmetic Surgery, 권복규 · 정진영 역, 『비너스의 유혹』, 문학과 지성사, 2008, p. 26 － 29 참고.

우리나라 여성은 아시아에서 성형을 가장 많이 꿈꾸나 스스로 아름답
다고 생각하는 비율은 가장 낮은 것으로 나왔다. 이를 볼 때 우리 나라
여성은 성형 잠재력이 가장 높다고 봐야 하고 결국 성형을 많이 할 것
으로 보인다. 또한 성형을 통한 외모 가꾸기에 대한 사회인식이 부정
적인 면보다 긍정성에 더 무게를 두고 특수성을 넘어서 보편성을 띠고
있는 것으로 나온다.52)

<표13> 중앙일보, 2005, 12, 1, 29

성형 – 개인의 선택인가, 사회적 압박인가
"내가 원했고 결과에 만족" "외모지상주의와 타협한 것"

성형은 개인의 선택인가, 사회적 중독인가. 요즘 20~30대 사이에는 '쌍꺼풀
수술은 성형이 아니라 미용에 불과하다'거나 '취업을 위해서라면 남학생들도
성형할 수 있다'는 인식이 상식처럼 돼 있다. 실제로 생활용품 다국적 기업인
유니레버가 최근 한국.중국.일본 등 아시아 9개국 여성을 대상으로 '성형을 고
려한 적이 있느냐'고 설문조사한 결과 한국 여성의 53%가 '그렇다'고 대답해 압
도적으로 1위를 차지했다. 반면 스스로 아름답다고 생각하는 여성은 1%에 불
과해 꼴찌를 차지했다.

이같은 현상에 대해 전문가들은 "한국의 외모 지상주의가 얼마나 심각한지
보여 준다"며 "이 같은 성형 풍조는 '개인의 선택'을 가장한 사회적 강압의 결
과"라고 분석했다. 20~30대들이 보는 성형 열풍의 사회적 의미. 문제점. 대안
을 들어봤다. 성형수술 한 3명의 대학생과 성형 반대 캠페인을 펼치고 있는 여
성단체 활동가 및 이미지 컨설팅 업체 원장 등 20~30대 5명이 자리를 함께했
다.

---

52) 중앙일보, 2005, 12, 1, 29면.

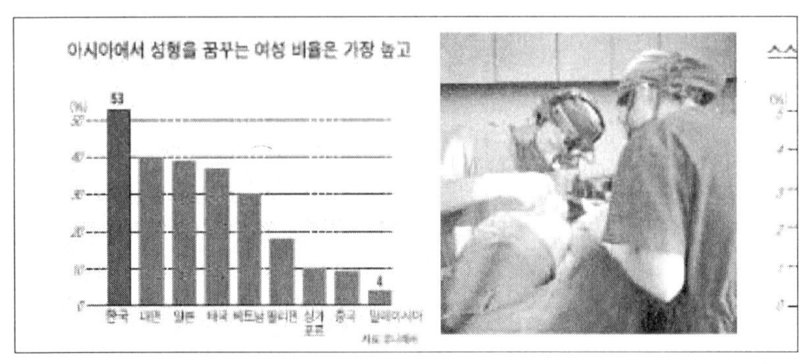

　　예쁜 얼굴, 날씬한 몸매는 여성에게 성과물을 제공한다. 무서운 고통을 인내한 결과로 '남성획득'과 '자신감'을 보상받는다. 여기에는 물론 결혼할 여자라면 신분상승과 경제력 있는 남성이 선택된다. '프로젝트'를 실행한 결과 '아름다운 소비대상'이 된 것이다. L은 그동안 자신을 쳐다보지 않던 많은 남성들이 자신을 만나고 싶어한 것에 만족을 느끼고 그녀가 갖고 싶었던, '예쁘다'는 말을 듣고 싶었던 그 남자를 차지한다. L은 타자를 통해 주체를 확인하고, '차이'를 통해 '차별'된 그녀를 본다. '차별'된 여성이 갖는 오만함으로 무장된 채 나타난다.

　　L은 모델처럼 날씬하지는 않았다. 체중은 55킬로그램? 키가 큰 편이니 나름대로 균형 잡힌 몸매였다. 체구뿐 아니라 얼굴도 예전과 비교할 수 없을 만큼 달라져 있었다. 턱만은 약간 부은 듯 살이 붙어 있었지만, 볼이 처지지 않았으며, 가늘어진 목에는 주름 한 겹 없었다. (중략)
　　무엇보다 달라진 것은 L의 옷차림이었다. 언제나 걸치고 있던 탁하고 진한 빛깔의 커다란 티셔츠 대신, 그녀는 베이지색 카디건과 같은 색 울 셔츠를 걸쳤고, 유행에 맞춰 아랫단이 넓은 타이

트한 청바지를 받쳐 입고 있었다. 그리고 처음 보는 장신구들이
눈에 띄었다. 그녀는 귀를 뚫었고, 목걸이와 반지를 했으며, 민감
한 디자인의 팔찌를 끼고 있었다.
　(중략)
　나는 그녀의 목소리에서, 예쁜 여자들이 흔히 자신의 구애자
들에게, 혹은 습관적으로 모든 남자들에게 내보이는 오만과 허
영, 힘의 과시를 읽었다.(127 － 128)

　예쁜 여성이 가질 수 있는 모든 특권을 다 갖고 나타난 그녀는 전보
다 행복해보이지 않는다. '생기 없는 얼굴, 뻣뻣한 머리칼, 황폐한 얼
굴'이 그녀가 치룬 대가가 분명히 있음을 암시한다. 우연히 그녀를 찾
아간 골목에서 나는 그 대가를 확인한다. 거식증과 폭식증. 이것이 그
녀가 '남성'이라는 거대 권력을 시발로 '남성획득'을 차지한 대가이
다.

　인류의 역사만큼이나 인간의 식욕은 뇌에 각인돼 있다. 태어나는 순
간 어머니의 젖을 빨면서 익히기 시작한 식욕은 인간 삶의 첫 번째 즐
거움이다. 물론 다른 욕망처럼 지나쳐도 모자라도 문제다. 그러나 현
대인은 많은 스트레스와 외모에 대한 왜곡된 관념으로 식사장애가 많
아지고 있다. 적절한 식사량은 뇌의 먹는 중추신경과 포만 중추신경에
의해 결정된다.

　'여성 억압의 형태가 100년 전에는 성욕 억제로, 현대 사회에선 식
욕 억제로 나타나고 있다'는 말처럼 바비인형 등장 후 20년 동안 '거식
증'으로 알려진 신경성 식욕부진증 환자가 젊은 여성들 사이에서 늘고
있다. 이 병에 걸리면 체중증가에 대한 두려움 때문에 음식을 거부하
고 영양실조로 인해 사망하는 경우도 있다. 엄청나게 많은 양의 음식
을 빨리 먹는 '폭식증'은 신경성 대식증으로 불린다. 폭식 뒤엔 살찔

것에 대한 두려움으로 구토와 설사약을 먹고 그렇게 했다는 수치심·혐오감·죄책감으로 괴로워한다. 폭식증이 잦아지면 잦은 구토로 앞니 안쪽 치아가 손상되고 침샘이 붓고 식도 염증과 인후통이 생긴다. 또한 위출혈로 사망하기도 하는 정신병이다.[53]

이 병은 날씬해야 한다는 강박관념과 먹고 싶다는 본질성의 충돌이다. 이 충돌에서 선택할 수 있는 일은 먼저 음식을 거부하는 일이고 다음은 구토하는 일의 반복이다.

> 내 예상은 적중했다. 그녀는 상체를 비틀거리며 모퉁이를 돌아 걸어왔다. 그녀가 커다란 검은 비닐 봉지 안에서 쉼 없이 무엇인가를 꺼내 입 안으로 밀어 넣는 동안, 역겨운 튀김 기름 냄새, 달착지근한 청량음료의 냄새가 밤공기를 타고 내 후각을 자극했다. 작업실로 들어가는 층계 앞에 서서 그녀는 10여 분에 걸쳐 비닐봉지를 남김없이 비웠다. 밤의 정적 속에서 그녀의 집중한 뒷모습은 고독해 보였다. 삼키는 소리, 비닐 뜯는 소리, 다 먹고 난 비닐을 구기는 소리. 턱으로 흘러내린 음식물을 후룩 들이마시는 소리.
>
> 그녀의 모습이 작업실 안으로 빨려 들어간 뒤, 나는 시차를 두고 뒤따라 계단을 내려갔다. 열쇠로 문을 열기 전에 토하는 소리를 들을 수 있었다. 꺼윽극, 질식하는 듯한 신음이 뒤섞여 흘러나왔다. 양변기에 물이 고이기 무섭게 그녀는 물을 내리곤 했다. 토사물의 양 때문일 것이다. 계속해서 물을 내리지 않으면 변기가 넘치는 것이다.
>
> 숨넘어가는 소리, 토사물 쏟아지는 소리. 몸부림치는 양변기. 콸콸 넘치는 세면대의 물줄기. 영원히 그치지 않을 것 같던 소리들의 간격이 조금씩 벌어졌다. 차츰 잦아들었다. 마지막으로 몸을 뒤틀며 양변기가 콰르륵 소리를 냈다. 범람하던 내장이 멈추

---

53) 중앙일보, 2008, 9, 23, C1.

고, 쏟아지던 물줄기가 멈추고, 경련하던 목구멍이 멈췄다. 남은
것은 침묵뿐이었다.(142 − 143)

L을 거식증과 폭식증 환자로 만든 것은 일차적으로 그녀의 책임이
크다. 그러나 그 이면에는 남성이라는 거대 권력, ‘차이’를 인정하지
않고 결혼이나 취업에 대해 ‘차별’하는 이 사회의 구조적인 문제를 말
하고 있다.

생활 속에서 무심코 받아들여지는 편견과 차별이 우리 사회엔 아직
도 많다. 일상 속에 숨어 있는 이런 ‘관행적인 차별’은 명백한 차별 못
지않게 사람의 가치를 훼손하고, 사회적 에너지를 낭비시킨다. 거대한
자본이 성형을 형성하는 것으로 나타난다. 문학적 글쓰기에서는 대중
매체에 대한 이야기는 별로 없다. 개인의 성향이나 취향으로 말한다.
그러나 신문활용교육의 활동시 문학적 글쓰기와 함께 광고를 적절히
활용한다면 더 생생한 활동이 될 것이다.

결국 L도 이 사회가 만들어 놓은 성형이데올로기의 피해자로 볼 수
있다. 이런 일은 비단 L이라는 한 여성으로 끝나는 것이 아니고 전반적
으로 모든 여성에 해당된다고 보아야 한다. L이 차이를 극복하고 차별
화된 후 정신병사가 되기까지의 과정을 보면 사회 구조적 문제를 설명
할 수 있다. 처음엔 벌레 보듯 했던 남자가 날씬한 그녀를 보자 호감이
간다고 했다. 약간 살이 찐 그녀를 보고 살찌면 용서 안하다고 한다. 이
부분에서 결정적으로 ‘말’이라는 남성의 권력이 여성의 ‘몸’에 비수를
꽂는다. 그 비수는 몸의 형태를 변형시키기도 하지만 정신적 학대도
포함돼 여성의 정신적 해체를 불러온다.

“그때 아저씨하구 헤어진 다음에, 8개월 만에 40킬로그램을

뺐거든요. 그러곤 그 오빠한테 사랑한다구 그랬죠. 그때, 기적이 일어났어요. 오빠가 그러더군요.

나도 너한테 호감이 간다. 한번 만나보자.

기적은 계속해서 일어났어요. 오빠뿐 아니라 다른 남자들도 나한테 관심을 보이기 시작한 거예요. 알다시피 살쪘을 땐, 아저씨 말고는 나를 좋아한 남자는 한 사람도 없었거든요.

세상이 달라져 있었어요. 모든 사람, 심지어 대전의 엄마까지 날 보는 눈이 달라졌으니까. 난 다른 사람이 돼 있었구. 그런 나를 모두 전혀 다르게 대우해줬죠. 점점 욕심이 생기기 시작했어요. 그 다음 6개월 동안 10킬로그램을 더 뺐죠. 하루 한 끼만 먹구. 방학 땐 단식원에도 들어갔어요.

단식원에 갔다 온 지 얼마 안 됐을 때 약간 요요가 일어나더라구요. 오빠랑 냉면을 먹으러 갔었는데, 내가 물었어요.

다시 살찌면 어쩌지. 허리가 좀 굵어진 것 같아.

그랬더니 오빠가 거침없이 그러는 거예요.

나 뚱뚱한 여자 안 좋아해. 관리 잘해. 용서 안 한다.

대뜸 내 뱃살을 움켜쥐면서 오빠는 킬킬 웃었어요.

너 요새 너무 많이 먹어. 이거 봐라. 한 주먹, 두 주먹, 이야, 세 주먹 잡힌다.

나는 따라서 웃었어요. 그리고 조금 있다가 얌전히 일어나서, 화장실에 가서 토했어요.

그렇게 시작하게 된 거예요. 참을성을 다해 굶다가, 무서운 식욕이 덮쳐오면 먹구 토했죠. 위액이 나올 때까지 완전하게 토하니까 살이 빠졌어요. 43킬로그램까지 빠졌죠. 많이 먹는데두 살이 안 찌니까 O도 날 부러워했어요. 그런데 오래가니까 그게 생각처럼 안 되더라구요. 최선을 다해서 토하구, 그래도 안심이 안 돼서 변비약까지 먹어도 자꾸만 살이 붙었어요. 다른 덴 그런 대로 봐줄 만한데 뱃살이 점점 붙어서, 옷을 벗고 거울을 보면 꼭 사진에 나오는 난민 아이들 같았어요.

몸은 점점 통통해지는데 기력은 없구, 신경이 날카로워지구,

> 온통 먹을 것 생각뿐이었어요. 정작 처먹을 땐 뇌가 날아가버린
> 것 같았구…… 유일하게 정신이 돌아오는 땐, 토한 다음에 이 닦
> 으면서 거울 볼 때였어요. 미쳤구나, 미쳤어. 이번이 마지막이야.
> 그때마다 다짐했었죠.(158 - 159)

여성의 몸은 권력의 현실적인 작용으로서의 몸과 저항의 시발점으
로서의 몸의 의미를 갖고 있다.[54] 현실적인 작용으로서의 몸은 '차별'
된 외모이고 저항의 시발점으로서의 몸은 차별을 '유지'하는 것이다.
권력은 마약처럼 사람을 서서히 중독 시킨다. 그래서 그것을 지키고
유지하고자 비정상적인 방법이 사용되고 그 방법은 정신까지 비정상
적인 것으로 만든다.

세상은 위선 투성이다. 예쁘고 맘이 나쁜 여자보단 못생기고 착한
여자가 좋다고 '이성'으로 말한다. 그러나 '감정'은 예쁜 건 용서할 수
있어도 못생긴 건 용서할 수 없다고 말한다. L이 '날씬한' 현실적인 권
력으로 몸을 사용해 남성과 다른 여성들 앞에서 당당함을 갖고 '날씬
함을 유지'하기 위해 저항의 몸을 사용한 후 마지막으로 선택한 몸은
구역질나는 이중인격자들을 비웃고 남성, "너 없이도 잘살고 있다고
보여주는" 것이다. 그래서 사신의 '껍데기'를 산산조각 내어 완전한
가루 더미를 만든다.

몸이 미학적으로 재창조되어 신체화 되는 과정은 사회적으로 볼 때
생활세계의 심미화와 같은 궤도에 있다.[55] 전통과 계급에 묶였던 과거
의 사람이 탈계급화 · 탈전통화되면서 삶의 주체가 되는 단계에 이르
렀다. 그래서 과거에 실용적이었던 몸은 탈실용화되고 미학적 몸으로

---

54) Michel Foucault, *(L')ordre du discours*, 이정우 역, 『담론의 질서』 새길, 1993, p.169.
55) 김종갑, 앞의 책, p. 211.

재탄생될 수 있다. 그러나 너나없이 똑같이 복제인간처럼 탈실물화 하다 보니 개성이 없어진 것이다. 그래서 개성적인 '성형'이 아니고 누구를 닮은 '표절'에 가까운 형태로 가고 있다. 즉 정형화된 반복적인 재생산에 불과하다.

애초에 모든 인간은 각기 다른 몸의 '차이'를 갖고 태어난다. 차이난 외모를 성형이나 다른 방법으로 바꿔 '상품'으로 만든 다음 결혼할 때 배우자를 찾든 취업 면접 때 활용하든 그건 개인의 몫이다. 그러나 점점 외모가 중요시되고 그 외모 가꾸기 열풍은 쉽게 사그라질 조짐이 별로 없어 보인다. 이는 우리 사회 전반에 걸친 외모로 사람을 판단하는 풍조와 맞물려 모든 영역에서 '차별'이 일어나고 있기 때문임을 문학적 글쓰기와 신문 콘텐츠를 통해 확인했다.

신문활용교육을 통해 외모지상주의를 접근할 때는 대중매체와 함께 하는 방법이 효과적이다. 광고 같은 것이 이를 증명한다. 외모지상주의는 '차별'이 존재함을 전재로 하는 것이기 때문에 다른 이와의 '차이'를 인식하는 선에서 출발한다. 그 차이가 '편견'을 만드는 것이 아님을 지적하고 자신의 내면을 돌아봄으로써 자신감 있는 삶을 살게 하는데 중점을 두어야 한다.

3) 연상녀와 연하남의 르메 커플

요즘 신세데 남자 10명 중 4명이 연상의 여자와 연애를 해봤거나 하고 있는 중이라는 통계가 있다. 이른바 '르메 신드롬'이다. '르메'는 19세기 초 연상의 여자만을 찾아다니며 연애를 했다는 청년의 이름으로 연상의 여자와 연하의 남자 커플을 말하는 '르메 커플'이 여기서 유래했다.56) 일반적으로 대부분의 '르메 커플'은 연하 남자의 강한 밀어 붙이기로 시작돼 연상 여자의 '적극적 수동성'으로 이어진다. 연상의 여자에게 연애감정을 느끼는 남자가, 연하의 남자에게 연애감정을 느끼는 여자보다 훨씬 많으며 '남자가 연상의 여자와 사귀는 것'을 찬성하는 비율도 여자보다는 남자가 더 높다고 한다.

전통적으로 우리나라는 결혼할 때 여성이 남성보다 나이가 많았다. 누나같이 어머니같이 남성을 남편으로 잘 보살피고 보필하라는 의미였다. 그러나 근대 이후 이런 사고는 변해 전반적으로 남성이 여성보다 결혼연령이 낮아졌다. 이것이 또 변하는 조짐이 일고 있는 것이다. 연상 남자와 연하 여자의 결혼은 이제 지난 시대의 유물로 전락할 수도 있다.

왜 이런 현상이 생겼을까. 그것은 남녀성비의 불균형에서 볼 수 있다. 결혼 연령층 인구의 성비는 2000년에는 여자 100명당 남자 115명으로 높아질 것으로 보았다. 2010년쯤에는 여자 100당 남자 12명으로 예측하고 있다.[57] 이는 여성의 사회진출 확대와 더불어 독신이나 만혼을 선택하는 여성이 늘었기 때문이다. 결국 남성은 자의든 타의든 짝을 찾지 못해 독신으로 살든지 일찍 연상녀를 만나 결혼하든지 결정해야 한다.

인류학자의 성 선택권에 대한 기사를 보면 남성이 젊고 예쁜 여성을 돈과 권력으로 선택했던 것처럼 현대 여성들도 돈과 권력으로 젊고 어린 남자를 선택할 수 있다고 한다. 남녀성비의 불균형이든 성선택권이든 연하남과 연상녀의 결합은 새로운 결혼 풍속도인 것만은 사실이다. 그러나 이것은 조선시대 연상녀와 연하남의 결합하고는 다르다. 조선시대에는 여성이 복종하는 형태로 자신의 선택권 없이 부모와 집안의

---

56) 중앙일보, 2002, 6, 22, 39면.
57) 조선일보, 1997, 1, 9, 1면.

뜻에 따라 이루어졌지만 현대는 여성이 개인의 의사에 따른 주체적 결정으로 남성을 선택하는 것이다.

'연하남성'과의 이상적인 나이 차이는 2~3살 차이가 49.3%로 가장 많았고, 1~2살 34.6%, 3~4살 13.1%, 4살 이상 3%였다. 연하남성과 결혼하고 싶은 이유로는 '평등한 부부관계'를 원해서가 40.6%로 1위를 차지했고 이어 '젊게 살 수 있어서'(29.9%), '경제적 활동기간이 길어서'(19.1%), '공감대가 쉽게 형성될 것 같아서'(6.4%) 등의 순이었다.[58] 연상녀를 선호하는 이유에 대해서도 '이해심이 많다'(54.5%), '모성애를 느낄 수 있다'(27.3%), '경제적으로 안정적'(18.3%)이라는 이유였다. 연상녀 – 연하남 커플이 늘어나는 이유도 여성의 권위가 신장되면서 경제적, 정신적 안정감에 매력을 느끼는 남성과, 자신도 능력이 있는데 나이 많은 남자를 만나 과거처럼 고분고분 살지 않겠다는 여성의 가치관 변화도 어느 정도 작용했을 것이다.

박덕규의 『밥과 사랑』[59]은 30대 연상녀와 20대 연하남이 우연한 기회에 만나 서로 사랑을 한다는 신세대식 사랑을 그리고 있다. 결혼이나 사람을 만나는 것에 '밥(돈)'만을 최고의 가치로 여기는 사랑을 비판하면서 진정한 사랑이 무엇이고 그러한 사랑을 실현할 수 있는 방법은 무엇인지를 탐색한다.[60] 유소은은 남편과 사별한 30대 초반의 유치원 원장이다. 이혼 경력에 12살 나이차가 나던 남편이 병으로 죽고 재산을 가로채 그 동생 철식에게 쫓기는 인물이다. 어렵게 자란 그녀는 돈의 힘을 알고 사람을 교묘히 이용할 줄 아는 여자다. 그래서 민

---

58) 한겨레신문. 2004. 1. 20면.

59) 박덕규,『밥과 사랑』해토, 2004, 이하 면수만 표시함.

60) 박덕규, 「나르시스적 사랑과 행복한 사회를 꿈꾸며」,『밥과 사랑』, 문홍술, 해토, 2004, p. 264.

는 사람도 없고 자신만을 믿는다. 주강욱과 소은은 동생을 면회하러 왔다가 철식에게 쫓기는 소은을 구해주면서 인연이 시작된다. 일반적으로 겪는 연애의 돌출사건에 해당한다.

한 번 결혼했었던 소은은 경제적인 이유로 남편을 선택했다. 그렇기 때문에 남편으로서의 존재는 인정하지만 남자로서의 매력은 별로인 인물이다. 소은이 정신과의사와 상담하는 장면에서 이 사실이 확인된다.

> "여자가 결혼을 한다는 건 남자의 능력을 믿는다는 뜻이잖아요. 그 선택이 잘못되기를 바라는 사람은 없구요. 여자 혼자 공주처럼 살겠다는 것이 아니지요."
>
> "문제는 그 선택의 책임을 남자가 고스란히 떠안아야 한다는 점에 있지요. 결혼할 때 큰소리쳤겠지요. 행복하게 해주겠다. 장인, 장모 앞에서도 그랬겠지요. 손에 물 안 묻히고 살게 해주겠다. 포부야 대단하지요. 그런데 세상을 살아 보니 그런가요. 한 달 한 달 집안 식구 건사하는 그 자체로도 힘겨운 게 대부분의 남자의 삶이지요. 많은 여자들이 그걸 인정하지 않고 있어요."(145)

초혼할 때 여성이 남성을 선택하는 기준이 경제력과 외모임을 앞서 말했다. 소은은 그런 조건과 기준에 충실한 여성이다. 의사는 그런 이면에 남성에게 의존하려는 여성이 문제라고 제시한다. 그러나 그 이전에 그렇게 해서라도 여성을 사로잡아보려는 남성의 심리는 무엇인지 밝히지 않고 있다. 그것이 권력욕이든 성취욕이든 말이다.

소은은 남편을 이용했듯 강욱을 이용한다. 어려운 상황이 닥칠 때마다 그를 활용하고 강욱은 그런 소은을 더 좋아하게 되는 묘한 상황이다. 남자는 연약한 여자를 보호하고픈 보호본능이 있다. 소은은 이것

을 잘 이용한다. 그러면서 소은은 남편한테 "죄스럽고, 이 예쁜 청년한
테도 죄스럽다."

　소은은 외롭다. 그래서 다가오는 강욱을 거부하지도 않고 때로는 그
를 유혹하기도 한다. 남녀관계에서 연상의 여성이 더 적극적임을 볼
수 있다. 그와 있으면 포근하고 따뜻하다. 그런 유혹을 쉽게 여자는 떨
칠 수 없다.

　　　"나 재워주고 가는 거예요."
　　　남자는 왼손을 꺼내 여자의 이마를 덮었다. 큰 손이 여자의 이
　　마와 눈을 가렸다. 여자의 눈꺼풀이 남자의 손바닥 아래에서 가
　　늘게 떨렸다. 남자의 손바닥에서 조금씩 따뜻한 기운이 뿜어졌
　　다. 여자의 이마에는 포근한 솜이불이 내려와 덮였다. 피아노 소
　　리가 멎고, 바이올린 선율이 혼자 춤을 추다가 서서히 꼬리를 감
　　추었다. 어항 속의 열대어들도 풍경의 일부처럼 움직임을 멈추
　　었다.(195)

　소은이 이렇게 연하의 남자에게 끌리는 것은 나이 많은 남편으로부
터 받은 상처 때문이었다. 사랑받고 있다고 남들은 생각할지 모르지만
그것은 구속이었고 타자의 삶에 불과했다. 주체가 없는 삶은 삶이 아
니다. 그래서 자신이 주체적으로 관계를 끌어갈 수 있는, 남편과는 정
반대의 남자에게 마음이 가는 것이다.

　　　"남편은 물론 멋진 남자였다. 신사답고 유머 감각도 있고 박력
　　도 있고, 그리고 돈도 많았고……. 하지만 그렇다고 해서 남편
　　인생이 내 인생은 아닌 거잖아. 내 인생을 남편 인생에 맞추어서
　　살 수는 없는 일이잖아. 이번 일만 처리하고 나면, 올해까지만 참
　　고 기다리면, 아이 하나 낳고 나서, 이사하고 나서…… 이게 남

편 얘기지. 내가 무슨 일이건 하려고 들면 이런 얘기로 나를 구속
했어. 그러고는 말했지. 원하는 대로 다 할 수 있는데 뭐가 그렇
게 늘 불만이야? 원하는 대로의 주체가 뭐야? 나 아니야? 그런데
남편은 그 주체를 자기로만 알거든. 자아가 없는 멋진 인생이 있
다고 생각해? 내 말 무슨 말인지 알아들어? 너, 나 좀 도와준 적
있다고 날 넘보지 마. 너 같은 깡패가 뭐라고 내 인생을 안다고
끼어들어?"(258)

여기까지는 특별히 소은이 강욱을 사랑한다든지 좋아한다든지 하
는 계기나 서사가 보이지 않는다. 그러나 납치된 소은을 강욱이 자전
거를 타고 달려와 구하고 다시 그들에게 잡혀 폭행당한 후 소은은 그
를 사랑하고 있음을 깨닫고 "사랑한다"고 외친다.

　　소은은 울다가 말하다가, 이번에는 주강욱의 얼굴을 핥기 시
작했다. 코를 핥고, 광대뼈를 핥고, 눈 가까이를 핥고, 조금씩 조
금씩, 다친 눈 쪽으로 혀와 입술을 옮겨갔다. 흐르는 눈물과 침이
뒤섞이며 주강욱의 얼굴에서 피를 닦아내고 있다. 소은은 자신
이 주인에게 귀여움을 받으려 하는 강아지 같다는 생각을 한다.
그러다가 문득 깨달은 게 있다는 듯이 주강욱을 향해 힘껏 소리
시른다.
　　"나, 강욱 씨 사랑하나 봐!"(261)

누군가의 얼굴이나 몸을 혀로 핥는다는 사실은 지극한 애정의 표현
이다. 이타적인 지극한 애정이 없으면 불가능한 행위이다. 어미가 새
끼를, 새끼가 어미를 사랑의 눈으로 바라보고 하는 것이 핥기이다. 이
는 모성본능에 해당된다. 그럼 앞서 말한 연상녀를 선호하는 남성의
선호사유에 해당된다. 강욱은 경제력도 없는 남자이기 때문에 소은의

경제력은 분명 그에게 도움이 될 수 있다. 이렇게 볼 때 연상녀와 연하남의 결합은 결코 서로에게 손해가 아닌 재생산의 의미로 받아들일 수 있다.

통계에 의하면 신혼부부 중 11.7%가 연상연하라고 나와 있다. 연상연하 커플을 인터뷰한 내용을 보면 그 현상이 분명 늘어날 것으로 전망하고 있다. 이들의 의견을 분석해보면 역시 경제력을 갖춘 여성이 늘면서 이런 현상도 늘어난 것으로 보인다. 또 남녀의 역할에 변화가 오기 시작했다는 것, 연상연하도 하나의 취향일 뿐이라는 것, 여성의 수명 증가도 여기에 한몫 한다고 한다.[61]

문학적 글쓰기는 이런 시대적 흐름에 관심을 갖고 이를 바탕으로 작가는 문학작품을 형상화하는 노력이 필요하다. 이는 여성이 여성의 굴레서 벗어나고픈 것처럼 남자도 '남자다움'의 강박관념에서 벗어나고픈 현상이다. 그들은 '부드러운 터프함'으로 여성의 모성본능을 자극하고 있다. 남자도 남자이기 이전에 사랑받고 싶은 마음을 가진 한 인간이라는 솔직한 속마음을 보여 준다. 동시에 남자다움에 대한 개념설정에 대한 흥미로운 과제를 문학적 글쓰기는 안고 가야 한다. 그러면 여성/남성, 여성다움/남성다움, 모성/부성에 대한 지금까지의 여성주의 문학 관념과 사회 제도에도 변화가 오리라 생각한다.

신문활용교육시 르메 커플은 전통적인 결혼관에서 변화한 결혼이나 연애의 한 형태임을 먼저 설명해야 한다. 이것이 한 때의 유행이나 멋이 아닌 사회구성원들의 가치관이 변해서 생긴 것임을 볼 때 인정하고 긍정적인 사고를 갖는 것이 중요하다. 사회의 변화는 가치관의 변화를 가져오고 가치관의 변화는 모든 고정적 형태의 사회제도나 관습

---

61) 중앙일보, 2005, 8, 29, 28면.

을 유동적으로 흐르게 한다는 것을 알 수 있다.

4) 성 정체성의 변화와 동성 커플

(1) 동성애와 성 정체성

대부분의 사회제도는 남성과 여성이 만나서 결합하는 관계를 토대로 해서 발전되었다. 그러나 고대부터 현재까지 여성들이나 남성들간의 사랑이나 성행위는 어느 사회에서나 존재하였다. 많은 사람들은 이성애적 결합만을 정상으로 보고 동성들간의 애정 표현이나 성관계를 정상에서 벗어난 것으로 이해한다.

성별이 동일한 상대와의 사랑이나 성행위를 표현하는 말로 흔하게 쓰이는 '동성애자(homosexual)'라는 말은 1869년 헝가리 작가 카로리 마리아 케르트베트가 처음으로 사용한 것으로 보인다.[62] 원래 의학 용어였던 이 단어는 보급되기까지 꽤 오랜 시간이 걸렸고, 오랫동안 '성도착(inversion)', '우라니즘(uranism)', '페데라스티(pederastie)', '도착 성욕(sentiment sexual)' 등과 같은 여러 호칭들과 경쟁해야 했다.[63]

근래 들어 동성애자들은 '게이(gay)'라는 말을 더 선호하고 있다. 게이라는 형용사는 '사랑스러운', '개방된', '분명한', '건강한' 등의 긍정적인 의미를 내포하고 있다. 즉 게이라는 단어는 성행동을 위시하여 자신의 사고 및 감정, 생활양식, 그리고 자신을 동성애자로 여기는 생각이나 태도 등을 뜻한다. 여성 동성애자들은 게이라는 호칭을 용납하고 있지만 '레즈비언(lesbian)' 단어를 더 선호한다.[64] 95년 베이징 여

---

62) Florence Tamagne, *Mauvais Genre? : Une des représentations de l`homosexualité?*, 이상빈 역, 『동성애의 역사』, 이마고, 2007, p. 86.

63) Florence Tamagne, 위의 책, p. 12.

64) 정현숙 · 유계숙 · 최연실, 앞의 책, p. 358.

성회의에서는 동성애자에 대한 차별종식을 요구하는 행동강령을 정했다. 그 회의에 참석한 레즈비언은 "우리의 호소는 새로운 권리나 특별한 권리를 요구하느냐가 아니라 모든 사람들이 누리고 있는 기본적 인권에 관한 것일 뿐"이라며 자신들의 권리를 요구했다.

서구에서는 동성애가 가장 끔직한 범죄로 간주되어 동성애자에 대한 맹목적인 증오심이 표출되기도 했고 기독교는 중세 내내 동성애에 대한 혐오감을 발전시키기도 했다. 하느님이 정한 자연적 질서를 무너진 것으로 보았기 때문이다.

킨제이 보고서에 의하면 전체 인구의 2~4%는 성적으로 동성에게 이끌리는 동성애적 성향을 가지고 있다고 한다.[65] 처음 이 보고서가 나왔을 때만 해도 동성애는 병리현상, 즉 패티쉬즘이나 관음증, 복장도착 등과 마찬가지로 일종의 성심리적 장애로 취급되었다. 아직도 많은 이성애자들은 동성애가 하나의 '도착'행위, 즉 자연에 어긋나는 것이며 도덕적으로 비난을 받아야 한다고 생각한다.

우리나라는 한 연예인의 '커밍아웃'사건으로<표 14> 동성애 논란이 본격적으로 시작되었다. 동성애자들이 스스로 동성애자임을 인정하고 이를 떳떳하게 밝히는 커밍아웃은 개인에게는 힘들지만 일반인에게 미치는 영향은 크다. 이런 일은 집단적인 참여를 통해 어떤 사회현상이 바뀌어지고 변형될 수 있는 성찰적인 과정의 한 예다.

---

65) Strong, B., & DeVault, C.(1978). *The marriage and famiry experience*. N. Y. : West
　　Publishing Company, 정현숙 외, 위의 책, p. 357 재인용.

<표14> 동아일보, 2000, 9, 27. 31.

○…탤런트 홍석천(사진)씨가 동성애자임을 스스로 밝히고 방송활동을 중단했다.

홍씨는 최근 TV 프로덕션 조이TV(대표 송창의)가 단독 촬영해 각 방송사에 배포한 비디오테이프를 통해 이같이 밝혔다. 탤런트 이의정과 대화하는 형식으로 찍은 비디오에서 홍씨는 "'뽀뽀뽀'를 진행하며 아이들에게 항상 정직하게 살라고 했는데, 나 스스로 성(性) 정체성을 밝히지 못해 괴로웠다"면서 "정신적 충격을 받은 부모님과 해서모들께 죄송하다"고 말했다. '뽀뽀뽀'를 비롯 방송 출연을 모두 중단한 그는 "연극과 뮤지컬 공부에 전념할 생각"이라고 덧붙였다.

/황○○기자 hwahen@chosun.com

그가 동성애자임을 스스로 밝히자 MBC가 어린이프로 '뽀뽀뽀' 등에 출연을 금지시킨 것에 대해서는 '찬성'(41%)과 '반대'(44%)가 비슷했다. '잘 모르겠다.'는 15%였다. 남성은 동성애자의 방송출연 금지에 '찬성'이 더 많았지만, 여성은 '반대'가 더 많아서, 성별 견해 차이가 큰 편이었다. 한편 '동성에게 성적 감정을 느낀 경험이 있다'는 응답자는 15%였으며, 이 같은 경험은 여성(19%)이 남성(10%)에 비해 두 배가량 높은 것으로 조사됐다.

그의 선언 후 전국의 20세 이상 1473명을 대상으로 '동성애'에 대한 여론조사를 실시한 결과를 보면[66] 우리 국민 대다수는 동성애에 대해 거부감을 지니고 있지만, 동성애자를 사회적으로 지탄받아야 할 대상으로 여기지는 않는 것으로 나타났다. 조사 결과, 동성애에 대해 '매우

---

66) 동아일보, 2000. 10. 9. 7면.

거부감이 크다' 39%, '다소 거부감이 있다' 43% 등 응답자 5명 중 4명 (82%)은 동성애를 자연스러운 현상으로 받아들이지 않았다. 동성애에 대해 '그다지 거부감이 없다'는 16%, '전혀 거부감이 없다'는 2%에 그쳤다.

하지만 동성애자에 대해서는 '동성애가 비정상적 행위이므로 사회적으로 지탄받아야 한다.'(30%)보다 '동성애는 개인의 자유와 선택의 문제이기 때문에 지탄받을 대상이 아니다'(59%)란 견해가 더 많았다. 동성애자에 대한 관대한 견해는 남성(55%)보다 여성(64%)에게서 더 많았으며, 연령별로는 20대(73%), 30대(62%) 등 연령이 낮을수록 동성애자에 대해 더 관대했다.

우리나라에서 일어나고 있는 동성애 변화는 무엇이 있는가. 동성애자인권연대와 연세대 '컴투게더' 등 4개 대학 동성애자 모임은 올 3월 국립국어연구원과 이들 9개 출판사들을 상대로 동성애자에 대한 차별적 표현을 수정해 줄 것을 요구하며 인권위에 진정을 제기했다. 이에 국가인권위원회(위원장 김창국 · 金昌國)는 15일 현행 국어 영한 한영사전에서 변태성욕, 색정도착증 등 동성애에 대한 차별적 표현이 사용되고 있다며 국립국어연구원과 출판사에 이의 수정을 권고했다. 인권위에 따르면 현재 시중에서 판매 중인 사전에는 동성애를 변태성욕이나 색정도착증으로 분류하거나 호모, 동성연애 등 동성애를 비하하는 용어가 사용되고 있다는 것이다. 이에 대해 국립국어연구원과 이들 사전을 발행하는 9개 출판사 등은 사전의 개정판 발간 시 인권위의 수정권고를 반영하겠다고 밝혔다.[67]

서울대 동성애 인권운동 동아리 '마음006'이 대학사상 처음으로 동

---

67) 동아일보, 2002. 11. 16. A29면.

아리로 인준 받아 화제다. 연세대의 '컴투게더', 고려대의 '사람과 사
람' 등 동성애 동아리들이 소모임 형태로 여러 대학에서 활동 중이긴
하지만 동아리연합회에서 공식 등록되는 동아리로는 이번이 처음이
다. "이제까지 동성애자는 사회의 차가운 눈과 정체성이 혼란으로 고
통을 당해왔다며 이제는 자긍심을 갖고 동성애자의 인권을 위해 일하
겠다."고 밝혔다.68)

법원이 인터넷상 동성애 사이트를 청소년 유해물로 규정한 청소년
보호법 시행령은 위헌 소지가 있다는 판단을 내놓았다. 이는 성제체성
결정권을 폭넓게 수용한 것으로 이와 유사한 소송에 영향을 줄 것이
다. 이와 함께 교육인적자원부가 발간한 중학교 및 고등하교 교사용
성교육 지침서에는 이미 '동성애도 하나의 인간적인 삶인 동시에 애정
의 형식'이라고 규정하고 있다.69)

국내 동성애자들은 모여서 퀴어문화축제도 연다. 2005년에는 성적
소수자의 인권을 주제로 광화문 아트큐브에서 10개의 국내 단편작품
과 일본의 동성애자 감독 5명의 드라마, 실험영화 등을 옴니버스로 묶
은 <급행열차를 탄 퀴어들>, <백합의 향연>등 장편 드라마 세 편을
상영했다. '내 몸에 얽히는 퀴어의 시선', ' 내 욕망 속에 얽혀 있는 페
티쉬' 등을 주제로 열리는 전시회는 기존의 전시회 공간을 탈피해 홍
대 앞 마녀, 종로의 프랜즈 등 게이 · 레즈비언 바에서 열렸다. 70)

이렇듯 동성애 인식은 빠르게 변하고 있다. '소수의 성 정체성'문제
에서 이젠 '다수의 성 대중화'가 될 수도 있다. 이성간의 성적 욕망이
든 동성 간의 성적 욕망이든 '섹슈얼리티'는 오늘 다양한 라이프스타

---

68) 동아일보, 1999, 10, 5, 22면.

69) 동아일보, 2003. 12. 22. 31면.

70) 한겨레신문, 2005. 5. 25. 21면.

일의 하나로 간주되고 있다.

(2) 성적 소수자, 욕망의 은유

오랜 역사만큼 사회가 변화면서 동성애에 대한 일반인의 편견이 많이 사라졌다고는 하지만 아직도 우리 사회는 편견의 벽을 넘기가 쉽지 않다. 그러나 서구에서는 동성애자의 법적인 권리를 인정하는 추세가 급속히 확신되고 있다. 결혼과 가정은 물론이고 사회풍속도마저 바꿔 놓을 '가족혁명'이 시작되고 그와 함께 소비시장까지 판도가 달라지고 있다. 특히 프랑스는 문학가 중에 호모가 많은데 우리가 아는 마르셀 푸르스트, 랭보, 앙드레 지드, 장 콕토 등이 여기에 해당된다. 우리나라 작가 중에는 아직 동성애자라고 선언한 사람은 없다.

동성애자를 포함한 소수의 성 정체성에 대한 당당한 표현은 하재봉의 「컬트 시대」71)에서 볼 수 있다. "성적 방종이나 쾌락과는 다른 문제로서 올바른 성적 자아를 찾아가는 것"(147)이라고 말한다. 앞서 동성애에 남성이 더 관대하다고 했는데 장정일의 「아담이 눈뜰 때」72)는 이성애와 동성애를 통해 사회 부조리를 말한다. 19세 재수생 아담은 중년의 남성으로부터 자기와 자면 오디오를 준다는 말에 쉽게 동의한다. 그것은 똥 누는 것과 같은 아무렇지 않은 행동이라고 생각한다.

그는 자신과 하룻밤을 보내 준다면 레코드 플레이어를 주겠다고 제의했고, 나는 나쁘지 않은 제의라고 생각했다. 턴테이블 때문이 아니었다. 단지 그의 제의가 가소로웠기 때문이다. 그건 재물을 받고 능욕을 당하는 것도, 순결을 빼앗기는 것도, 하다못

---

71) 하재봉, 「컬트 시대」, 『문학사상』, 문학사상사, 1999. 2.
72) 장정일, 『아담이 눈뜰 때』, 김영사, 1999.

해 처녀막이 파손되는 만큼의 가치도 없는 것이다. 모르긴 해도 그것은 똥을 누는 것과 같을 것이었다. 나는 그의 제의를 받아들였다. (97)

그러나 아담은 실패한다. 정신적으로 아직 그것을 받아들일 여유가 없다. 남성의 성도착은 '여성화'의 결과라고 말한다.[73] 그렇다면 아담은 아직 '아담'으로만 존재하지 '이브'가 될 준비가 되어 있지 않다. 여성성보다는 남성성이 그를 강하게 지배한다는 의미다. 아담의 이런 쾌락주의, 도피주의, 사회적 정체성의 결핍 등은 단순한 성 정체성 문제가 아니라 빈틈없이 맞물려 돌아가는 합리적이고 탈인격화된 조직 속에서 스스로를 무화시키지 않으려는 방어기제들로 설명될 수 있다.[74] 이렇게 볼 때 서구에서는 쉽게 받아들이는 남성 동성 부부가 우리나라에서는 아직 쉽지 않다는 것을 비교할 수 있다.

이남희의 『플라스틱 섹스』[75]는 은명, 초록이, 최여사란 여성 동성애자를 중심으로 이 사회 동성애자의 윤리와 애환을 그렸다. 30대의 은명이 20대의 초록이란 여자와 우연히 만나 그동안 경험하지 못했던 동성애석 느낌을 받으면서 이야기는 시작된다.

성의 정체성은 그 사회의 도덕·윤리와 밀접한 관련이 있다. 소수의 이들에게 그것은 "불편이라는 말로 강요되는 획일성"에 불과하다. 동성애자들의 행보가 젊은이를 중심으로 일어나고 있는 이면에는 어느 시대든, 어떤 방식으로든 앞세대의 발자취를 부정하고 넘어서려고 시도하는 존재가 있기 때문이다. 기성세대가 쉽게 표현하지 못하는 이

---

73) Stephen Kern, 앞의 책, p. 363.

74) 류철근, 「말세의 考現學」, 장정일, 『아담이 눈뜰 때』, 김영사, 1999.

75) 이남희, 『플라스틱 섹스』, 창작과비평사, 1998, 이하 면수만 표시함.

런 면을 젊은 세대는 '위선'적이기 때문이라고 꼬집는다. 일반적으로 기성세대가 생각하는 동성애자는 비이성적인 그런 존재가 아니라 개인적 차이임을 말한다. 실제로 우리 사회에서는 조용히 음악이나 섹스에서 "혁명"이 진행 중인데 기성세대들은 그걸 모른다.

우리 사회는 이성애자에 대한 편견이 심다. 커밍아웃을 하는 순간 가족이나 친구와 남남이 되고 직장에서도 쫓겨나고 군대에서도 독방을 써야한다. 물론 에이즈같은 병을 염려한 탓도 있겠지만 전반적으로 타인의 성적 정체성을 인정하지 못하는 편견이 더 크게 작용한다. 그래서 이들은 대부분 유흥업소에 근무하며 타인과 다른 자신에 대해 죄책감과 자기비하에 빠진다.[76]

<표15> 동아일보, 2001, 8, 2, 10

"우리 정식 부부예요"

독일에서 동성애자 혼인법이 정식 발효된 1일 뮌헨 시청에서 결혼식을 올린 남성 한 쌍이 키스를 하고 있다. 이날 독일 전역에서 동성애자 수십쌍이 결혼식을 올리고 결혼증명서에 서명했다. 유럽에선 이미 네덜란드 등 일부 국가가 동성결혼을 허용하고 있다.

---

76) 한겨레신문, 2002, 5, 10, 15면 (부록 표11).

문학적 글쓰기에서도 역시 자유롭지 못하다. 은명이 초록을 만난 곳은 홍대 앞 록카페였다. 거기 모인 사람들은 많은 수가 동성애자였고 그것을 불편하게 생각하지 않지만 그렇다고 해서 자랑스럽게도 생각 안한다. 그들은 이성애자와 어울리기 보다는 '그들만의 리그'에 빠져 즐긴다. 그들은 이 시대가 가진 편견 중 법제도에 대해서도 불만이 많다. 섹스가 단순한 생식의 연결이 아니며 놀이라는 생각을 펼친다. 이런 이면에는 과학이라는 거대한 요소가 자리하고 있음을 인정한다. 이는 시대의 변화와 함께 그 시대 구성원의 가치관이 변함도 전제한다.

"나는 찬성한다, 반대한다고 단언하기 전에 우리가 섹스의 개념을 시대의 흐름과 떼어서 지나치게 근시안적으로 보고 있지 않은가 하는 생각을 하게 되는데요…… 기술의 발전이 사회의 기본단위인 가정의 개념을 바꾸어놓았듯이 과학의 발달이 섹스의 개념을 변화시키고 있는 시대에 우리가 살고 있다는 생각을 하고 있습니다. 이런 식의 진통은 그 변화의 와중에서 어쩔 수 없이 일어나게 마련인 필연적인 과정이라고 주장하고 싶은 거죠. 옛날에는 섹스가 생식과 연결되어 있었습니다. 그 대표적인 예가 옛날엔 생식과 연결되지 않은 성을 도착적인 것, 변태적인 것, 잘못된 것으로 정의했다는 겁니다. 그러나 과학의 발달로 생식과 섹스는 분리되고 있는 중입니다. 피임기술은 놀이로서의 성이라는 개념을 강화했으며, 아마도 몇 년 지나지 않아 인공수정이나 복제가 섹스와 분리된 생식의 개념을 완성하게 될 것이고 생식으로서의 성이라는 개념은 놀이로서의 성라는 개념에게 완전히 자리를 내주게되지 않을까 하고 생각하고 있습니다. 만약 우리가 놀이로서의 성이라는 개념을 받아들인다면 여지껏 우리가 가져왔던 정상적인 성이니 변태적인 성이니 하는 판단기준은 모호해지고 쓸모없어질 겁니다. 결국 성은 놀이에 지나지 않는 것일 테니까요. 이제 우리가 원하든 원하지 않든 필연적으로 진

행되고 있는 변화입니다. 그러므로 변태적인 성행위를 묘사 했
다는 판단 역시도 적당치 않게 될 것이고 어떻게 보면 이런 시대
의 흐름 속에서 그런 성행위가 공공연하게 이야기되는 것은 당
연하다고도 할 수 있겠죠⋯⋯ ”(33 − 34)

　성은 놀이다. 그 놀이가 금기를 범하는 것일 때는 더 재미있다. 은명
은 초록이 자신을 포옹하고 애무하고 섹스를 하는 몸짓에서 자신의 성
정체성을 깨닫는다. “굳이 말로 표현하지 않아도 서로를 아주 잘 이해
할 수 있었으며 서로에 대한 배려도 어디까지나 동등하게 주고받는 편
이었다. 남자와 관계할 때의 미진한 느낌, 때로는 맛보게 마련인 굴욕
적인 느낌은 이런 섹스에서는 없었다. 적어도 ‘누가 누구를 범한다’는
굴욕적인 표현은 전혀 적용되지 않는 것이다.”(40) 지금까지 살펴본
문학적 글쓰기 중에 남성과 섹스하면서 ‘편하거나’, ‘좋았다거나’, ‘안
정적이었다’거나 하는 느낌을 받은 여성은 별로 없었다. 늘 ‘굴욕감’을
느끼면서 한다. 혜완, 경혜, 영선, 희남 등이 끊임없이 그런 감정을 느
꼈다. 왜 그런 생각이 들었을까. 그건 상대에 대해 ‘배려’하지 않는 섹
스를 하기 때문이다. 가부장적인 남성권위주의에 물든 남편들은 여성
이 무엇을 원하는지 알려고도 하지 않고 단지 ‘배설’에 가까운 섹스를
한다. 그것이 결국 여성을 외도로 몰고 이혼하는 과정까지 함은 앞서
말했다. 동성간의 사랑은 이성간의 사랑에서 주지 못하는 편안함과 따
뜻함을 주기 때문에 은명이와 초록이는 서로에게 빠진다. 그래서 자신
의 욕망을 표현하는 것은 비난받을 게 아니라 아름다운 것이다.
　세상에는 많은 종류의 차이가 존재한다. 성의 차이도 결국 그중의
하나다. 너와 나의 외모가 다르듯, 성격이 다르듯, 좋아하는 음식이 다
르듯 좋아하는 성도 다를 뿐이다. 이것을 놓고 차별하는 세상은 변하

는 일상성의 구조를 따라가지 못하고 있는 것이다.

> "난 사소한 차이가 있는 편이 좋더군요. 하지만 무슨 상관있어요? 설혹 내가 그렇다고 한들 관계의 외형이 뭐 그렇게 중요하다고 남의 성생활에 그렇게들 관심을 보이나 몰라요. 이제 그딴 거 고리타분하지 않아요? 시대가 바뀌면 섹스도 외형적인 모양새보다는 그 내용이나 마음의 참됨이나 거짓, 진정성 같은 게 더 중요하게 되지 않을까요? 불과 얼마 지나지 않아 그렇게 될 거예요…… 댁도 아마 우리 나이에는 변화를 요구하면서 청춘을 보냈겠죠? 이젠 시대가 달라졌죠. 지금 우리에게 필요한 것은 사소한 일상성에서의 변화들이라구요. 이젠 섹스에서도 그 관념보다는 일상성에서의 구조변동이 필요하다는 거죠. 일대일의 관계에서의 변화요."(46)

대중매체의 특성은 일상성, 당대성, 현재 진행성이다. 섹스는 일상적인 것이고 그 변화는 시대적인 것이고 각각의 모습은 진행형이다. 은명은 초록을 생각하는 것만으로도 "몸이 뻣뻣하니 긴장되며 온 땀구멍이 오톨도톨 일서는 것이 느껴졌다. 초조해졌다. 더욱 간절하게 그 아이가 보고 싶었다."(47) 이렇게 자신의 성 정체성을 스스로 인정한다.

그와 함께 초록이의 동성애 파트너였던 50대의 최여사는 남편과 30대에 이혼하고 혼자 키운 아들마저 남편에게 가버린 외로운 여자다. 그녀는 고정적인 사랑에 대한 인습으로 남성에게 상처받고 참다운 사랑을 느껴보지 못했다가 초록이를 만나 사랑에 눈뜬 여인이다. 그녀에게 남자는 "아무 짝에도 쓸모없는, 도무지 도움이 안 되는, 신물나는 존재"로 "사막처럼 끝없이 펼쳐진 메마른 삶"을 살아왔다. 그녀의 이런 인식에는 인간에 대한 배려가 결여된 남성 탓도 있지만 그녀가 여

성에게 사랑을 느낀다는 사실이다. 거부감과 함께 부자연스럽고 구역
질날 거 같기도 한 이런 사랑이 초록이를 볼 때마다 " 아래가 축축이
젖고 몸이 뻣뻣해"졌다는 고백에서 알 수 있다. 그러나 초록이나 은명,
최여사는 동거를 할 뿐 부부로서는 성립하지 못한다. 서구처럼 제도나
관습, 편견이 그것을 허용하지 못하기 때문이다.<표16>

<표16> 동아일보, 2000. 7. 3. 14

　　성은 개별적인 것이고 대상이 필요하다. 그 대상이 여자냐, 남자냐
의 차이일 뿐이다. 그녀는 지금까지 그녀 자신도 인식하지 못한 이 시
대 문명이 요구하는 상징적이고 자연적인 질서에 자신의 감정을 억지
로 맞추려고 했었기 때문에 처음에 느끼지 못했던 것이 다. 타인과 다
른 취미는 아직도 비난의 대상이다. 때문에 두렵다. 자신의 사랑을 쟁
취하는데 이 두려움은 가장 큰 장애가 된다. 그러나 여성들이 동성애
를 선호하는 까닭은 "사랑할 줄 모르는 남자보다야 사랑할 줄 아는 여

자 쪽이 더 낫기" 때문이다.

동성애는 인류 역사와 함께 존재했다고 해도 과언이 아니다. 종교에 위배된 사랑 때문에 많은 굴곡이 있었던 것도 사실이다. 우리는 기사를 통해 동성애에 대한 인식이 변하고 있음을 알았다. 성적 정체성과 취향을 과감히 드러내고 그런 성적 소수자의 권리와 성 기호를 인정하는 쪽으로 변화가 오고 있다. 우리나라보다는 서구에서 변화가 더 빨리 온다. 빠른 만큼 문학적 글쓰기나 문학가들도 그 변화에 맞춰 움직이고 있다.

그러나 우리나라 사정은 다르다. 성적 변화는 오고 있는데 문학적 글쓰기는 그만큼 따라가지 못하고 있다. 앞서 제기한 우리 사회 변화의 내용에 맞춰 현재 상황을 인식하고 그런 변화를 수용하는 작품이 나오는 것은 작가의 몫이다. 특히 동성애부부를 가족으로 인정하고 그로 인해 파생되는 가족문제 즉, 부부갈등, 입양문제, 성병 등은 새로운 '가족혁명'을 예고한다.77)

현대소설의 동성애를 통해 신문활용교육을 할 때는 성적 취향, 성소수자의 인권문제를 들여다보아야 한다. 전통적으로 남성과 여성이 결합하는 토대에서 다른 형태의 성적 결합도 존재함을 먼저 인정함이 중요하다. 나와 다르다는 이유로 '차별'하지 않고 '편견'을 갖지 않고 대하는 것은 사회질서를 유지함에도 중요하다. 신문 콘텐츠를 통해 사회현상을 먼저 살펴보고 그로 인한 문제점과 대안을 찾는 것도 이런 문제를 받아들이는 방법 중의 하나이다.

지금까지 살펴 보았듯이 결혼 조건과 관련한 신문 콘텐츠의 내용은 여성과 남성이 조금씩 다르다. 그러나 일반적으로 보면 연애와 결혼은

---

77) 동아일보, 2000, 7, 27, 12면 (부록 표12).

별개라는 관념이 지배적으로 학력, 경제력, 외모를 많이 따졌다. 또한 계급·학력의 양극화 현상이 뚜렷하게 나타난다. 문학적 글쓰기에서도 이 조건은 충족된다. 여성은 그 조건을 충족시키기 위해 외모 가꾸기를 중요시하고 그런 남성을 만나 결혼하려면 혼수라는 부담스런 대가도 치러야한다. 특이한 점은 남성들이 경제력 있는 여성을 선호하는 경향이 늘고 있다는 것이다. 이는 가정에서의 여성의 위치와 역할에 대한 가치관이 변하면서 생긴 현상이다. 그리고 대중매체의 영향력도 이를 부추기는 요인으로 지적되었는데 90년대 보다는 2000년대로 들어오면서 더 늘어나는 추세다.

일반적으로 신문 콘텐츠의 글에 등장하는 결혼은 현상학적인 측면이 많다. 몇%가 결혼하고 어떤 조건을 원하는지 등을 비롯한 통계나 표가 주가 된다. 이들이 왜 그렇게 결혼하는지, 어떤 문제가 있는지 등은 깊게 나오지 않는다. 문학적 글쓰기는 보여주는 사회 현상은 적지만 그 문제에 대해 다각적으로 심층성있게 접근해 현상을 넘어선 본질적인 측면이 주를 이루었다.

배우자를 만나는 과정에서는 문학적 글쓰기는 알던 사람, 알던 사람을 우연히 만남, 우연히 만남으로 관계 진전 등이 주를 이루고 있다. 기사 글에서는 결혼정보회사, 특정인을 통한 만남 위주로 나와 작위적인 면도 있다. 젊은층에 새로 부각되는 연하남과 연상녀의 결합, 동성애 부분은 보여지는 사회현실에 비해 문학적 글쓰기가 적었다는 점이 아쉬움으로 남는다.

2. 신문 콘텐츠와 현대 소설의 이혼 유형

사랑은 실존의 유한성에 뿌리를 둔다. 이 유한성은 사랑의 기쁨이 불완전하다는 것을 바탕에 둔다. 사르트르는 남녀관계뿐 아니라 인간관계가 필연적으로 갈등에 기초할 수밖에 없다고 주장한다. 사랑이 갈등에 기초할 수밖에 없는 것은 그것이 궁극적으로 부조리하기 때문이다.[78] 불완전한 사랑은 갈등을 일으키고 그 갈등의 종말은 이혼으로 치닫는다.

다이안 번은 별거나 이혼 과정에 있는 사람들간의 관계를 분석했다. 결별(uncoupling)이라는 단어는 장기간에 걸쳐 지속되었던 친밀한 관계를 청산함을 말한다. 번의 연구에 의하면 결별은 대개 그 초기에 의도하지 않은 채 진전된다고 한다. 번이 개시자(initiater)라고 지칭하는 한쪽은 상대방보다 현재의 관계에 덜 만족하게 되어 양쪽이 함께 공유하던 행위에 혼자만의 '영역'을 구축한다.[79] 이러한 행위를 하기 전에 개시자는 관계를 증진시킬 노력을 하게 되나 성공하지 못한다. 그런 다음 그 실패의 원인이 상대방에게 있다는 것으로 생각을 확산함으로써 사랑하는 단계와는 반대의 단계로 가게 된다.

그 후 개시자는 결별을 고려하면서 주변 사람들에게 현재의 관계를 이야기하고 이익을 저울질한다. 부모와 친구들은 어떤 반응을 보일지, 아이들에게는 뭐라고 할지, 과연 나 혼자 살아갈 수 있는지, 나한테 경제적인 능력이 있는가 등을 생각하면서 결심한다. 그 과정에서 자신이 내린 결정에 대해 자신감을 갖게 되고 자신의 발전에 대해 더 많이 생각하게 된다.

왜 이혼이 이처럼 보편화되고 있을까. 사회가 변하면서 몇 가지를 생각해 볼 수 있다. 오늘날의 결혼은 더 이상 세대간의 재산이나 지위를 계승하려는 의도와 연결되어 있지 않다. 여성의 교육 기회가 늘고

---

78) Stephen Kern, 앞의 책, p. 671.

79) Anthony Giddens, 앞의 책, p. 175.

경제적으로 독립할 수 있게 되면서 결혼은 예전에 그랬던 것처럼 경제적 호구책으로써의 삶의 조건이 더 이상 아니게 됐다. 부유한 환경을 가지면 결혼에 만족하지 못했을 때 쉽게 거처를 옮길 수 있다. 또 결혼에 대한 낙인이 과거보다 약하다는 사실도 중요하다. 더 중요한 것은 이제 결혼이란 것이 개인의 만족을 제공해 주어야 한다는 관점에서 평가되는 경향이 증진되고 있기 때문이다[80]. 해서 이런 만족이 제공되지 않으면 경제력 있는 여성은 쉽게 거처를 옮길 수밖에 없어진다.

<표17>을 보면 90년대는 '배우자의 부정행위'가 이혼 사유 1위였다. 부인의 잦은 친정도피, 시부모 홀대, 외간남자와의 잦은 은밀한 전화, 정상적인 성관계를 소홀히 한 경우도 이혼의 사유가 되었다. 또한 낭비벽, 도박벽, 과다한 교회헌금, 경마를 좋아하는 사람도 이혼을 해야 했다. 특이한 것은 자다가 잠꼬대로 다른 여자 이름을 부른 남편이 이혼당한 일도 있었다. 90년대 이후 여권이 신장되고 여성에게 유리한 제도가 많이 생기면서 그만큼 여성이 이혼을 신청하는 사례가 늘어나고 있음을 의미한다.

또 교제기간이 짧을수록 파경이 많은 것으로 나타났다. 즉 결혼 전 교제기간이 이혼과 상당히 높은 상관성을 갖는 것으로 무려 61,9%나 됐다. 남성은 '성격차이'(35%), 여성은 '배우자 외도'(25%)를 첫 번째 사유로 꼽았다. 월 소득 100만원 미만 저소득층의 경우 '배우자 외도', 중간소득(200 - 300만원)은 '경제적 문제', 고소득(500만원 이상)은 '성격 차이'가 이혼 사유로 나타났다. 대체적으로 이혼을 '속전속결'로 처리하는 경향을 보이고 있다.[81]

이상을 종합해 보면 1990년대는 결혼 5년 미만, 두 아이를 가진 가

---

80) Anthony Giddens, 위의 책, p. 174.

81) 조선일보, 1994, 4, 28, 39면 (부록 표13).

정에서 이혼을 하는 경우가 많은 것으로 나온다. 이혼 사유는 '배우자 외도'가 많았는데 경제적 소득 수준에 따라 정도의 차이는 있었다. 이혼을 제의하는 쪽도 여성이 많아졌는데 이는 여권신장과 더불어 여성의 제도적 권리가 많이 확보되었음을 의미한다.

<표17> 한겨레신문, 1995, 9, 11, 14

자녀 둘 가진 부부 이혼율 최고

결혼 3－5년 남자30대 여자20대때 가장 많아

결혼한 지 3－5년으로 자녀를 둘 가진 부부가 가장 이혼을 많이 하는 것으로 드러났다.

10일 대법원이 펴낸 '95년 사법연감'에 따르면 지난해 한 해 동안 1심에서 이혼판결이 난 부부 2만 4천37쌍을 자녀수 기준으로 분류한 결과 자녀 두 명인 부부가 42.6%(1만2백44쌍)으로 가장 많았다. 다음으로는 자녀가 1명인 경우가 30.4%, 무자녀 10.1%, 4명이상 2.1%의 순이었다.

또 동거기간별로는 3년 이상 5년 미만이 24.6%(5천9백5쌍)으로 가장 많았고 2년 이상 3년 미만이 22%, 5－10년 19.9%, 1－2년 13.8%, 10년 이상 11.8%, 1년 미만 7.9%의 순으로 나타났다.

연령별로는 남자가 30－40살에서 47.2%로 가장 많고 20－30살이 27.4%로 다음을 차지했다. 여자는 20－30살이 41.4%로 30－40살(41%)보다 많았다.

또 남녀를 합해 보면 △30대 남자와 30대 여자 부부 28.7% △20대 남자와 20대 여자 부부 23.5% △30대 남자와 20대 여자 17% △40대 남자와 40대 여자 10.4%의 순이었다.

이혼 사유는 '상대방의 부정행위'가 44.9%로 가장 많았고 다음이 '자신에 대한 부당한 대우'(19%)였다.

2000년대 이혼 경향을 보면 2000년에는 하루에 119쌍 이혼소송을 냈고[82], 2001년에는 하루에 평균 130쌍이 이혼소송을 했다. 동거기간이 3년 미만인 경우는 1만6427건으로 전체의 49.5%를 기록했다. 이혼 사유별로는 '배우자의 부정행위'가 49.3%로 가장 많았고, 본인에 대한 부당한 대우(22.5%), 동거 및 부양의무 유기(12.9%), 직계존속에 대한 부당한 대우(6.7%). 3년 이상 생사불명(6.2%) 등의 순이었다. 이혼소송에서 피고의 성별 구성은 남성이 62.8%, 여성이 37.2%를 차지해 부인이 남편에게 소송을 제기하는 경우가 그 반대의 경우보다 많았다.[83]

통계청 자료에 의하면 2002년에는 하루 398쌍이 이혼을 했고<표 18> 2003년에는 하루 458쌍이 이혼했으나 2004년에는 이혼이 줄었다. 이혼이나 별거를 제의하는 쪽은 여성이 70% 가까이 된 반면 남성은 30%에 불과했다. 종합하면 결혼 5년 미만, 두 아이를 가진 가정, 30대 여성으로 압축된다. 결국 결혼생활에 있어 여성의 불만이 남성보다 높다는 것을 증명함으로써 결혼생활의 파탄이 남성 쪽에 많이 있음을 알 수 있다.

---

82) 동아일보, 2001, 8, 8, 25면 (부록 표14).
83) 동아일보, 2003, 9, 24, 31면.

<표18> 동아일보,03,3,28,26면

혼인및 이혼 건수 추이

2002년 혼인 이혼 현황

구분	내용
하루평균 혼인건수	840쌍
하루평균 이혼건수	398쌍
인구 1000명당 조(粗)혼인율	6.4
인구 1000명당 조(粗)이혼율	3.0
평균 초혼 연령	남성 29.8세 여성 27.0세
평균 재혼 연령	남성 42.2세 여성 37.9세
평균 이혼 연령	남성 40.6세 여성 37.1세
주된 이혼 사유	성격차이(44.7%)

1) 성적 일탈과 도덕의 이완

(1) 남편의 일탈, 그 일상성

인간은 욕망의 동물이다. 그 욕망이 충족되지 않을 때 다른 분출구를 필요로 한다. 여기서 일탈이 일어난다. 일탈(deviance)은[84] 공동체나 사회에서 많은 사람들에 의해서 받아들여지는 규범에 순응하지 않는 행위라고 정의될 수 있다. 어떤 사회도 규범에 순응하는 사람들과 규범에 순응하지 않은 사람들을 구분할 수 있는 간단한 방법을 가지고 있지는 않다. 우리 대부분은 때때로 일반적으로 받아들여지는 행위 규범들을 위반한다.

일탈의 개념 범위는 넓다. 일탈은 개인들의 행위를 포함해 집단의 행위도 지칭한다. 사람들은 대부분 사회화의 영향으로 사회적인 규칙과 규범을 따르는 것이 습관으로 인식되어 있다. 그러나 이런 규범에 순응하지 않는 것을 막기 위해 제재를 가하기도 한다. 제재는 주어진 규범들이 확실하게 받아들여지게 하는 것을 목적으로 한 개인 혹인 집단의 행동에 대한 타인으로부터의 반응이다[85]. 제재는 긍정적인 방법

---

84) Anthony Giddens, 앞의 책, p. 199.

도 있고 부정적인 방법도 있다. 또한 공식적인 것도 있고 비공식적인 것도 있다. 그러나 둘 다 사회 규범에 순응하도록 하는데 목적이 있다.

성적 욕구가 채워지지 않을 때, 또는 그로 인해 파생된 문제를 배우자 외 다른 사람에게 분출하게 하는 것이 성적 일탈이다. 우리는 이를 '외도'라 부른다. 외도는 일부일처제를 위반하는 것을 근간으로 한다. 인류학자 미드는 일부일처제가 인간의 모든 혼인제도 중 가장 어려운 것이라고 주장하기도 했다. 일부일처제는 한 여성과 한 남성으로 이루어지는 사회적·성적 결합을 의미한다.

많은 사람들은 일부일처제와 도덕성이 같은 말이라고 생각한다. 혼인은 궁극적인 속박이며 일부일처제 관계에서 벗어나는 것은 인간관계에서 가장 무거운 죄에 해당되는 것이다. 버나드 쇼는 "도덕은 법적으로 혼인하지 않은 사람들을 의심하는 것으로 이루어져 있다"[86]라고 함으로써 이 점을 신랄하게 조소했다. 그 무거움을 깨는 외도는 혼외 성교를 함을 의미한다. '혼외 성교'는 최소한 한 쪽이 이미 사회적으로 누군가와 짝을 지은 상태에서의 성교를 의미한다. 이제 일부일처제 하에서 한 쪽하고만 성관계를 갖는다는 것은 신화가 될 지도 모르겠다.

우리 사회는 여성이 '착한 여자'인지 아닌지로 평가받는다. 결혼한 여성인 경우는 더욱 그러하다. 임상 심리학자인 윌리엄 페즐러와 엘레노어 필드는 '착한 여자'로 키워진 여성이 열등감과 의존심, 무기력 등으로 분노가 쌓이는 데서 생기는 병적 증상을 분석하여『착한 여자 콤플렉스(Good Girl Complex)』라는 저서를 내놓았다. 이들은 '착한 여자 콤플렉스'를 "타인의 눈에 비치는 자신을 의식하면서 주변 사람들로

---

85) Anthony Giddens, 위의 책, p. 201.

86) David P. Barash & Judith Eve Lipton, *The Myth of Monogamy*, 이한음 역,『일부일처제의 신화』, 해냄, 2002, p. 12.

부터 좋은 여자라는 칭찬을 받고 싶어 하며, 착하고 귀여운 여자라는 인상을 심어 주기 위해 줄곧 자신의 욕망과 개성을 희생하려는 심리 상태"라고 정의하고 있다.[87]

우리 사회는 아직까지 이혼한 여성을 바라보는 시각이 편치는 않다. 남성 쪽에 문제가 있어서 이혼한다하더라도 여성에게 문제가 있음을 빼놓지 않고 말한다. 늘 여성이 참아야하는 것으로 인식하고 이혼한 여성에 대한 사회의 편견도 만만치 않다. '실패한 패배자'로 낙인찍는다. 앞서 본 기사처럼 이혼한 이유는 배우자의 외도가 많았다. 외도한 남편에 대한 여성과 사회적 판결은 한 두 번 용서는 기본이고 심하면 여성에게 문제가 있기 때문에 남편이 외도한 것이라며 협박한다.

이혼이 불행한 결혼의 지표는 아니다. 그러나 사회적 편견의 양상이 다르다. 여성은 이혼의 책임이 남성에게 있어도 늘 핵심은 여성의 문제로 돌아간다. 반면 남성은 책임 유무를 떠나 사회적 지위에 대한 걱정이 먼저이다.

줄기차게 여성문제를 다뤄온 이경자는 사회적 편견을 극복하고 당당하게 이혼을 선포한 작가이다.[88] 그녀는 이혼을 '실패'아닌 '새 출발'이라고 말한다. 그녀가 말한 것처럼 누구 때문도 아닌 나를 위한 이혼 결정은 결코 패배자의 모습도 아니고 실패한 인생 낙오자도 아니다. 그녀의 「절반의 실패」는 이런 작가의 의도가 잘 드러나 있다.[89]

정순은 서른넷으로 일곱 살과 여섯 살인 두 아들의 엄마다. 선생님

---

87) 윌리엄 페즐러·엘레노어 필드,『착한 여자 콤플렉스』, 박상창 역, 문학사상사, 1991, 여성을 위한 모임, 앞의 책, p. 61 재인용.

88) 중앙일보, 2004, 12, 12, A27면 (부록 표 15).

89) 이경자,『절반의 실패』, 동광출판사, 1989, 원래 1988년에 초판이 나왔던 작품인데 논문의 주제에 적절한 소설이고 작가의 사고가 일반 여성에게 미치는 영향이 크기 때문에 인용한다. 이하 면수만 표시함.

이었던 정순은 결혼 일년도 안 돼 대학 교수인 남편 기남이 처음 외도를 하자 그것이 자신 탓이라 여기고 학교를 그만둔다. 주변 사람들이 '가정을 지키라'고 말했고 살림은 뒷전이란 남편의 불만도 수용하려고 했기 때문이다. 그러나 남편의 버릇은 고쳐지지 않고 갈수록 더 당당해졌다. 지금은 잠결에 현재 애인인 28살 된 같은 학교 조교인 은영을 생각하고 정순을 안기까지 했다. 그런 남편이 짐승처럼 보였고 '남'이란 생각밖에 없다. 결국 그날 아침 이혼을 결심한다. 그길로 시어머니한테 달려가 남편의 외도 사실을 고하자 별것도 아닌 것을 가지고 소란 떤다고 오히려 나무란다.

> "원 세상 기집이 다 너 같아서야 어찌 사내가 기를 펴고 살겠냐! 옛 말에 열 기집 마다는 사내 없댔다고, 그래 우리 애가 어디 딴 데 살림 차렸더냐? 너같이 드센 것 만나 어디 시앗이나 보겠어?"
>
> 시어머니는 앉음새를 고쳤다.
>
> 정순은 쓰러질 것만 같아 정신을 바짝 차리려고 안간힘을 썼다.
>
> "우리 아들 고자 아니다! 소학교부터 우등생이었어. 일류 학교 나와서 일류대학교 교수야. 유학 보내 주겠다는 혼처 마다한 아이야! 조선 팔도 다 뒤져 봐라. 서방이 기집질 좀 한다고, 외며느리라는 년이 당돌하게 내차고 나간 시어미 찾아와 따지는 쌍것 있나! 느네 집안 풍속은 그렇냐? 고얀 것같으니라구……"(199)

시아버지의 바람기 때문에 고생했던 시어머니의 말이다. 처음 남편은 외도한 사실을 들키자 그 이유가 오로지 정순 때문이라며 발뺌한다. 또한 주변에서도 직장과 남편 중 남편을 택하는 것이 현명하다고 충고했다.

……그 앤 날 하늘처럼 여긴다. 내가 지금 전화하면 당장 달려올 것이다. 그러나 단지 바람이다. 스치는 바람. 지나가는 바람. 이 세상에 바람 안 피우는 남자 있는 줄 아느냐? 아내가 허점을 보이면 남자가 어쩔 수 없다. 바람피우게 마련이다. 아내라는 게 남편보다 일찍 출근해. 아이들은 파출부 손에 길러져, 니가 잠 안 자고 남편 한번 기다려 본 적 있느냐? 다음날 수업에 지장 있다며 잠자지 않았느냐……

정순은 그 때, 자신을 설득하지도 못한 채 남편이 원하는 대로 자기를 정리하였다. 특히, 직장 생활을 경험한 적이 없는 고등학교나 대학 친구들은 한결같이 "남편을 잃고 직장을 가져서 무엇 하느냐"고 충고했다. 그는 여자가 직업을 갖는다는 것이 결혼에 그토록 큰 문제가 되는 줄은 꿈에도 몰랐다. (201 – 202)

개시자 정순은 남편과의 관계를 개선하려고 노력한다. 그래서 학교도 그만두고 남편의 요구에 따른다. 그래도 나아지지 않자 이젠 남편의 결점을 살핀다. 그동안 못되게 굴었던 것을 생각한다. 다음으로 주변인에게 자신의 문제를 상의한다. 그러면서 이혼을 결정하는 자신의 행동에 자신감을 갖고 당당하게 행동에 옮긴다. 그것이 그녀의 삶을 윤택하게 하는 것이라고 생각하면서 말이다. 후퇴하기 위해 이혼하는 사람은 없다. 죄선의 선택이고 방법이라고 생각해서 이혼한다.

정순의 비극은 자신의 문제를 타인의 시각으로 보았다는 것이다. 주변 사람들은 어떤 문제에 대해 '조언'을 할 수 있지만 그 조언이 절대적일 수는 없다. 그런데도 정순은 '착한 여자'야 함을 잊지 않고 남편을 비롯하여 주변 사람들의 말을 그대로 받아들인다. 정순은 스스로 선택하고 행동할 때마다 도덕적으로 착한 여자의 속성, 자기희생이라는 사회적 신화를 떠올리며 그 틀에 맞춰 행동해왔다. 그러나 이제 정순은 그 울타리를 깨고자 한다. 남편의 외도 현장을 덮친 정순에게 기남은 남성으로서의 위엄을 되살리고자 그녀를 강간하려고 한다. 정순이 기남에게 이혼을 통고하자 그는 어이없어하며 "당신은 여자고 여기는 대한민국"임을 똑똑히 말한다. 대한민국에서 이혼녀가 어떤 취급을 받는지 상기시킨다.

> "이렇게 함부로 하는 게 아니야. 당신은 여자야. 당신같이 똑똑한 여자가 왜 근본을 잊지? 난 이해할 수가 없어. 내가 잘했다는 건 아니야. 그렇지만 솔직히 죽을죄를 짓진 않았어. 남잔 다 그래. 생각해 봐. 이런다고 문제 해결이 되나? 나한테두 기회를 줘. 잘못했다잖아. 내가 딴살림을 차렸어? 솔직히 말해 재수가 없었던 거야. 더한 남자들 많아. 정신 차려. 당신을 위해서 하는 말이야. 당신은 여자라구……"(208)

> "이혼? 뭐 이혼! 하아, 기가 막히군. 뭐 때문에 이혼이야! 우린 심심풀이루 결혼한게 아니잖아? 쌍스럽게 막 갈라서? 애들은? 애가 둘이야. 당신네 집에서 원하겠어? 집안의 수치인데. 당신이 몰라? 여긴 대한민국이야. 서양이 아니라구. 이혼녀가 어떤 취급을 받는지 몰라? 당신 아직 철이 안 났군. 헛똑똑이야"(209)

가부장적인 사회에서 여성이 자의로 의사를 결정한다는 것, 특히 이혼은 '인생 사망선고'와 같다. 사회활동을 하는데 제약을 받음은 물론이고 주변 사람들의 눈총은 더 따갑다. 그런 길을 자신이 가겠다고 나선 것이다. 기남은 그런 정순을 이해할 수 없다. 남자의 '외도'는 '실수'에 불과한데 왜 그러는지 모르겠다. 전형적으로 부모의 보호 밑에서 자란 권위주의적인 남자의 표본이다. 그래서 정순의 이혼 제의에 모멸감까지 느끼고 흥분한다.

결국 정순은 자신이 이 땅 대한민국에 "여자로 태어난 것이 죄"임을 인식하고 "굴욕적인 삶을 사절하는 값으로, 수태·임신·출산·양육에 대한 권능을 박탈"당한다.

이경자의 「피의 환상」은 이혼이 사회적으로 여성에게 아직도 불리한 제도의 모순임을 말하고 있다.[90] 대학 때 만나 연애로 결혼한 정옥의 남편은 직장 동료와 외도를 하고 다방 마담과도 떳떳이 길거리를 활보하면서 그가 경제권을 가진 남성임을 앞세워 자신의 행동을 정당화한다. 그러나 현실적으로 정옥은 대항할 힘이 없다.

> 지방 대학 행정학과 3학년 수료한, 중년의 이혼녀가 그것을 그루터기 삼아 밥 벌어먹을 길이 전혀 없다는 사실을 깨닫는 데다만 십여 분밖에 걸리지 않았다. 결국 자신이 할 수 있는 일은 가정부나 파출부, 늙었으나 어디서 써준다면 접객업소의 심부름이 고작이었다. 확실한 건 그것만이 아니었다. 헤어져 사는 아이들을 만나 보러 학교 앞에서 기웃거리는 중년 여자, 계모에게 구박받고 지내는 초라하고 주눅든 아이들……(90)

경제력도 없고 친권과 양육권을 일차적으로 아버지가 갖기 때문에 여성은 쉽게 이혼을 할 수 없다. 자식에 대한 죄책감, 보고 싶은 모정 그런 것들을 나 포기해야만 가능한 일이다. 개인적으로 쉽게 해결할 수 없는 부분은 경제적인 면이다. 현재 상태를 포기하면 혼자 살 여력이 없기 때문에 굴욕감을 느끼며 그냥 산다. 유순하는 『절반의 실패』는 남성을 타도의 대상으로 삼았다고 말했다. 이에 대해 그런 남성적 특징이 개연성을 확보하면서 작품의 주제 구현에 적절한 효과를 거둘 수 있다고 말하기도 한다.[91] 그러나 여기서 주시해야 할 점은 여성이

---

90) 이경자,『절반의 실패』, 동광출판사, 1989.

91) 김미현,『여성문학을 넘어서』, 민음사, 2002, p. 37.

당하고 안당하고의 문제를 떠나 전체 사회적인 여건이나 사람들의 관념이다. 남성의 외도는 받아들여질 수 있다는 사회 구성원들의 인식과 그 행위에 대해 도덕성 자체도 생각하지 않는 당사자의 관념이 이런 문제를 가져온다고 본다.

(2) 남편의 일탈, 양가성

남성은 왜 끊임없이 외도라는 '로망'을 꿈꾸는지 킨제이 보고서를 보면 그 답이 나온다.

> 대다수의 남성들은 왜 대부분의 남성들이 혼외정사를 원하는지 금방 이해할 수 있다. 비록 그들 중 상당수는 그것이 도덕적으로 용납될 수 없거나 사회적으로 바람직하지 않다고 생각하기 때문에 그런 행동을 삼가고 있지만, 그렇게 자제하는 사람들도 성적 다양성, 새로운 상황, 새로운 상대가 몇 년 동안 한 상대와만 해온 성교가 더 이상 주지 못하는 만족감을 줄 수도 있다는 것을 대개 이해한다. 반면에 많은 여성들은 왜 행복한 결혼 생활을 하고 있는 남성이 아내 아닌 다른 여성과 성교하고 싶어 하는지 이해하지 못한다.[92]

이 보고서를 보면 남성은 결혼 생활의 만족도와 상관없이 본능적으로 다른 상대를 만나고 싶어 한다. 주로 문학적 글쓰기는 남편의 부당성이나 폭력성을 여성 작가의 시선으로 그렸다. 그러다보니 왜곡된, 때론 너무 비현실적인, 그래서 너무나 페미니즘적인 시각으로만 그렸

---

92) A. C. Kinsey, W. B. Pomeroy, and C. E. *Martin, Sexual Behavior in the Human Male*, (Philadelphia : W. B. Saunders, 1948), David P. Barash & Judith Eve Lipton, *The Mith of Monogamy*, 이한음 역, 『일부일처제의 신화』, 해냄, 2002, p. 47재인용.

다는 비판을 받기도 했다. 남성 작가에 의해 남성의 성에 대한 본질이
나 문제성을 지적하는 경우는 별로 없다. 물론 작품 속에 남성이 외도
를 하고 그럼으로써 여성이 자각하거나 하는 경우는 나오지만 그 문제
의 심각성을 다루는 경우는 흔하지 않다. 남편의 외도는 일상적인 것
이기 때문이다. 그러나 요즘 들어 남성의 외도에 대한 정서적 측면의
양가성을 나타내는 경향이 늘고 있다. 양가성은 사랑과 증오, 복종과
반항, 쾌락과 고통, 금기와 욕망 등 서로 대립적인 감정 상태가 공존하
는 심리적 현상을 말하는데 사랑과 증오의 갈등과 같은 정서적인 측면
의 양가성이 여기서 다룰 부분이다.93) 이윤기의 『진홍글씨』94)는 남성
작가에 의해 남성의 치부를 드러냈다는 점에서 의의가 크다. 도덕/본
능, 일탈/안주 사이에서 그는 일탈을 한다.

"세상의 남성은 딸에게 바라지 않는 것은 아내에게서도 바라지 말
아야 한다." 이런 말을 거침없이 하는 남성은 여성의 성을 어떻게 바라
보고 있는가. 그는 남성/여성, 아들/딸, 심지어 아내/딸을 차별하지 않
는 남성이다. 그래서 함부로 '단지 여자라는 이유만으로' 여성의 몸에
낙인을 찍지 않는다. 그런 시각을 드러내는 작가의 관점이 처음에 드
러난다.

> 'A'는 '간음 (Adultery)'의 두문자 'A'가 아니다. 나는 하지 않았
> 거니와 설사 했다고 하더라도 이 '간음'이라는 말을 쓰지 않겠
> 다. 혼외의 사랑이 한편에서는 한량의 파격으로 미화되고 다른
> 한편에서는 간부姦婦의 패덕으로 매도되는 이 불공정한 시대의
> 성적 교섭 환경에서는 '간음'이라는 말은 그야말로, 남성과, 남
> 성이 주도하는 지배계층 언어 간의 간음을 통하여 생겨난 사생

---

93) 한국문학평론가협회 편, 앞의 책, p. 421.
94) 이윤기, 『진홍글씨』, 작가정신, 1998, 이하 면수만 표시함.

아일 뿐이다.(11 - 12)

이윤기의 『진홍글씨』에서 'A'는 '간음(Adultery)'의 'A'가 아니라 '아마존(Amazone)'의 'A'이다. 아마존 여인은 자신의 몸인 유방을 스스로 거세해 여성이 아닌 사람으로 살고자하는 인물들이다. 아마존 여인이 된 여주인공 '나'는 남녀 동권주의에 관한 한 다른 남성들과 다른 사고를 갖은 남편과의 사이에서 딸만 둘을 둔 여성이다. 남편은 '돌연변이'로 불릴 만큼 남녀평등에 진보적인 사고를 갖고 있다. 그래서 딸만 둔 자기 가족에 대한 불평등에 분노하고 가사에서도 여성의 고충을 잘 이해해준다.

그런 남편이 가족을 두고 미국 유학을 떠나면서 걱정하는 아내에게 자신이 얼마나 일반적인 남성성이 없는지를 말하고 안심하라한다. 여기까지는 그도 자신의 본성에 남성우월주의나 가부장제도적인 속성이 있는지를 모른다.

"알면서? 나는, 자동차 사고는 평생에 한 번밖에 안 나는 거라는 생각으로 운전한다. 부부도 마찬가지다. 사고는 평생에 한 번밖에 안 난다. 그리고 …… 당신 겪어봤지만, 사고 치기에 나는 너무 상상력이 부족한 인간이다. 차라리 사고라도 칠 수 있었으면 좋겠다."(58)

그러나 "지진 다발 지역에 선 내진 설계가 잘된 구조물"이라고 여겼던 남편은 일본 여자와 외도를 저지른다. 이런 외도의 배경에는 평등주의자이고 민주적인 남성일지라도 '수컷'이 지닌 '관성'을 극복하기는 어렵다는 생각이 깔려있다. 대를 이을 아들을 보고 싶다는 가부장적 욕구가 남편 외도의 중요한 동기로 작용했기 때문이다. 작가는 이

런 수컷의 본능적인 사회의 문제점을 아마존 여성의 유방절제술에 비
유해 여성이 스스로 설 수 있기를 바란다.

> 아마존의 오른쪽 젖 자르기는 병원의 무영등(無影燈) 아래서
> 벌어지는 현대의 '마스텍터미〔乳房切除手術〕'가 아니다. 그것
> 은 모성을 부분적으로 포기하는 한이 있더라도 남성의 노에 노
> 릇만은 거절하겠다는 피눈물 나는 선택의 산물이 아니었을까.
> 나날이 확산되어가던 가부장家父長 사회에 대한 모권 사회의, 마
> 지막 저항의 몸부림은 아니었을까? 수렵과 싸움질이 종족 번식
> 의 기능보다 중요한 기능으로 대두되던 새 시대의 산물이었을
> 가능성이 있지 않을까.(14)

김형경의 「민둥산에서의 하룻밤」은[95] 남편과 이혼 후 운전하면서
서로의 심정을 교차로 얘기해나가는 특이한 형식을 취하고 있다. 남편
은 외도가 잘못이라는 것도 알고 그로 인해 아내가 고통받으리라는 것
도 안다. 아내/정부, 도덕/불륜 사이에서 그도 결국 일탈을 한다. 그러
나 그가 이러한 일탈을 하게 된 배경은 아내가 제공한다. 그는 교양있
는 아내, 반들거리는 집안을 보면서 자신의 어려움이나 갈등을 아내가
전혀 이해하지 못하고 있는 상황에 대해 화가 난다. 그 탈출구로 외도
를 한다. 그러나 그가 찾은 것은 "여자"가 아니라 "편안함"과 "모험"
이다. 이런 모든 것을 남편의 입을 통해 밝힌다.

> 당신, 내게 왜 그랬느냐고 물었소? 아마도… 당신말고, 편하게
> 마음을 기댈 대상이 필요했던 것 같소. 조근조근 이야기를 나눌
> 수도 있고, 배짱이 틀리면 소리치며 쌓기도 하고, 술을 마시고 노

---

95) 김형경, 「민둥산에서의 하룻밤」, 『동인문학상 수상 작품집』, 조선일보사, 1997,
　　이하 면수만 표시함.

래도 부를 수 있는, 그런 여자가 필요했던 것 같소.

　그러나 다른 한편으로 생각해 보면, 내가 찾았던 건 다른 여자가 아니라 모험이었던 것 같소. 내가 아까 폭풍을 좋아한다고 말했잖소. 그런 차원일 거요. 늘어진 탄성을 부여하는 일, 여자를 찾아 나선 건 바로 그 이유 때문이었을 거요. (175)

외도는 마약처럼 중독성이 강한 행위이다. 수컷의 본능과 결혼제도의 문제점을 그는 말한다.

　제도가 인간을 억압하고 소외시키는 측면에서, 결혼은 가장 대표적인 경우일 거요. 내가 알기에, 결혼 후 혼외정사 한두 번 경험하지 않은 사람은 없소. 가장 나쁜 경우는, 결혼의 형식만 유지할 뿐, 실제로는 쌍방간에 다른 파트너를 두고 있는 부부도 있다오. 최악의 경우이긴 하지만. 문제는, 우리 사회나 관습 속에 중간 지대가 없다는 걸거요. 가정의 숭고함을 존중하는 시각과 혼외정사를 범죄시하는 시각, 그 사이에 중간 지대가 없다는 거요 .(177)

일방적인 이혼 사유였던 배우자 불륜이 이제는 고려해야 할 사안으로 다가온다. 그 이면에는 성에 대한 자유로운 가치관도 있을 수 있겠고 일부일처제에 대한 모순도 작용한다. 이제 남성들은 불륜이나 계급성만으로 타도되는 대상이 아니다. 기사를 통해서 본 바 여성의 성 자유로움이 늘어나면서 오히려 자신이 거세될까 걱정하는 남성이 늘고 있다. 어쩌면 앞으로는 남성이 아마존의 여성이 될 날이 올지도 모른다. 여성과 남성이 동등한 성을 누리고 그런 다음에는 여성이 오히려 자유로운 성을 누릴, 부권사회에서 모권사회로 회귀할 수도 있다. 매체 글쓰기는 남성이 아내의 부정을 '회피'하거나 '외면'하면서 경제적으로 현실적인 타협을 하는 부분이 많이 나온다. 문학적 글쓰기는 여성이 남성과 타협하면서 사는 경우는 있지만 남성이 여성과 타협하면서 참는 경우는 별로 없다. 이런 시대적 흐름을 문학적 글쓰기가 수용할 날을 기대해본다.

(3) 아내의 일탈, 불륜

결혼을 영원한 약속으로 생각하지 않는 경향이 늘면서 외도와 이혼이 부쩍 늘었다. 여성의 사회생활이 늘고 경제력이 커지면서 결혼과 애정에 대한 생각이 과거보다는 관대해진 것도 한 이유다. 이 같은 분위기가 확산되는 데는 '외도'를 미화한 드라마·영화의 탓도 크다. 지난 96년 드라마 '애인' 이후, '해피엔드' '밀애' '불꽃' '세 여자' 등을 통해 기혼 남녀의 외도는 더 이상 논란거리도 아니다.(표19) 인터넷도 이런 '쉬운 만남'을 부추기고 있다. '애인이 있다'고 응답한 사람들 중 대부분은 동창회 사이트나 채팅 등을 통해 남자를 만났다고 답했다. 한 정신과전문의는 "드라마나 영화 등 주변 환경이 금기를 깨는 데 일조했을 뿐더러, 경제력 상승으로 이혼해도 혼자 살 수 있다는 자신감이 커져 여성의 외도가 늘고 있다"고 분석했다. [96]

---

96) 조선일보, 2005. 5. 30. A2면.

<표19> 조선일보, 1999. 6. 22. 40

2005년 기혼여성들의 결혼과 성을 분석한 기사에 의하면[97] 여성의 외도 이유가 '남편에게 싫증을 느껴서'가 37.8%로 가장 많았고, 술 마시고 우발적으로가 22.2%, 남자의 유혹에 넘어가서가 13.3%로 나온다. 외도 상대를 만나는 경로는 '직장이나 동네'가 22.5%, '모임에서 우연히'가 20.2%, '친구나 동료의 소개'가 17.5%, '인터넷 채팅이나 동호회'가 15.0%였다. 불륜을 배우자에게 들켰다 해도 서로 모른 척하는 경우가 많다.

<표20>을 보면 조선일보와 한국성과학연구소, 한국화이자, 리서

---

97) 동아일보, 2005, 12, 12, A12면 (부록 표16).

치플러스가 기혼여성 1000명을 대항으로 조사한 결과 남편 이외의 남성과 성관계를 가질 수 있다고 대답한 사람이 63%이고 '반반'이라는 응답도 21%에 달했다. '있을 수 없는 일'이라고 답한 비율은 16%에 그쳤다. 26%는 외도경험이 있는 것으로 나왔다. 연하의 애인을 사귀고 있으면 '미쳤다'는 소리대신 '능력 있다'는 소리를 듣는다.

<표20> 조선일보, 2005, 5, 30, A2.

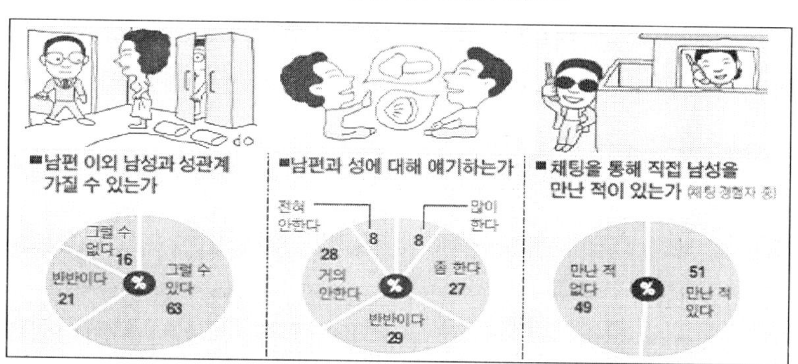

이를 종합해보면 외도는 여성을 기준으로 현재 30%이상 하고 있고 그럴 개연성은 70%이상 된다. 배우자에 대한 식상함과 무관심이 일탈을 꿈꾸게 했고 대중매체노 이를 부추기는 것으로 나온다. 또한 여성의 경제력 향상도 한 몫을 한다. 만나는 상대는 주변인이 많은데 자신에 대한 상대의 배려가 마음을 흔들리게 한다. 여성 기준이 이 정도임을 감안할 때 사회적으로 자유롭고 경제권을 쥔 남성들의 수치는 이보다 훨씬 높을 것으로 예상한다.

여성의 외도가 뉴스거리가 되던 시대에서 이젠 어느 정도 받아들이는 시대로 가고 있다. 남성만큼은 아니지만 여성의 성 선택권도 생기고 있다. '일탈'이 '일상'으로 될 수도 있다. 여성의 외도는 남편으로부터 받는 무관심을 대체할 수단으로 선택된 경우가 많았다. 그 근간에 성의 격차가 있다. 영국의 한 연구는 여성이 자신의 주된 짝(남편이나 주로 받아들이는 상대)과 시간을 덜 보낼수록, 다른 누군가와 성행위를 할 가능성이 더 높아진다는 것을 밝혀냈다.[98] 이를 보면 우리나라 여성의 외도 사유와 맞게 설명된다. 시간적 친밀도가 높을수록 성적 친밀도는 높아지는 결과이다.

기든스는 '친밀성의 영역'에 대해 관심을 많이 갖고 있다. 그는 '공적 영역이나 제도화된 정치의 변화가 현대성의 가장 큰 생명력'이라고 보는 하바마스와는 달리 인간의 사적 영역에서 일어난 변화를 추적하고 민주주의를 개인적 영역으로 확장시키고자하는 생각을 갖고 있다. '친밀성의 구조변동'이란 개인간의 상호작용 영역이 전면적으로 민주화되는 것을 말한다. 이 가운데 섹슈얼리티가 자리한다. 그는 '친밀성의 구조변동'의 핵심은 그 동안 사적 영역의 전담자 역할을 하였던 "여성"이라고 생각하고 있다는 점에서 주목할 만하다.[99] 부부간의 성이나 여성의 성은 아주 사적 영역에 속하기 때문이다.

남성들의 혼외정사는 그들이 바람직하다고 말하는 신체 형질과 상관관계가 있는 반면, 여성의 혼외정사는 그들이 기꺼이 그런 관계를 맺을 정신적 형질과 상관관계가 있다. 그 의미는 남성은 일반적으로 하려고 하고, 여성은 일반적으로 할 능력이 있다[100] 는 것이다. 이는 앞서 밝힌 <표20>에서 '다른 남성과 성관계를 가질 생각이 있다'가 68%나 된 것으로 증명된다. '언제든 할' 능력이 있음은 잠재성을 가진

---

98) David P. Barash & Judith Eve Lipton, 앞의 책, p. 62.

99) 안소니 기든스, 배은경 ·황정미 공역,『현대사회의 · 성 · 사랑 · 에로티시즘』, 새물결, 2001.

100) 안소니 기든스, 위의 책, p. 139 ‒ 140.

것으로 그렇게 이어질 개연성이 충분하다.

그런데 이윤기의 지적처럼 남성의 외도는 한량의 능력이고 여성의 외도는 불륜으로 매도되는 것이 우리 현실이다. 그래서 남성의 외도는 공개적인 것이 많고 여성의 외도는 더 은밀하다. 소설에 등장하는 남성이 외도를 하듯 요즘은 여성이 소설 속에서 외도하는 내용이 많다. 아주 은밀하고 비밀스럽게 하는 경우가 대부분이다. 배우자가 있든 독신이든 성 상대를 찾아다니며 욕망을 해결한다. 그 욕망은 단순한 남성적 '배설'이 아니다. 이제 더 이상 여성의 외도가 숨길 일 만은 아니라는 변화를 말하고 있다.

90년대 이전 소설이 '바람난 남편'이 중심이었다면 90년대 이후 소설은 '바람난 아내'가 중심을 이루고 있다. 심지어 '바람난 가족'도 있다. 경혜(『무소의 뿔처럼 혼자서 가라』), 연희(『결혼은, 미친 짓이다』), 초희(『휘청거리는 오후』), 아내(『아내의 상자』), 희남(『여자는 슬프다』), 혜규(『언젠가 내가 돌아오면』) 나(『명백히 부도덕한 사랑』)등 여성의 외도를 이제 더 이상 숨기지 않는다.

유순하의 『여자는 슬프다』는[101] 여성이 바람을 피웠으나 그 원인을 제공한 남성은 면죄부를 주고 여성에게만 돌을 던지는 사회적 관습의 모순을 본다. 과정을 무시한 채 결과만 중시하는 현 관습에 대해 생각해 볼 일이다. 피해자(아내)가 가해자가 되고 가해자(남편)가 피해자가 된다.

여성 문학이나 여성 주의 소설, '여성들만의 리그'에서 유순하는 남성작가로 도전한다. 그는 이때까지 논의된 여성 문학에 대해 적극적으로 비판한다.[102] 그는 가만히 있는 것이 손해보지 않는 것인 줄 알지만

---

101) 유순하,『여자는 슬프다』, 민음사, 1994, 이하 면수만 표시함.
102) 유순하,『한 몽상가의 여자론』, 문예출판사, 1994.

맘이 편하지 않다고 말한다. 그러면서 여성문학이 가진 주인공 인물의 상투성을 저적하고 있다. 그러나 그 역시 상투적이고 이기적인 남성을 등장시킴으로써 그동안 여성문학의 상투성을 비판할 근거를 잃고 만다. 상투적인 주인공이 있어야 상투적인 행동이 나오고 그럼으로써 상대적으로 여성 행동에 대한 정당성을 확보할 수 있기 때문이다

30대 후반으로 두 아이를 둔 조희남은 자신의 이름조차도 제대로 기억하지 못하고 '도식이 엄마'로 불리는 여성이다. 남편에게 그녀는 "집구석에서 언제나 편안하게 낮잠이나 자고 있으면서 죽는 소리는 독판으로 하고 있는 존재"다. 외도를 하고서도 "그냥 했다"라고 말할 정도로 뻔뻔한 남편의 뜻에 따라 의무감으로 섹스하는 그녀를 배설구 취급하고 끝나고 나면 "에잇, 김새!"라고 말한다. 부부간이 친밀도를 높이는 소통으로서의 섹스는 없이 그냥 자신의 욕망에 따라 "후딱 해치우고는 돌아서 코고는"그런 남편이다.

그녀에게 자존감이나 성의 선택권은 처음부터 없었다. 그래서 남편은 "주인"이다. 그러나 친구인 오성숙은 부부간에 성친밀도가 높다. 그녀의 남편이 외도하지 않는 이유를 말한다.

> 「첫째는, 자신이 마음에 꺼려하는 어떤 행동을 하면 자기에게 가까운 사람에게 어떤 횡액이 닥칠 듯한, 말하자면 미신적인 마음에서 못하고, 두 번째는 다른 여자와의 관계에서 상열, 그런 상태에 이를 자신이 없어 못하고, 그렇대」(96)

오남숙 부부는 성에 대해 솔직한 대화를 나눈다. 여성의 성에 대해서 이 사회가 배타적이고 여성의 욕망을 수용하지 않는다고 말한다. 여성의 욕망을 "주자가례적 규범"에 가두는 한 여성의 외도는 더 늘어

날 것이라고 말한다. 그런 만큼 부부관계도 적나라하게 원하는 만큼 한다. 부부관계를 "오락"이나 "엔터테인먼트"라고 서슴없이 표현한다.

「그런 것을 제도적으로 개발하는 거야. 지금 이 나라에 여자들의 부정이 일반화되어 있고, 바람직한, 그런 이상에서 볼 때 이만저만 문제가 아니지만, 여자들을 현재와 같은, 이성주의에 바탕을 둔 주자가례적 규범에 의한 현모양처 콤플렉스, 그 허구적 틀에 가둬두는 한, 거기다가 허례적 가치들을 멍에처럼 씌워, 다른 생리적 현상들과 마찬가지로 자연스러워야만 마땅할 성적 사고나 상상력을 무리하게 억제할 수밖에 없도록 하는 한, 여자들의 부정은 더 심해질 수밖에 없고, 사회는 더 혼란해질 수밖에 없어.」(114)

90년대 여성이 아닌 남성이 여성주의 문제를 이렇게 말할 수 있음이 놀랍다. 그 당시에도 여성의 외도 문제가 사회적으로 광범위하게 퍼짐을 알 수 있다. 그러나 '부정'이란 말에서 작가는 당시의 남성 중심적인 사고가 얼마나 뿌리 깊은 지를 보여 준다. '부정'은 어느 한 쪽 입장에서 다른 쪽을 평가할 때 쓸 수 있는 말이다. 즉 남성 입장에서 여성의 외도를 부정하게 보았다고 말할 수 있다.

가족과 남편 밖에 모르던 희남은 대학 때 친구인 박성부를 만나면서 그와 깊은 외도에 빠진다. 가족으로부터 받은 상처를 그를 통해 치료하고자 한다. 그만 생각하면 가슴이 떨리고 흥분된다. "여자로 다시 태어난 기분"을 느낀다. 남편은 희남을 "김샌 여자" 취급하지만 그는 희남을 "사랑스런 여자"로 대한다. 그러나 그 곁에는 "두려움"이 수반된다. 외도는 정신적 외도와 신체적 외도를 다 포함한다. 결국 여성의 외도는 정신적 문제서 시작해 신체적으로 발전한다는 것을 기사 사례와 문학적 글쓰기에서 알 수 있다.

외도의 필연성은 무엇인가. "사랑, 섹스, 이런 것들은 낭만성을 본질로 하는데, 남편, 아내, 이런 입지에 있는 한 낭만적이기는 어렵고, 그러다 보니까 남편이나 아내가 아닌 다른 대상을 찾게 될 수밖에 없어요. 생리적 균형을 위해서"(297)란 일본 남자의 말은 어느 정도 외면적 정당성을 갖는다.

달콤하나 두려운 외도의 대가는 온다. 희남의 불륜이 알려진 후 가족은 그녀를 냉대하고 남편은 이혼서류를 내놓는다. 그동안 많은 여자와 관계를 맺어온 남편은 그냥 넘어가고 한 남자와 관계한 아내는 부정한 여자로 매도되며 이혼이란 대가를 치룬다. 그러면서 자신을 모른 체하는 박성부에 대해 희남은 더 큰 배신감을 갖는다. 이런 외도 후 그녀가 내린 결론은 "누구하고든"할 수 있다는 것이다.

'누구'이어서가 아닌 '누구하고든'의 개연성은 앞서 밝힌 '남편 이외의 남성과 성관계를 가질 수 있는가'란 질문에 63%의 여성이 '그럴 수 있다'라는 것에서 밝혀진다. 잠재성이 사실로 현실화된다. 그녀는 남편과도 성이야기를 잘 안한다. 좀 하는 부부를 빼면 65%가 안하고 산다는 말이다. 기사에 나온 전형적인 여성 외도의 형황을 가장 많이 보여주는 소설이다. 여기까지는 가정주부라는 여성이 자신의 외도에 대해 어느 정도 도덕적인 문제를 제기하면서 사회 제도 속에 자신을 순응한다.

그러나 은희경『아내의 상자』는 아내의 외도를 신체적 측면보다는 정신적 측면에서 다루고 있다. '변화'와 '삭막하지 않은 생활'이 필요한 아내를 위한 이사한 남편이 가장으로서의 책임은 다하지만 실은 무미건조하고 정이 없는 사람이다. 남들이 밖에서 보기에는 완벽한 남편

일지라도 안에서는 아내를 외롭게 만드는 사람이다. "자신을 상처 입힌 세상을 향해 빗장을 지르고 잠들어 버린 모습"을 보면서도 그 상처를 치료할 생각을 하지 않는다. 아내의 몸은 그래서 늘 차갑다. 불임이지만 생물학적 거세가 아닌 여성성의 거세이다.

옆집 여자와 어울리는 것을 못마땅해 하는 남편에게 "외로우니까요"한다. 평온해 보이는 옆집 여자가 다른 남자를 만나는 이유는 "자기 인생 문제를 관심 있게 들어 준다"였다. 아내는 결국 다른 남자를 만나고 나는 그녀에게 '주홍글씨'를 새겨주고 싶은 마음을 참는다. 아내의 이런 일탈은 남편과 남성이 그렇게 만든 '불만'이었음을 초파리의 예에서 보여준다. 외로움에서 시작된 불만은 부부관계를 차갑게 만들어 "아내라는 존재는 폐기"되고 "아내의 박제조차 없는"부부관계를 만든다.

아내들은 외롭고 일상적인 삶을 견디지 못하여 집을 나와 방황하거나 다른 남자를 만나는데 남성들은 그들에게 어떤 내면의 문제가 있으리라고는 상상하지 않는다. 타인에 불과하다. 그러면서도 부부라고 말한다. 이 문제가 결국 아내를 집밖으로 나가게 하고 남편에게 받지 못한 따뜻한 배려를 받음으로써 성적 관계끼지 기게 만든다.

남성이든 여성이든 불륜의 형태는 유부남/유부녀, 유부녀/처녀, 유부남/총각으로 나눌 수 있다. 여기서 처녀/총각은 생물학적인 것이 아니고 사회적 성격을 의미한다. 위의 작품은 주로 유부녀/유부남이었으나 또 다른 형태인 유부남과 처녀의 불륜을 보고자 한다.

불륜에 대한 새로운 시각으로 대중매체에 소개된 전경린의『언젠가 내가 돌아오면』103)은 결혼할 뻔 했던 처녀 혜규와 유부남 형주의 불륜

---

103) 전경린,『언젠가 내가 돌아오면』, 이룸, 2006. 중앙일보, 2005. 12. 27. 23 참고. 이하 면수만 표시함.

을 다룬 소설이다. 앞서 소개한 다른 소설과는 달리 기존 외도에 대한 도덕적 비판과 새로운 외도에 대한 가치가 들어있다. 외도에 대한 일방적인 가치 기준을 떠나 개인의 문제로 보려는 노력이 엿보인다. 위태위태한 처녀의 사랑은 제 한 몸 소진하고 제도권 너머에서 서성거린다. 사랑 다음의 자리엔 파멸과도 같은 아픔이 늘 기다리고 있지만 여기서는 포용이 기다린다.

눈 밑에 푸른 점이 있는 주인공 혜규는 첫사랑 인채와 결혼하기 직전 사촌 예경의 방해로 결혼은 취소되고 자살 기도에 실패한 그녀는 혼자 상경한다. 눈 밑 푸른 점을 뺀 뒤 혜규는 서울에서 건강 서적을 내는 작은 출판사 편집장인 유부남 형주와 사랑에 빠진다. 형주는 단지 성적 욕망 때문에 혜규와 외도를 하는 게 아니다. 가족은 가족대로 의미가 있지만 자신만의 또 다른 세계를 갖고 싶은 것이다. 사회 속의 개인이 아니라 개인 속의 개인으로 삶을 보고자 한다. 그건 혜규도 마찬가지다. 형주와의 사랑은 그녀가 전에 받았던 상처에 대한 "치유"의 시간이었고 "존재 자체에 대한 필연성과 자긍심"을 주었다. 그가 유부남인 줄 알고, 그래서 그의 아내에게 미안하지만 그와 함께 지내는 시간은 그래서 행복하다.

> "꿈일까. 당신과 내가 함께 하는 이 시간들, 곧 거품이 되어 버릴 꿈일까……. 난 한 남자로서의 의무를 끝냈어. 민방위 소집 기간도 끝났고 작은 아이도 스무 살이 되었어. 그 아이들이 자랄 때까지 묵묵히 마을버스와 시내버스와 지하철을 환승하며 돈을 벌러 다녔고, 부모를 안심시켰고, 직장의 의자를 지켰고, 아내가 살림에 전념하도록 안심시켰고, 집에도 꼬박꼬박 들어갔어. 가족을 사랑해. 하지만, 내가 가족을 사랑하고 내 아이들이 나를 사랑한다 해도 우리가 죽을 때까지 함께 살지는 않아. 아이들은 성

장해 짝을 만나 떠나지. 나도 그렇게 집에서 떠나고 싶어. 가족을
사랑하면서도, 성장해 집이 비좁아지면 분가하듯이, 그렇게 내
삶을 분가하고 싶어. 벽에 꽝꽝 박혀서 뭐든 주렁주렁 걸고 버텨
야 하는 못 같은 인생에서 벗어나 나를 위해 살고 싶어. 내가 당
신을 사랑하고, 혜규 당신이 나을 사랑하는 이 시간을 삶으로 살
아 보고 싶어.(29)

지금까지 일반적인 외도에 대한 사고는 무조건 사회적으로 비도덕
적인 것으로 간주했다. 그 속에 숨어있는 내면의 문제는 생각하지 않
는다. 그러나 형주의 이런 고백과 매체 글쓰기에서 보았듯 외도는 이
제 개인 내면의 문제에 초점을 맞춰야 하는 시점에 이른다. 또한 남성
의 외도는 인정되고 여성의 외도는 매도되는 사회적 시각도 변하고 있
음을 본다.

혜규는 현재 진행형인 바람난 남편 때문에 고통스러워하는 언니 혜
진과 과거에 바람피웠던 남편 때문에 힘들어하는 동생 혜미 사이에서
가끔 괴로워한다. 자신이 천국에 있을 때 그 반대편에 있는 이는 지옥
에 있을 수 있다는 것을 알기 때문이다. 이 소설의 특이점은 그동안 여
성문학이 추구해왔던 남성＝가해자, 여성＝피해자라는 관점에서 벗어
나 여성의 입장에서 외도한 남성을 이해하고 감싸 안는데 있다. 남성/
여성, 가해자/피해자, 선/악의 이분법적 구도를 벗어나 보다 더 인간적
인 본연의 모습을 생각하게 한다. 남성은 단지 가부장적인 존재가 아
니라 그도 남자이기에 앞서 욕망을 가진 사람이고 그렇기 때문에 자기
만의 '사적 세계'를 가진 권리가 있다.

"우리나라 소시민의 가정은 너무 기능화 되어 있어. 특히 남자
들 입장에서 보면, 가정이란 잡자고, 밥 먹고, 씻고, 옷 갈아입고,

아이들 면회하고, 그리고 나가야 하는 곳이야. 남자들이 빈둥거리 방도 없거니와, 편히 쉴 만한 장소도 없어, 심지어 아이들도 자기만의 방이 있는데, 남자들은 문고리를 걸 자기 방도 없지. 아내들은 거실과 안방을 자기 공간으로 여기잖아. 특히 낮 동안은 점유하지. 그건 사실 누가 더 오래 시간을 보내느냐의 문제이기도 해. 난 남자들이 어떻게 그곳을 자기 집이라고 느끼는 지 이해가 잘 안 돼. 나라면 나그네 심정일 거 같거든.”

“그 인간에겐 요즘 집이 옷 갈아입는 세탁소쯤이 되었어. 아침은 회사 식당에서 먹고 목욕은 점심 먹은 후 사우나에서 하고 저녁은 늘 술자리에서 해결하지. 돈은 벌어서 집에다 넣지만. 오갈데라곤 없는 길바닥 인생이야.”

남편들은 “나그네”고 “길바닥 인생”이다. 그런 현실에서 외로움을 타는 것이고 그 외로움은 아내 아닌 타인에게 눈을 돌리게 한다. 남성들도 여성들처럼 외롭다. 외로움을 감싸 안을 그 ‘누가’ 필요하다. 이런 상황에서 누가 누구를 탓할 수는 없다. 부부만의 ‘사적 공간’은 둘의 친밀도를 높이는데 아주 중요하다. 앞서 부부관계가 부부친밀도와 높다는 것은 말했다. 또한 배우자와 같이 있는 시간이 적을수록 다른 사람과 만나 외도를 할 확률이 높다는 것도 밝혔다.

“혜미야, 제부가 집에서 더 오래 머물기를 바란다면, 그의 집이라는 것을 느끼게 배려해 줘. 기능적인 집일 뿐 아니라, 사랑을 표현하고, 나누기에도 가장 자유롭고 안락하고 안전한 공간이라는 점을 깨닫게 해 줘. 그러니까, 집 안에 부부의 사적 공간을 확보해야 해. 티베트의 가정에서 애지중지 모시며 아침저녁 기도를 올리는 신상이 뭔지 아니? 요니와 링감이야. 남녀의 성기 상징물이지. 처음 접했을 때 생경스러워 거북하기도 했지만 한편 감동도 받았었어. 가정이라는 본질에 단도직입적으로 육박해 있

는 소박하고 단순한 기원이잖니. 우리나라 부부들은, 사랑을 나
누기 위한 방이 필요해서 결혼하지만 막상 가정을 이루면 증거
인멸이라도 하듯 사랑부터 들어내잖니. 상상해 봐. 요니와 링감
을 향한 기도를."(185 – 186)

이 소설은 지금까지와는 다른 외도의 문제를 다룸에 있어 보다 본질
적인 남성과 여성의 성 문제를 다루었다. 성의 소외가 부부의 관계 악
화를 가져와 외도나 가족 해체라는 극단적인 결과를 가져왔음을 이 소
설에서 확인한다. 성(性)에 공을 들이면 성공(成功)한다는 말이 있듯
이 부부간에도 이젠 터놓고 사적 공간에서 자유롭게 성을 즐길 시대가
필요함을 안다.

매체 글쓰기에서는 여성만을 위주로 조사하고 그 불만을 말했지만
이 소설은 남성 위주로 그 입장을 이해하고 대책을 세우고자 노력했
다. 앞으로 문학적 글쓰기가 진정 가야할 길은 이분법적인 사고에서
벗어나 양성 모두에게 평등한 시각을 가져야 하고 상대에 대한 용서와
사랑임을 여기서 본다.

(4) 행복과 제도의 딜레미, 간통죄

사회 제도를 이탈하면 대가를 치룬다. 외도를 할 경우 치르는 대가
는 바로 간통죄이다. 이마에 'A'를 새기는 대가에서부터 지금은 법으
로 제재를 받는다. '개인의 행복은 왜 사회 제도에 반하면 안되는가'하
는 문제는 늘 있어 왔다. 간통죄는 현재 우리나라를 비롯해 몇몇 나라
밖에 남아 있지 않다. 간통죄는 배우자가 있는 사람이 배우자가 아닌
사람과 성적 관계를 맺어 성립하는 범죄로 배우자의 고소에 의하여 성
립하는 친고죄(親告罪)의 하나이다.

여러 번 있었던 헌법재판소의 간통죄 '합헌' 결정에도 불구하고 간통죄 폐지에 대한 논란이 일고 있다. 남녀 간의 윤리문제에 공권력이 개입해 처벌하는 것은 타당하지 않다는 것이 폐지론자들의 의견이고 여성의 사회적 지위로 볼 때 완전 폐지는 시기상조라는 의견도 많다. 동아닷컴이 네티즌들을 대상으로 간통죄 폐지에 대한 의견을 물었다. 총 7796명이 응답한 결과 '폐지해야 한다.'가 49.7%, '유지해야 한다.'가 50.3%로 팽팽하게 맞섰다.104) 현재도 간통죄 논란은 계속되고 있다.

<표21>을 보면 현재도 간통이 남성에게는 면죄부이고 여성에게만 굴레가 된다. 이런 현실은 결국 우리 사회가 남성의 외도는 허용되고 여성의 외도는 허용되지 않는 편견이 심함을 알 수 있다. 이런 내용은 문학적 글쓰기 곳곳에 드러난다.

유순하의 『여자는 슬프다』에서 바람피우던 남편이 아내가 다른 남자와 가까워지자 다짜고짜 "했냐? 안 했냐?"하는 식으로 묻는 것은 외도란 것이 간통으로 이어지고 결국 정신은 배제한 채 육체만 중요하게 생각함을 알게 한다. '왜 했는데'의 과정 중시가 아니고 단지 '했냐'라는 결과만을 채택하는 제도적 모순을 말한다. 박성부가 희남 남편에게 들키면서 제일 먼저 떠오른 것이 '간통죄가 폐지되었나?'하는 것이었다. 그만큼 간통죄는 개인의 정신적 신체적 억압을 하는 제도이다.

이혼 서류를 내미는 남편에게 거절하면 어떻게 하겠느냐고 묻자 "고소를 할 수밖에 없소. 나와, 가족의 명예와, 특히 훈철의 앞날을 위해 조용히 끝내려 하는 거지만, 당신이 그렇게 나온다면 모든 창피를 무릅쓰고서라도 맛을 보여줄 수밖에 없소"(467)라며 제도를 무기로

---

104) 동아일보, 2001. 11. 2. 6면. 간통죄 폐지 논란은 헌법재판소가 1990년, 1993년, 2001년, 2008년 네 차례에 걸쳐 합헌 결정을 내린바 있다.

그녀를 협박한다. 실제로 파출소장 아내가 간통을 하자 남편이 그녀를 고소하고 딸은 그 사실을 인터넷에 올리고 아내 친구가 그럴 수밖에 없었던 사연도 같이 올려 네티즌 사이에서 논란이 있었다.105)

<표21> 조선일보, 2005, 3, 3, A14

간통구속 '그때 그때 달라요'

최근 여성만 잇단 구속
법원 "사건 성격따라…"

유부녀와 '환자·의사' 관계로 만나 간통한 산부인과 남자 의사는 불구속 기소됐지만, 상대 여자는 구속 기소됐다. 법원이 두 사람에게 청구된 구속영장 가운데 남자에 대해서만 기각한 탓이다. 이혼남인 산부인과 의사 B(45)씨는 작년 검진을 받기 위해 자신의 병원을 찾은 유부녀 A(31)씨와 성관계를 맺은 혐의로 2일 서울중앙지검에 불구속 기소됐다.

문제는 간통 당사자 중 여자만 구속된 점이다. 앞서 연예인 김예분씨가 유부남과 간통한 사건에서도 김씨 혼자 구속됐었다. 이 때문에 '간통 사건에서는 여자만 불리하다'는 이야기가 나오고 있다.

법원 설명은 물론 다르다. 여자라서 구속하고 남자라서 풀어준 게 아니라 사건의 성격에 따라 "그때그때 다르다"는 것이다. B씨의 영장을 기각한 판사는 "통상 자신의 지위를 이용해 간통했거나 가정을 심각하게 파탄시킨 경우가 아니면, 고소인측(이 경우 A씨의 남편) 배우자의 간통 상대방에 대해서는 구속영장을 기각해왔다"고 설명했다.

하지만 김예분씨는 간통 상대방에 해당하는데도 구속됐고, 이후 김씨에 대해 영장을 발부했던 법원의 다른 판사는 "도피 중인 남자가 불구속 상태에 있는 것과 형평에 맞지 않는다"며 김씨를 보석으로 풀어줬다.

최경운 기자 ...@chosun.com

---

105) 동아일보, 2000, 8, 9, 27면.

전경린의 『언젠가 내가 돌아오면』에서 혜규와 언니 혜진은 그 부분
에 대해 언쟁을 한다. 남편을 빼앗긴 여자는 간통죄에 대해 단호한 옹
호 입장이고 남편을 빼앗은 여자는 내용과 그릇론으로 맞선다.

> "어떤 경우에도 가정을 지키는 것만이 아름답고 선량할까? 그
> 사람, 아이들은 다 자랐어. 그의 아내가 아이들을 담보로 고집부
> 리며 지키는 건 가정 경제와 가족의 굳어진 형태와 생활의 표피
> 적 테두리일지 몰라. 언니, 삶의 구조나 형태, 관습 같은 건 내용
> 을 담는 그릇일 뿐이야. 살기 위해 그릇을 사용하는 것이지. 그릇
> 을 위해 살 수는 없는 거야."
> "간통죄가 엄연히 있다. 안 됐지만, 이 나라에선 그릇이 더 중
> 요하지."
> "몇 개의 나라에만 남아 있는 법이 이 나라에서 유독 완강해.
> 형식이 더 중요시되다 보니, 이 나라에선 삶이 너무 박약해. 삶의
> 많은 내용이 이중성 속에서 유실되지. 사랑은 국가에서 통제할
> 수 없는 문제라고 생각해. 법과 제도와 질서의 문제 이전에 개인
> 적 진실의 문제야. 극히 사적인 범주지. 제도와 질서가 사랑을 보
> 존할 수도 없고 사랑을 박탈할 수도 없어. 우리나라의 간통법도
> 정서적으로 편들어 주는 정도이지 실제론 법이 성인들의 사랑을
> 통제하지는 못해. 진실 앞에선 종이호랑이일 뿐이라고."(146−
> 147)

간통죄 폐지가 세계적인 추세이고 성의식 변화에 따라 규범력이 많
이 약화되기는 했지만 우리 사회 고유의 정절관념, 도덕기준에 비춰볼
때 아직도 국민의 법의식은 간통죄에 대해 부정적이다. 이 점에 기초
할 때 간통죄 규율은 선량한 성도덕과 일부일처제 유지, 부부간 성적
성실의무 수호, 간통으로 야기되는 가족문제 등 사회적 해악의 예방을
위해 불가피하다는 것이다. 그래서 "간통죄는 개인의 존엄과 양성의

평등을 기초로 한 혼인과 가족생활보장에 부합하는 법률이며 성적 자기결정권에 대한 최소한의 제한"이라고 한다.

최근 진보적인 페미니스트 진영에서도 간통죄가 오히려 여성의 평등과 독립을 저해할 수도 있다는 관점에서 간통죄 폐지 쪽으로 기울었다. 간통죄의 폐지가 곧 성생활의 문란을 의미하는 것이 아니고 오히려 책임 있는 혼인관, 윤리관을 확립시키는 계몽적 의미를 갖는다는 것이다.

간통죄는 헌법이 보장하고 있는 가정과 혼인제도를 보호하기 위한 형법의 구체화 규범이다. 이 제도적 가치를 침해하는 간통행위의 구체적 피해자는 상간자들의 배우자나 가족만이 아니라 잠재적으로 공동체 구성원 대부분이라고 해도 좋다. 따라서 간통죄를 단지 사생활영역이나 개인의 애정문제 또는 성적 자기결정권 정도로 치부하는 것은 가정과 혼인 및 건전한 성풍속을 포괄하는 간통죄의 사회질서로서의 의미를 제대로 짚지 못한 데 기인한 것으로 보인다.106)

매체 글쓰기든 문학적 글쓰기든 간통죄는 아직까지 찬반이 팽배해 있다. 우리는 제도 속에서 '행위'자체만을 중시하는 경향이 많은데 행위 이전에 그런 문제를 발생시킨 원인에 대해서도 생가할 때다. 이런 사고를 제공한 것이 앞 소설이고 이분법적 사고를 벗어난 관점에서 여성보다는 남성 작가들의 글이 나왔으면 한다. 사회를 더 객관적으로 볼 수 있는 힘이 이런 시작에서 나오지 않을까 싶다.

문학적 글쓰기를 통해 신문활용교육에서 이런 문제를 접근하기는 쉽지 않다. 각각의 편차도 있고 사회 구조상 쉽게 이혼 했다는 말이 나오기 않기 때문이다. 먼저 바람직한 부부상의 제시를 통해 갈등을 해

---

106) 동아일보, 2001. 11. 2. 7면.

소하고 예방하는 것이 최선책이다. 그러나 요즘은 당당하게 이혼을 밝히고 사는 개인이 증가하고 사회적 편견도 이를 허용하는 방향으로 가고 있다. 가장 핵심은 가족 해체시 독립적으로 살 수 있는 방법은 무엇이고 그와 함께 자녀문제를 어떻게 해결할 수 있을까 하는 고민이 필요하다.

2) 경제력 상실과 가족 해체

(1) 남성성의 상징으로서의 경제력

산업혁명 전에는 남성의 상징은 힘이었다. 원시시대는 사냥해서 가족을 먹여 살리고 농경시대는 땅을 일궈 가족을 부양해 남성성의 건재를 과시했다. 그러나 산업혁명 후 남성의 힘은 '돈'으로 바뀌었다. 자본주의가 발달함에 따라 자연스럽게 생긴 결과이다. 그래서 돈 없는 즉 경제력 없는 남편은 힘이 없다. 힘이 없다 보니 힘으로 유지해야 할 가족의 울타리를 지킬 수 없다. 지킬 수 없는 수준이 아니라 아예 존재감조차 사라진다. 일은 정신적·육체적 노력을 해 작업을 수행하고 인간의 욕구를 충족시키는 재화와 서비스를 얻을 수 있는 수단이다. 때문에 자의든 타의든 일이 없고 돈을 못 번다는 것은 힘의 상실을 의미한다.

1997년 IMF때 우리 나라의 많은 남편들이 실직했다. 대량해고 사태로 졸지에 집안이 풍비박산 나는 경우가 속출했다. 남편은 가족을 부양할 수 없자 가출해 노숙자가 되고 아내는 혼자 아이들을 키울 수 없어 고아원에 버리거나 윤락녀로 진출해 돈을 벌어 살아야했다. 당시 생긴 사회변화 중 하나는 '부모 있는 고아'가 많아 졌다는 것이다.[107]

---

107) 조선일보, 1998, 3, 20, 35면 (부록 표17).

이혼으로 인한 가족 해체가 당시 사회문제 중 하나였다. 실업(失業)은 '일을 하지 않음'을 의미한다. 여기서 '일'이란 '유급의 일'을 말하고 '인정된 직업 활동'을 의미한다.108) 오랫동안 직업을 갖고 돈을 벌던 사람들에게 실업은 힘든 일이다. 실업은 즉각적인 소득 상실을 가져오고 그것은 가족 불화를 야기해 가족해체를 불러 온다.

2000년대 들면 전보다 이혼의 사유가 다양하다. 그 전에 배우자 외도가 절대적이었던 이혼은 이제 달라진다. 성격차이, 가족 간 불화, 경제 문제 등 여러 가지이다. 그와 함께 인격적 모욕도 큰 요인이 되고 있다.109) 또한 돈 때문에 이혼 한 쌍이 90년대보다 2000년대는 10배나 늘었다.110) 경제적인 문제가 생활에 얼마나 스트레스를 주고 그것이 직접적인 이혼 사유가 되는지 알 수 있다. 경제적인 문제는 단순히 경제 그 자체에서 끝나는 것이 아니고 사람의 인성을 파괴하기까지 한다. 처음에 좋았던 마음은 생활로 들어오면서 전에 보이지 않던 상대의 결점이 눈에 들어온다. 경제적인 것이 힘들면 그것은 더 크게 들어오는 법이다. 그런 불만이 쌓이다보면 결국 싸움이 잦게 되고 경제적인 구실은 이혼의 빌미를 제공한다.

공신옥의 『오지리에 두고 온 서른 살』111)은 경세문세가 부부에게 얼마나 큰 영향을 미치는가를 보여준다. 공선옥 자신이 그런 삶을 살아서인지 몰라도 다른 작가에 비해 경제적인 면은 현실적이다.

은이와 채옥은 오지리에서 나고 자란 친구이다. 둘은 20대에 결혼해 서른 살에 오지리로 돌아온다. 은이의 남편 상훈은 의무감으로 은이와

---

108) 기든스, 앞의 책, p. 330.

109) 동아일보, 2003, 3, 29, A27면 (부록 표18).

110) 동아일보, 2001, 5, 24, A29면.

111) 공선옥, 『오지리에 두고 온 서른 살』, 삼신각, 2003.

결혼해 별 애정이 없다. 그래서 시집에 그녀를 내려 보낸다. 결혼식 날 상훈은 이미 그녀와 마음속으로 결별하고 있었다. 자신이 책임지지도 못하면서 그렇다고 깨지도 못하면서 어정쩡한 상태로 은이를 맞는다. 지주였던 상훈이 머슴 딸 은이를 아내로 맞으면서 노동운동을 하는 자신의 신념에 대한 면피를 하고 싶어서였다. 그래서 "나는 적어도 너한테 진 죄만큼에서는 해방되었다"라고 말한다.

상훈은 경제적으로 여력이 없다. 경제무능력자이다. 집도 아버지가 해주었고 생활비도 시골 아버지한테 타 쓰고 있다. 이것이 더 참을 수 없는 상황이다. 자신의 신념과 자본주의 사이에서 그는 정신적 균열을 앓고 있었고 그것이 은이를 배반하는 계기가 된다.

> 그러나 상훈이 흔들리고 있음을 은이는 느낌으로 알고 있었다. 제 자신의 존재조건에 대하여, 또는 지금껏 신봉해 오던 가치에 대하여, 아울러 은이를 향한 애정에서조차도, 그는 자신이 이십대 전부를 바쳐 싸워서 쟁취해 왔던 가치와 믿음과 애정에 대하여 의심하고 고뇌하고 있음에 틀림없었다. 그것은 은이를 불안하게 하기에 충분한 것이었다. 마지막 해고를 당하고 무보수로 상담소 일을 하면서부터 오지리 시댁에서 부쳐 주는 생활비를 타 쓰는 일도 상훈의 의식에 균열작용을 일으키는 한 요인이 되었다.(98)

상훈은 프롤레타리아 계급을 위해서 일을 한다. 그러나 지주출신이다. 그에 대한 보상심리로 은이를 택했고 자본주의 생활과 프롤레타리아 사이에서 신념이 흔들리고 있다. <표22>를 보면 상훈은 이혼을 당할 많은 이유를 골고루 갖춘 남자다. 가정보다 신념이 우선이다. '배우자 부정', '부당한 대우', '가정을 돌보지 않음'에 해당된다. 현실적

으로 참을 수 없는 이유를 은이는 참고 인내하지만 결과는 시부모와
남편의 정신적 학대로 끝난다.

<표22> 동아일보, 2002, 11, 27, 31

"이념보다 삶이 우선"

가정소홀 운동권 남편
"이혼사유 해당" 판결

가정을 돌보지 않고 자신의 정치적 신념을 위해 사회변혁운동에만 몰두하던 남편에 대해 부인이 낸 이혼소송이 법원에서 받아들여졌다.

1980년대 초 서울 모 대학에 재학 중이던 A씨(40)는 대학가요제에 출연한 B씨(39·여)를 TV에서 보고 첫눈에 반해 직접 찾아가 사랑을 고백했다.

당시 A씨는 우리나라의 사회 모순에 대해 강한 비판의식을 가지고 학생운동에 깊이 관여하고 있었는데 B씨는 A씨의 이러한 순수한 열정을 이해했고 이들은 9년여의 교제 끝에 결혼했다.

대학 졸업 후 직업을 갖지 않고 사회변혁운동에 몰두했던 A씨는 지명수배 등으로 인한 도피생활로 1년 이상 집을 비우기도 했지만 B씨는 A씨에 대한 믿음과 애정을 지키며 간호사 생활을 통해 얻은 수입으로 아이를 키우며 가정을 지켰다.

그러나 A씨가 1998년 둘째아이를 출산한 지 반 년도 채우지 못하고 또 지명수배로 집을 나가자 B씨는 가족은 배려하지 않고 자신의 신념만 고집하는 A씨에 대해 회의를 느끼기 시작했고 지난해 1월 A씨에게 e메일로 이혼을 제안한 뒤 같은해 12월 소송을 내기에 이르렀다.

길진균기자 leon@donga.com

상훈은 결코 자본주의를 포기할 수 없다. 그래서 흔들리는 것이다.
즉 경제적으로 풍족한 삶을 영위하고 싶은 내적 갈등이 더 크다. 대부
분은 여성이 경제적 여건이 나쁜 것을 못 참는 것에 비해 이 작품은 남
성이 더 못 참는 경우다. 그래서 은이를 떠나보내기로 마음먹으나 자
신의 손으로 차마 보내지 못하고 그녀 스스로 알아서 떠나가기를 종
용한다. 은이는 경제적으로 어려운 것이 얼마나 힘든지 안다. 상훈을
받아들인 것도 그 '추움'을 무서워해서이다. 이런 상훈의 내면 심리를
간파한 은희 동생 은택은 끊임없이 불안한 삶을 경고한다. 은택은 상
훈을 비열한 기회주의자 지식인임을 말한다.

"남상훈이 누나를 진정으로 사랑한다고 생각해? 잘하면 행복
할 수도 있겠지. 하지만 상훈이란 작자에겐 한계가 있어. 그는 끊
임없이 동요하고 갈등하는 인간형일 뿐이야. 언젠가 그는 틀림
없이 제 출신의 배경 속으로 스스로 기어들어 가고야 말걸? 그때
가서는 아마 누나를 버리고 말겠지. 후회할거야, 둘 다. 지난 시
절 선택의 오류에 대하여. 오류의 선택이 준 결과에 대하여. 상훈
이란 작자에 대해서 환상을 품지마. 어차피 누나와 나는 과수원
집 머슴의 자식들이고 남상훈이는 주인나리의 귀하신 외동 아드
님이시거든."(105 - 106)

시댁 시구들은 그녀를 별로 탐탁치않게 여겨 구박한다. 사사건건 은
희 행동에 대해 비판하고 근본을 들먹인다. 아이가 유산되자 은이의
시부모는 집안 머슴 남술이와 은이가 바람나서 도망갔다고 말하길 원
한다. 상훈도 내심 그녀가 그렇게 나가길 원한다. 그리고 집안에 걸 맞
는 새 여자를 맞아들이고 싶어 한다. 그래서 은희는 밤에 짐을 싸서 새
벽에 조용히 집을 나선다.

반면 채옥은 경제난과 남편 폭력, 학대에도 불구하고 이혼하지 못하
는 경우다. 그녀 남편 기현은 "부모들도 내놓은 백수건달이었고 사회
에서도 온전히 받아들일 수 없는 불량배, 깡패였고 놈팡이"였다. 은희
가 여대생일 때 자취집에서 그녀를 성폭행하고 가둔 다음 결혼식도 안
올리고 억지로 빌붙어사는 남자다. 채옥을 술집에 보내 번 돈으로 살
면서 육체적 언어적 폭력을 일삼고 산다. 그녀가 두려운 것은 '폭력과
가난. 날마다가 끝인 부랑자의 아내자리'였다. 경제적으로 무능한 남
편은 서슴없이 아내의 성을 담보로 삶을 이어간다. 그러나 "사육"당함
에도 그에게서 떠날 수 없다. 사랑 때문이 아니고 생을 유지해야 하는
절박함 때문이다.

오지리까지 쫓아온 기현은 끝내 그녀를 놓아주지 않는다. 아이를 볼 모로 끝까지 그녀 곁에서 기생하려고 한다. 경제적으로 궁핍한 남자는 경제력의 유혹을 쉽게 떨칠 수 없다. 채옥이도 사육에서 벗어나려고 하지만 주체적으로 나설 용기가 없다. 맘으로는 계속 "갈 거야. 이제 내 살길을 찾아 갈 거야"하지만 그 길을 나서는 새벽에 누군가 그 길에 와주길 바란다. 가다가 "한참을 오지 않는 기현을 위해 잠시 길가 녘에 주저 않기"까지 한다.

채옥에게 남편은 '족쇄며 악'이다. 자신에게 선악을 가르는 불편부당한 존재다. 그럼에도 불구하고 족쇄를 풀지 못하고 악의 꽃까지 다 챙겨간다. 스스로 다시 절망 속으로 들어간다. 반면 은이에게 남편은 알 수 없는 '벽'이다. 투명한 유리벽이다. 그 벽을 스스로 차고 나간다.

둘은 떠나기로 한 날 대합실에서 만난다. 현재 삶의 불행을 딛고 남자에게서 떠나고자 한 날, 은희는 "나에게로", 채옥이는 "저기로"떠난다. 그러나 채옥이나 은이나 혼자만의 삶에 대한 무게는 자신의 어깨에 지고 떠난다.

(2) 경세력 상실과 가족 해체

남성의 경제력은 가족을 유지하는데 중요한 수단임은 앞서 말했다. 그것이 안 되면 이혼과 함께 가족해체라는 극단적인 상황도 온다. <표23>은 갈수록 부부 사이에 경제력이 얼마나 중요한지를 보여주는 기사 글이다.

은이 남편도 실업으로 부모에게 의존하는 무능한 사람이다. 채옥 남편은 실업정도가 아니라 무업(無業)이다. 아내 관리해 등치는 것도 업이라면 모를까. 그래도 아이는 버리지 않는다. 「술 먹고 담배 피우는 엄마」112)의 나는 남편이 있으나 존재하지 않는다. 이혼한 것도 아니고 같이 사는 것도 아닌 애매한 가족이다. 남편이 생활고로 나와 아이들을 버렸기 때문이다. 남편은 경제적으로 가족을 부양해야 할 의무가 있는데도 불구하고 힘들다는 이유로 떠나버린 것이다. 그래서 나는 아이들을 아동일시보호소에 맡겼다. 「뭘 먹고 살까」의 최강미도 대책 없이 이혼하고 경제적으로 어려워 아이들을 아동일

시보호소에 맡겼다. 이혼보다 더한 상황이다. 『무소의 뿔처럼 혼자서 가라』의 혜완 남편도 대학 시간강사로 부모에게 생활비를 타서 쓰는 사람이다.

최강미가 이혼한 선배 한분순과 여행하면서 경제력과 가족의 성립이 얼마만한 관계에 있는지를 알려 주는 대목이 있다.

<표23> 한겨레신문, 2004, 10, 9, 7

성격 차 이혼 줄고 생활고 이혼 급중

81년 이후 3128명 조사

20대 11% "무능력해서"

40대 20% "배우자 부정"

경제문제와 배우자의 부정으로 인한 이혼 비율이 크게 늘고 있는 것으로 조사됐다. 특히 배우자의 부정이 발생하는 요인으로는 '부부간 또는 배우자 가족과의 갈등' 때문이라고 응답한 비율이 가장 높게 나타나, 부부 사이의 신뢰가 금이 갈 때 외도가 발생할 가능성이 높은 것으로 분석됐다.

결혼정보회사 선우 부설 한국결혼문화연구소는 1981년부터 올해까지 이혼

---

112) 공선옥, 『내 생의 알리바이』, 창작과비평, 1998. 이하 면수만 표시함.

한 남녀 3128명을 대상으로 데이터 분석과 심층 면접을 한 결과 이렇게 나타났다고 7일 밝혔다.

경제문제로 이혼한 비율은 1981~1995년에는 전체의 4.1%(14건)에 불과했으나, 1996년부터 2000년 사이에는 7.8%(120건), 2001~2004년에는 12.1%(117건)로 급증했다. 이희길 결혼문화연구소 소장은 "경제문제로 이혼이 늘어나는 것은 외환위기 이후 부부관계나 가족의 고리가 약해졌기 때문"이라고 말했다.

또 배우자의 부정으로 인한 이혼 비율은 81~95년에는 전체의 13.5%(56건)였으나, 96~2000년 15.5%(238건), 2001~2004년 18.5%(179건)로 증가했다. 특히 배우자의 부정 때문에 이혼한 사람은 결혼기간이 10년 이상(25.2%), 나이는 40대 이상(20.3%), 최종학력이 고졸(24.1%) 이하인 이들의 비율이 높아 결혼기간이 길고 학력이 낮을수록 이로 인한 이혼이 많은 것으로 분석됐다.

이혼 사유로 배우자 부정을 언급한 조사 대상자 중 145명에 대한 심층면접을 한 결과, '부부간 또는 배우자 가족 간의 갈등 이후 발생한 배우자의 외도'가 58명(40%)으로 가장 많았다. 이어 '바람기와 같은 배우자의 기질적인 이유로 인한 외도'가 42명(29%)이었으며, '장기간 출장 등 배우자의 직업적인 이유로 인한 외도'가 19명(13.1%), '결혼 전 상대와의 지속적인 교제로 인한 외도'가 18명(12.4%), '인터넷 채팅 등을 통한 외도'가 8명(5.5%)이었다.

반면, 성격 차이로 인한 이혼은 여전히 이혼 사유 중 으뜸을 차지했으나, 그 비율은 약간 줄어든 것으로 조사됐다.

결혼기간별로 두드러진 이혼 사유를 보면, 결혼 2년 미만에서는 가족 갈등(8.9%)의 비율이, 결혼 10년 이상은 경제 갈등(10.5%)의 비율이 상대적으로 높았다. 20대와 40대의 이혼 사유를 보면 20대의 경우 '무능력·무책임'으로 인한 이혼이 10.7%, 40대는 부정행위가 20.3%로 높게 나타났다. 이는 20대는 결혼생활을 함께 영위해가는 동반자로서의 책임감을, 40대는 성적인 일치감을 상대적으로 중요하게 여기고 있음을 보여주는 것이다.

주유천하 하는 도중에 여러 사람을 만났다. 남편과 사별을 하고 혼자 다섯 남매를 키우고 사는 식당 겸 주막집 여자도 그중 한 사람이었다. 그녀는 우리에게 어쩌네 저쩌네 해도 새끼들 데리고 먹고살 걱정만 없어도 복이라고 말했다. 그랬다. 서방이 맘에 안 든다고, 서방이 없다고 살지 못하는 것은 아닌 것이다. 이녁이 세상에 내놓은 새끼들하고 먹고 살아야 하는 판국에 언제 죽음을 생각 할 겨를이나 있겠는가. (155)

경제적으로 힘이 드니 모든 게 어렵다. 경제적 피폐함은 정신적 피폐함를 불러온다. 돈이 없는 지금은 그래서 불행하다. 잘 먹고 잘 사는 게 목적이 아니라 지금, 당장 가족이 모여서 밥만 먹어도 좋겠다.

지금은 불행하다. 극도의 불행감에 나와 내 가족들은 익사했다. 다슬기가 물살에 휩쓸리고 있었다. 치마폭을 걷어쥐고 다슬기를 잡았다. 잡은 다슬기를 어떻게 하면 가장 좋을까. 물론 먹는 것이다. 가족들이 맛있게. 강가 모래밭에 남편과 아이들이 불을 피우고 내가 요리를 하여. 야생적인 하루가, 그렇게도 행복한 하루가 다슬깃국 한 그릇으로 가능한 것이다. 된장을 푼 다슬깃국 이든, 호박 감자 숭숭 썰어 넣고 밀가루 반죽 뚝뚝 떼어 넣은 다슬깃국 이든, 혹은 엄청나게 맛없게 끓인 다슬깃국 인들 대수랴.(158)

당시 가장의 가출과 가족 해체로 인해 된장국 한 그릇 먹기도 힘든 현실을 단적으로 보여주는 예이다. IMF 때 한 여성은 남편의 외도는 용서가 되지만 경제력 상실은 용서가 안 돼 이혼을 고려하고 있다고 했다. 기타 이혼 사유로 전에 비해 경제력이 대두되었는데 경제적 갈등, 생활무능력이 가정불화를 일으키고 있다고 조사됐다.[113]

경제적 어려움에 처한 남편들은 아내를 구타한다. 은이 남편은 차마 은이를 때리지 못해 기물을 파손하고 혜완 남편은 폭행과 성적폭력까지 휘두른다. 채옥이 남편은 폭력이 생활화된 사람이다. 경제적 결핍은 정서적 상실을 불러 옴을 알 수 있다.

기사를 통해 보면 경제력 상실이 가족을 도구화하는 극한 상황으로 내모는지 나타난다. 보험금을 받기 위해 초등생 어린 아들의 손가락을 절단하는 아버지, 아들을 독살한 아버지, 지체장애 아들을 살해 암매장한 아버지, 중풍 노모를 살해한 아들 등 더 이상 가족을 가족이라 부를 수 없게 되었다.114) 동양에서는 가정관이 동아시아 정신의 핵심이고 가정은 동아시아 사회의 핵심이다. 개인이 가족의 구성원이고 국가마저도 가족의 연장에 불과하다. 가정은 왜 중요한가. 가정은 생물적 유전뿐만 아니라 문화계승의 현장이고 기본단위다. 그런 가정을 돈 때문에 해친다는 생각은 돈이 먼저인 강박관념, 극단적 개인주의, 자신감이 상실과 사회의 해체감이 이런 문제를 가져온다.115)

그러면 모든 문제의 근원은 남성, 남편, 아버지로부터 오는가. 가족은 상호보완관계다. 은이와 은이 남편은 서로 대화가 부족했다. 채옥남편도 기본이 안 된 사람이지만 그가 바로 설 수 있도록 아내로서의 역할은 놓쳤다. 혜완노 남편에게 자신이 일을 할 수 있도록 더 설득해야 했지만 그러지 못했다. 물론 일차적 책임은 남편들에게 있었지만 기사 글쓰기에서 제시한 것처럼 문학적 글쓰기에서 객관적인 노력은 모두 부족했다. 「술 먹고 담배 피우는 엄마」의 나나 「뭘 먹고 살까」의 최강미 남편들은 이렇다 할 설명이 없다. 그냥 먹고 살기 힘들어서 집을 나갔고 그게 여성들은 힘들어서 또 집을 나온다. 여성의 입장에서

---

113) 중앙일보, 1998, 5, 21, 26면.

114) 중앙일보, 1998, 9, 14, 19면 (부록 표19).

115) 중앙일보. 1998. 9. 14. 6면.

글을 썼기 때문이겠지만 남성 입장에서 보면 객관성은 떨어진다.

초점이 남성이 집을 나간 이유, 경제적인 어려움이 닥친 이유 등이 아니기 때문에 그럴 수도 있다. 그러나 기사 글이 제시하는 것처럼 경제력이 가족을 해체하는 뚜렷한 이유가 되고 그래서 남편들이 집을 나가고 헤어져야만 하는 이유가 됐다면 그 부분에 대해서는 좀 더 심층적인 묘사가 있어야 했다. 그래야 독자가 여성이나 남성 입장에서 읽는 것이 아닌 제3자의 눈으로 그 현상을 읽어낼 수 있기 때문이다.

매체 글쓰기를 조사하면서 놀라운 점이 있었다. 애정관과 관련한 기사 중 이혼과 관련된 기사가 다른 주제에 비해 월등히 많았다는 것이다. 이는 뒤에서 다룰 다른 이혼내용에도 해당된다. 기사 글쓰기에서도 제시하고 있는 보편적인 이유 중 배우자 외도 문제가 가장 많았지만 나머지 경제적 빈곤이나 정신적 학대 등은 문학적 글쓰기에서 많이 다루지 않았다. 여성이 자아를 찾아가는 추상적이고 개념적인 사유가 대부분이었다. 이는 작가들이 주제를 너무 추상적인 것으로 접근하고 있는 것은 아닌지 한번 생각해볼 문제이다.

성격차이와 경제적인 문제가 이혼 사유로 늘어나는 요즘시대에 비춰볼 때 작가들이 현실인식의 문제를 더 해야 한다고 본다. 현실적으로 생활이 안 돼 이혼하는 경우는 무척 많다. 기사 글쓰기의 실제 수치가 말해주고 있다. 경제적 독립 없이는 정신적인 독립이 없는 것처럼 경제적 여유 없이는 인간적인 여유도 기대하기 어렵다. 때문에 좀더 현실적이고 보편적인 기사 글쓰기를 바탕으로 문학적 글쓰기가 형상화되어야 한다고 본다.

경제적인 상실의 문제를 통해 신문활용교육을 하기는 어렵다. 이상과 현실이 아주 다르기 때문이다. 이런 때는 실제 현상을 보여주고 긍정적으로 이 문제를 바라보게 하는 것이 중요하다. 가족과 부부 유지가 경제/사랑, 현실/이상 사이에서 절충점을 찾는 것이 필요하다. 또한 바람직한 직업관을 형성해 홀로서기 할 수 있는 사회의 여건을 조성하는 것도 이런 생활이나 삶과 관련된 문제에 있어서 한 요소가 아닐까한다.

3) 소통 부재와 성의 소외

(1) 역할 차이로 인한 공감성 부재

서로 다른 가정에서 자란 두 남녀는 결혼을 통해 부부가 된다. 결혼을 통해 가족이 형성되기 위해서 배우자를 선택하는 것은 개인과 사회의 입장에서 중요하다. 배우자는 개인적으로는 일생의 동반자로 인생의 희노애락을 함께 한다는 것도 중요지만 사회적 지위와 관계망에도 영향력을 끼친다. 때문에 개인의 행복과 욕망을 중시하는 현대사회에서 배우자 선택은 애정, 사랑, 사회적 영향력 등 개인이 추구하는 욕구의 범위 내에서 이루어질 수밖에 없다.

결혼을 통해 부부는 각자의 역할을 맡게 된다. 전통적인 부부간의 역할은 대개 남편이 생계를 부양하고 부인이 가사를 담당하는 것으로 규정되었다. 이런 부부간의 역할에 대해 파슨즈(T.Parsons)는 남편의 역할을 '수단적 역할'이라 하고 아내의 역할을 '표현적 역할'이라 말하였다. 가족구성원들은 남편의 수단적 역할을 통해 사회적인 안정을 얻고, 아내의 표현적 역할을 통해 정서적 안정을 얻어 왔다. 현대는 전통적인 가치관 외에 남편이 가사와 육아에 참여하는 시간이 늘어나고 있지만[116] 한정적이라는 문제가 있다.

어느 사회든 일정한 경제적 욕구가 충족되면 삶의 질을 논하고 개인

---

116) 공세권 외,『한국가족의 기능과 역할변화』, 한국보건사회연구원, 1990.

의 심리적 정신적 충족을 원하게 돼 있다. 자신의 부인이 돈을 벌어다 주니까 만족해한다고 자만하는 남자일수록 부인과의 의사소통에 문제가 있을 확률이 높다. 남과 여는 분명히 다르다. 커뮤니케이션방식도 다르고 사물에 접근하는 방식도 다르다. 화성인·금성인을 논하지 않아도 살다보면 느낀다. 같은 식탁에서 밥 먹고 애를 낳고 한 침대서 잔다고 결혼 생활에서 기대하는 것과 원하는 것이 같다는 보장은 없다. 그래서 부부는 일심동체라는 말이 요즘은 어울리지 않을지도 모른다.[117]

차이점과 공통점을 인정하지 않는 부부간의 갈등은 부부간 권력이 부조화를 이룰 때 발생한다. 이 심오한 권력의 철학은 흔히 '가부장제'라는 말로 언급되는 남성이 여성에게 행사하는 자연적인 힘이라는 권력 개념의 파생 개념의 근거에 있다.[118] 권력이란 다른 사람의 동의가 없을 때조차도 그들의 행동을 강제하고 통제하는 능력을 말하며 합법적일 수도 비합법적일 수도 있다.[119] 부부간 권력의 불균등은 왜 생겨나는 것일까? 왜 남편들은 아내들에 비해 많은 권력을 누리며 결혼생활을 영위할 수 있는가?

권력은 모든 사회 집단이나 부분에서 볼 수 있는데 부부관계에서는 권력의 상이함이 분명히 존재하는 것으로 알려져 있다. 일반적으로 부부간의 권력관계는 의사결정 과정과 결과, 자원분배, 가사노동 분담실태 등의 측면에서 측정되고 파악된다.[120] 이중 의사결정 과정이 권력

---

117) 중앙일보, 2005, 11, 21, 30면.

118) Stephen Kern, 앞의 책, p. 389.

119) 민경배, 『신세대를 위한 사회학나들이』, 1995, 퇴설당, p. 202.

120) 이정덕·김경신·문혜숙·송현애·김일명 공저, 『결혼과 가족의 이해』, 학지사, 1998, p. 217.

을 측정하는 가장 흔한 방법이면서 부부 평등의 핵심적 내용이다. 이러한 권력의 부조화로 인한 갈등 내용을 더글라스 등은[121] 경제적 문제, 여가시간 사용문제, 개인습관, 자녀양육문제, 가사책임, 직업적 요구, 인척문제, 친구문제, 성문제 등으로 분류했다.

90년대는 배우자 외도나 폭력이 주 이혼사유였고 30대 여성이 그 핵심을 이루었다. 2000년대는 30대가 많았지만 20대 여성의 이혼이 늘었고 이혼 사유로 권력의 부조화로 인한 성격차이가 많았다. 공지영의『무소의 뿔처럼 혼자서 가라』[122]의 혜완과 그녀 남편 경환이 그런 예이다. 경환과 혜완은 대학 동창으로 23살에 결혼했다. 경환은 대학 시간강사로 경제력이 없어 시집에서 생활비를 타다 쓰는 형편이었다. 혜완은 '절대로' 자신에게는 이런 일이 일어날 것 이라고는 상상도 못 했던 당당한 여자였다. 그런 그녀가 29살에 이혼을 했고 소설가로 힘들게 살아간다. 그런데 사회는 이혼한 여류 소설가라는 것이 보듬어야 할 대상이 아니고 가십거리에 불과했다.

혜완은 '절대로'라는 말을 잘 쓰는 자아가 강한 여성이었고 경환은 가부장적 체제가 몸에 밴, 그리고 지식인이 갖는 적당한 권위주의가 있는 남성이다. 경환이 얼마나 권위직인지 둘이 택시를 탈 때 먼저 행선지를 말하지 못하게 했고 자신이 싫어하는 국은 끓이지도 못하게 했다.

둘의 갈등은 혜완이 아이를 놓고 일을 나가면서 시작된다. 둘은 충분히 연애했고 결혼생활도 했고 아이도 있었다. 그런데도 경환은 아이

---

121) Douglass, F. M. & Douglass, R.(1993). *The validity of the meyers — Briggs types indicator for predicting expressed marital problems*. Family Relation 42. pp. 422 — 426.

122) 공지영,『무소의 뿔처럼 혼자서 가라』, 도서출판 푸른숲, 1998. 이하 면수만 표시함.

를 놓고 여자가 일을 한다는 사실을 이해하지 못한다. 아이가 더 크면 나가라고 말한다. 그런 말은 여성이 일하러 밖에 나갈 때 남성들이 쓰는 '성스런' 핑계였다. 그러나 아이와 남편과 가정이 줄 수 없는 '나'라는 존재감을 느끼면서 행복할 수 있는 기회를 여성은 갖고 싶은 것이다. 연애할 때는 '남자'였지만 결혼만 하면 '남편'이 되는 것이 현실이 경환에게도 해당된다.

혜완이 일하는 것에 대해 못마땅해 하는 경환과 대화를 통해 풀고자 하지만 소통의 불능이다. 소통의 불능은 정서적 공감대를 형성하지 못한다. 남성의 가부장적 사고와 여성의 평등의식이 충돌하는데다 맞벌이 가정이 늘면서 부부의 역할을 놓고 갈등이 빚어지면서 이혼 증가율 세계 최고인 나라가 된다.[123]

동시대인이 좋다는 것은 같은 생각, 같은 가치관, 같은 음악을 공유함으로써 생각도 공유할 수 있음을 의미한다. 그런데 같은 학교 동창생인 이들은 동시대인이 공유할 수 있는 생각은 없고 지배/피지배의 관계로만 존재한다.

그녀가 일하고 싶은 이유는 돈이 아니었다. 자신을 찾고 싶었고 세상에서 자신이 할 수 있는 일을 통해 존재감을 느끼고 싶어서였다. 세상에서 소외되는 것 같은 상실감을 극복해보고 싶어서이다. 그런데 남편은 단지 돈 때문이라며 여성의 존재감을 외면한다. 그렇다고 자신이 돈을 벌어다 주는 것도 아니고 집에서 돈을 타다 쓰면서 남성성을 애써 살리려 한다.

둘의 결혼 전 수평 관계가 수직으로 변한다. 그래서 그들은 불행하다. 하루도 가정이 평화롭지 않다. 평화롭지 않은 가정은 천국이 아니

---

123) 동아일보, 2003, 3, 29, A26면.

고 지옥이다. 집은 모든 사람이 밖에서 힘든 몸과 마음을 편하게 쉴 수 있는 유일한 공간이다. 그런 가정의 기능에 금이 가기 시작하면 구성원의 관계도 금이 가고 종국엔 깨질 수밖에 없다. 가정의 균열은 계속된다. 누구도 끝을 바라고 가지 는 않지만 시간은 종말이라는 공간으로 둘을 데려간다.

　　어느 날도 남편과 실강이 없이 출근하는 날은 없었다. 그도 끈질겼고 혜완도 고집스러웠다. 한번은 회식 자리에서 혜완이 맥주를 마시고 돌아온 날 남편과 혜완은 밤이 새도록 싸우기도 했다.
　　―그까짓 한심한 책들을 만들기 위해 아이를 버려두고 나가려는 니 저의가 대체 뭐야? 농담을 알아듣지 못한 게 그렇게 서러웠어? 유머시리즈 목록 좀 뽑아다 줄까?
　　그까짓이라는 말만 꺼내지 않았더라도 늦게 들어간 미안함 때문에 참았을지도 몰랐다. 하지만 입술을 얇게 뒤틀며 눈을 보니깐 그의 표정이 혜완의 자존심을 건드렸던 것이었다.
　　―그래? 그러면 그까짓 무식한 교수 부인 장례식에 가서 사흘 밤이나 새는 니 저의는 뭐니? 대학원생이야? 교수 비서야? 그뿐이니? 그 교수가 술 좋아한다고 날마다 술에 곤드레가 돼서 들어오는 건 뭐가 대단한 일이니?
　　―아이를 키워놓고 나가란 말이야, 그땐 내가 말리지 않을게.
　　―그래 아이 키워놓고 마흔쯤 되면 온 세상에서 날 채용해 주겠지. 아이 키우느라 수고했다고 칭찬해 가면서. 안 그래? 넌 지금 비겁하게도 단지 내가 여자로 태어났다는 이유만을 들먹이고 있어…….너야 말로 대학원에 한번 말해보지 그래? 아이 키우고 한 십 년 후쯤 다시 공부하겠습니다, 하고 말이야.
　　―그걸 말이라구 하는 거야 지금?
　　―그래 그렇게 말도 안 되는 걸 넌 지금 나한테 강요하고 있는 거야.

　─분명히 말하겠어. 니가 어머니이기를 또 여자이기를 포기
한다면 나도 이제 상응하는 대우를 해주겠어……. 알겠니?
　─뭘 포기 한다구?
　─직장과 가정 둘 중에서 택하란 말이야. 난 그 꼴 못 봐.
　─직장과 가정 중에서 선택하라니? 내가 남자랑 밤도망이라
도 치는거니? 왜 선택을 해? 둘 다 얼마든지 병행되는 거잖아. 난
둘 중의 어느 하나도 놓칠 수 없어.
　─따지지 마! 한 번이라도 그냥 알았어, 하고 대답해보란 말
야! 따지지 말구!(131)

이 시대 일하는 여성은 슈퍼우먼 콤플렉스에 빠져있다. 직장일과 가
정일 모두 완벽하게 해 내야 한다는 강박관념에 사로잡혀 있다. 슈퍼
우먼은 자신이 가지고 있는 능력에 관계없이 직장인, 주부, 어머니, 아
내, 며느리라는 서로 상충되는 역할을 완벽하게 하려는 사람으로 많은
여성들이 신체적·심리적으로 갈등하며 알게 모르게 슈퍼우먼 콤플
렉스에 빠진다. 그래서 모든 것을 완벽하게 하지 못하면 심한 불안감,
초조감, 죄책감 등으로 고통 받는다.124)

남편은 아내를 존중할 줄 모른다. 아내의 일을 존중하고 배려할 줄
모른다. 그가 혜완을 못 나가게 하는 것은, 어머니와 여자 노릇을 잘 하
라는 것은 혜완이 나가면 단지자신이 불편하기 때문이다. 대단한 가족
사랑을 지닌 남편이어서가 아니라 어른이 덜 된 키덜트(kidult, 어른아
이)일 뿐이다. 그리고 어머니한테 아직도 의존하는, 혜완이 어머니 노
룻까지 대신해 주길 바라는 마마보이일 뿐이다. 혜완과 대화하는 그의
말 어디에도 어른다운, 배려하는 남자다운 표현은 없다.

그러다 출근하는 그녀 앞에서 아이가 사고로 죽는다. 혜완은 그게

---

124) 여성을 위한 모임, 앞의 책, p. 232.

자신의 탓이라고 여긴다. "행복한 가정과 나만의 일, 두 가지를 모두 가진다는 건 불가능한 일이라는 걸 "몰라서 아이가 죽었고 그게 자신의 죄이다. 출산이 곧 양육을 책임진다는 사실을 의미하는 것은 아니다. 그럼에도 불구하고 여성은 다 책임져야 하고 책임져야 한다고 믿고 있다. 그래서 끊임없이 자책하고 고통스러워한다. 그러나 밖의 세상은 그녀의 말을 들어주지 않는다. 처음 아이를 낳았을 때 혜완은 가족의 역할에 대한 본질적인 질문을 사회에 던진다.

> 악마가 아기를 가져갈 때 다른 사람들은 어디 있었던가? 아기의 아버지는? 친척들은? 사회는? 모두 무엇을 하고 있었나? 그리하여 그녀가 다시 아이를 찾으러 나섰을 때 그들은 어디 있었는가? 왜 그녀 혼자서만 발을 찔리고 눈을 뽑아내고 고통을 치러야 했나? 다른 이들은 어디 있었는가? 대체 어디 있었는가?(243)

정말 필요할 때 아무 곳에도 없던 그들은 갑자기 자신들이 필요할 때 나타나서 권리를 주장한다. 삶은, 남녀의 결혼 생활은 누가 누구에게 은사를 베푸는 것이 아닌 '따로 또 같이' 사는 것이다. 그런 공감대를 형성하지 못하고 벽을 쌓은 것은 누구의 잘못이라기보다는 상대의 속을 보려하지 않았던 이 시대 관습 탓이라 생각한다. 그래서 혜완이 이혼을 제의했을 때 경환은 알 수 없다는 듯, 자신이 왜 이혼을 당해야 하는지 알지 못한다. 정순의 남편도 이처럼 반응했었다.

> 대체 알 수가 없어. 내가 바람을 피웠니? 상습적인 구타를 했니? 혜완은 그의 말에 동의했었다. 그가 바람을 피우거나 상습적인 구타를 했다면 물론 이혼을 결심하는 데 그리 오랜 시간을 끌지는 않았을 것이다. 하지만 그가 아직도 혜완이 왜 그렇게 못 견

려 했는가를 모른다는 사실이 결정적으로 혜완을 가로막았다. 그렇게 오랜 시간을 함께였으면서 그들은 완벽한 타인이었던 것이다. 함께한 세월이 새삼 서글퍼졌다.(92)

경환은 슈퍼우먼 아내가 싫다. 하녀 같은 아내만을 원한다. 그래서 갈등이 생겼고 아내한테 이혼 당한다. 그러면 이 시대 모든 남성들이 다 경환 같을까? 문학적 글쓰기 속의 경환은 현모양처를 원했지만 기사 글쓰기에 나오는 이 시대 남성들도 슈퍼우먼을 원한다. 물론 모든 남성들이 다 그렇다는 것은 아니다. 30대 직장인들은 같이 돈 벌고 같이 육아하기를 원한다.[125] 이 소설이 98년도에 쓰여 졌으니 5년의 시차가 있긴 하지만 남성 사회에 많은 변화가 왔음을 기사 글을 통해 확인할 수 있다.

이제 작가들은 단순히 남성이 여성을 구박해 이혼하는 문학적 글쓰기를 지양해야 할 시점이다. 기사가 제시한 것처럼 성격차이로 인한 이혼도 써야 하지만 같이 공존하며 사는 모습도 보여줘야 한다. 그런데 아직까지 이런 문학적 글쓰기는 나오지 못하고 있다. 실제 생활에서 일어나고 있는 시대성을 작가가 허구로 못 따라가고 있는 현상이다. 이런 모습이 보편화된다면 혜완과 경환처럼 이렇게 이혼하는 일은 생기지 않을 것이다.

(2) 성의 소외와 소통 부재

일반적으로 사용하는 성을 표현하는 용어인 성(sex,性)은 생물학적으로 구분되는 남녀의 신체적 구분에 따른 것이다. 성의 한자 표기인

---

125) 동아일보, 2003, 11, 14, A22면.

性은 마음 심(心)자와 몸 생(生)의 합성어로 마음과 몸의 양면, 전체로 서의 인간을 나타낸다고 본다. 신체적 발달에 따라 자연스럽게 나타나는 남녀 간의 성욕(sexuality)은 다양한 역할을 한다. 애정대상과의 유대를 강화하며 친밀감을 강화하고 기쁨을 얻는 행위이며 긴장감과 불안을 해소하는 역할을 한다. 생물학적인 성에 대한 표현방식이나 성애에 대한 표현방식 뿐 아니라 인간관계에서의 다양한 행동양식은 사회에서 구성하는 성(gender)에 의해 영향을 받는다.126)

두 남녀는 결혼이란 계약에 의해 서로에 대한 성적 독점력을 갖는다. 부부는 정신적 육체적 사랑을 나누는 관계가 됨으로써 부부간의 성행동은 당연하고 자연스런 일이다. 부부의 성적 결합은 둘의 만족을 가져오고 성적 관계를 통해 세대계승이라는 개인적 사회적 기능을 이룬다. 그러므로 결혼생활에서 성은 기본적 욕구이면서 다른 역할 못지않게 중요하다.

1995년 베이징 세계여성회의에서는 자유로운 '성생활권'을 행동강령에 넣었다. "강요나 차별이나 폭력에 의하지 않고 성생활을 결정할 수 있는 권리가 있다"고 합의했는데 이는 "성생활을 출산의 수단 이상으로 인정하는 것"이다. 그러나 우리는 성을 죄악시하는 경향이 있다. 젊은 층보다는 나이 든 층이 더하다. 요즘은 부부간의 성생활을 공개 장소에서 토론도 하고 강좌도 열면서 표면으로 드러내는 경향도 있지만 아직도 숨어 말하는 경우가 더 많다. 그러다보니 성문제는 잠복되어 있는 부부문제 중 하나가 되었다.

현대에 들어오면서 개인의 자유와 행복을 추구하는 경향이 생기고 성에 대한 관심이 많아지면서 부부간 성문제는 점점 더 중요하게 되었

---

126) 정현숙 외, 앞의 책, p. 129

다. 성적 부적응이 직접적인 부부갈등 요인이 아니라 할지라도 그것이 단초가 돼 부부불화와 가족 간 불화를 가져오기 때문이다. 그래서 최근에는 성적 부적응이 부부간 갈등요인으로 차지하는 비중이 높아지고 있다.

마스터스와 존슨은 부부 두 쌍 중 한 쌍이 성적 부적응을 겪고 있다고[127] 하였고 프랭크 등이 결혼만족도가 높은 부부들을 대상으로 연구한 결과에 의하면 여성의 63%, 남성의 40%가 성적 부적응을 겪고 있다고 밝힌 바 있다.[128] 결국 대부분의 부부가 결혼만족도가 높아도 성적 만족도는 떨어진다는 이야기다. 그러나 우리나라는 성만족도가 떨어지면 결혼 만족도도 떨어지는 것으로 나온다.

'2005년 한국여성 심리학회 동계 학술대회'의 발표에 의하면[129] 기혼 여성 5명 가운데 1명 이상이 위기를 맞고 있다고 나와 있다. 이혼까지 고려할 만큼 고민을 하고 있는 위기 원인 1위는 배우자의 성격(35%), 2위는 시댁과의 갈등(29%)으로 나온다. '부부 성관계 불만지속'은 11%에 불과하지만 전문가의 해석은 다르다. 흔히 말하는 성격차가 알고 보면 그 중 1/3이 '性의 격차'라는 것이다. 그렇게 볼 때 배우자와 성격차이로 위기를 느끼는 부부가 44%로 절반 정도의 부부가 성에 문제가 있다고 고백한 것으로 볼 수 있다. 바람직한 성관계 횟수는 월 5－8회가 67%에 비해 실제 횟수는 50%에 불과하다. 그만큼 불만이 쌓일 수밖에 없다. 이들을 상담한 바에 따르면 성관계에 대한 남

---

127) Masters, W. H., & Johnson, V. E.(1980). *Human sexual inadequacy*. Boston : Little Brown and Co

128) Frank, E., Anderson, C., & Rubinstein, D.(1978). *Frequence of sexual dysfuntion in normal couples*. New England Journal of Medicine 299, pp.111－115, 이정덕 외, 『결혼과 가족의 이해』, 학지사, 1998, p. 230 재인용.

129) 동아일보, 2005, 12, 12, A12면.

편의 소극성이 큰 이유로 작용한다. 특히 30대 이하 기혼 여성들에게 부부관계는 기본권이자 '삶의 질'이기 때문에 문제는 더 크다.

같은 해 <표24>를 보면 주2회 이상 원하는 여성이 57%로 나온다. 동아일보와 비슷한 수치다. 성생활 불만 이유는 '항상 똑같고 새로운 것이 없어서'이고 '성격이 맞지 않기' 때문이다. 여기서도 성격차가 나온다. 결국 '성격차'가 '성의 격차'임을 다시 확인하게 된다. 앞서 부부 성문제가 부부갈등의 직접적인 원인이 아니어도 내재된 불만이 다른 문제까지 옮겨가기 때문에 갈등이 일어난다고 말했다. 더구나 30대 여성들의 성에 대한 욕구는 삶의 일탈을 꿈꾸면서 결국 가족 내 문제를 불러와 이혼이나 재이혼 같은 가족해체를 불러오는 요인이 되기 때문에 중요시 되고 있다.

<표24> 조선일보, 2005. 5. 28 A2.

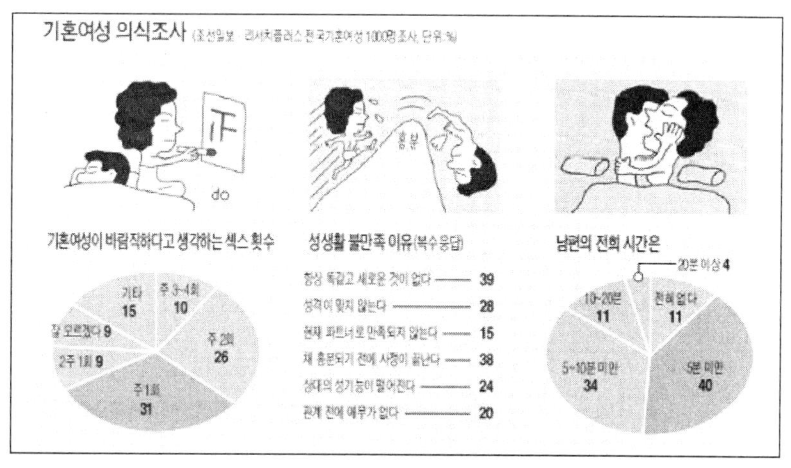

여성문제를 많이 다룬 이경자의「빈털러리」는[130] 성의 소외가 계층 없이 일어나는 일임을 보여준다. 중산층 부부인 혜정과 형민은 성에 대한 생각이 많이 다르다. 남편과 관계를 갖고 싶어 혜정이 "우리 부부의 20일 주기는 상식 밖이라는" 말을 하려는 순간에 형민은 "아내는 순결하고 정숙해야"한다며 찬물로 샤워하고 오라 냉정하게 말한다. 남편으로부터 거부당한 그녀는 "부끄러움과 배반감과 죄악감"에 휩싸인다. 그렇게 외로워질 때 아이 바이올린 선생 재준과 불륜에 빠진다. 외도가 발간된 후 그녀는 자신이 빈털터리라는 현실을 깨닫는다. 혜정부부는 평균이하의 부부관계를 갖는다. 남편은 아내의 욕망을 풀어줄 생각은 안하고 부정한 여인으로 몰아붙이고 외도라는 결과만 중요시한다.

역시 이경자의「살아나는 시간」[131]도 그렇다. 가정주부로만 10여 년을 지냈던 영옥은 결혼 전 알던 재준을 만난다. 남편은 학교 선생님으로 영옥을 적당히 무시하는 가부장적인 사람이다. 그들의 부부관계는 한두 달에 한 번 정도였다. 그를 만나고 돌아오며 영옥은 "가족의 한 사람으로서의 나와 지금 여기 있는 나는 다른 존재인가"란 의문을 갖으며 남편에게 "내일부터 옷은 당신이 걸어요"(189) 당당히 말한다. 성의 소외에서 자신을 돌아보게 된 것이다.

이들처럼 오랜 기간 잠자리를 하지 않고 지내는 부부를 '섹스리스(sexless) 부부'라고 한다. 섹스리스의 원인은 의학적으로, 혹은 사회적으로 다양하게 연구되고 있다. '과도한 업무와 스트레스 탓에 남성이 잠자리를 회피하는 것이 원인'이라는 진단도 있고 '인터넷이나 컴퓨터 게임 등 여가생활이 발달하면서 상대적으로 섹스의 비중이 낮아지

---

130) 이경자,「빈털러리」,『절반의 실패』, 동광출판사, 1989.

131) 이경자,「살아나는 시간」,『절반의 실패』, 동광출판사, 1989.

는 것이 원인’이라는 주장도 있다. 원인이 무엇으로 분석되든 섹스리스 커플을 ‘뭔가 문제가 있고 그래서 치료가 필요한 사람들’이라고 여기는 시각이 지배적이다. 일부 의사들은 부부의 ‘섹스리스’ 상태를 무조건 ‘치료 대상’으로 여기기도 한다.

한국성과학연구소가 기혼여성 1000명을 조사한 바에 의하면[132] 한 달에 한 번 이하로 부부생활을 하는 여성이 28%에 달했다. 20대도 있지만 40대의 불만이 가장 많았다. 기혼여성들은 최소 주1회의 부부관계를 원하고 있지만 실제는 그렇지 못하다. 성생활이 불만족한 여성이 결혼 생활도 불만족하다고 답하고 있는 것으로 봐서 성생활과 결혼 생활이 밀접한 상관관계가 있음을 알 수 있다. 성생활이 잘 안 되는 이유는 ‘피곤함’이 큰 이유였다. 또한 ‘남편이 남자로 보이지 않아서’, ‘애 낳고 키우느라 힘들어서’ 등 다양하다. 처음에는 힘들어서 피했는데 그것이 일상화되면서 부부 공동화 현상이 일어난다. 일반적으로 밖에서 보기에 문제가 없어 보이는 가정이지만 이런 문제가 있으면 언제 터질지 모르는 시한폭탄으로 작용하게 될 것이다. 여성의 소극적인 성격도 있지만 남성들에 의해 배척당하는 경우도 많다.

이러한 예는 90년대 가족과 부부 산의 문제를 다룬 소설인 공선우의 『수수밭으로 오세요』의 필순과 남편의 의식을 통해 잘 드러난다. 필순은 오랫동안 부부관계를 못했다. 남편이 집에 늦게 오고 ‘잠자리 가진 지도 오래’되었다. 아이 낳고 돌이 지나서 월경이 시작되었지만 남편은 곁에 오지 않는다. 두 달이 넘도록 오지 않았다. 그것이 편안한 것이 아니라 불안하다. 습관이 어떤 행동으로 이어질지 모르기 때문이다. 아이를 더 이상 낳지 않겠다는 말에는 여러 의미가 내포된다. 몸으

---

132) 조선일보, 2005. 5. 28 A2면.

로 소통하는 부부관계를 안함은 친밀도가 떨어진다는 것이고 그것은 그래서 "절교선언"처럼 가슴에 박힌다.

부부관계를 갖자는 것은 대화를 하자는 것이다. 필순은 계속 대화를 원한다. 그 대화는 몸치장을 매개로 이어진다. 화장하고 예쁜 속치마 입고 그 옆에 눕는다. '나를 봐달라고'말이다. 사람의 상호 작용은 얼굴 표정, 몸짓, 혹은 몸자세를 통해 정보와 의미를 교환하는 등 다양한 형태의 비언어적 의사소통을 포함한다.[133] 비언어적 의사소통은 간혹 몸짓 언어라고 불리지만 이런 표현은 잘못된 것이다. 필순은 그런 소통을 원하지만 결국 거부당하고 거부당한 결과는 재이혼이다.

부부관계의 문제성은 학력이 낮고 높음을 떠나서 생기는 보편적인 문제로 보인다. 이런 예는 대학을 나오고 사회적으로 성공한 남편을 가진 영선도(『무소의 뿔처럼 혼자서 가라』) 마찬가지다. 아내에게 사랑이 식은 남편은 잠자리도 피한다. 자신 때문에 망가진 아내에 대해 죄책감은 없고 오로지 경멸한다. 그래도 영선은 대화를 하고 싶어 한다. 몸으로 다가가 아무런 잘못도 없이 그와 화해하기를 원한다.

그는 점점 나를 경멸하기 시작했지……. 그리고는 어느 때부터인가. 잠자리에서도 날 안아주지 않았어. 술 냄새가 나는 여편네를 누가 안고 싶겠냐고 그는 말 했어……. (중략)
    ―나는 그가 안아주기를 바랐어. 나 오늘 술 안 마셨어요 여보……. 참 산다는 게 얼마나 우습니? 그런 날은 술이 곤드레가 되어서 들어와서는 양말도 벗지 않고 침대에 쓰러지는 거야. 그 무참한 기분 아니?
    (중략)
    ―그래도 참았지. 당신 하루 종일 집에서 이런 궁리나 하고 있

---

133) 기든스, 앞의 책, p. 94.

었어? 그가 다시 말했어⋯⋯. 또 참았지. 여보 난 너무 외로운 것 같아요. 한번만 안아줘요⋯⋯. 당신이 날 안은지 벌써 석 달이나 지났어요.⋯⋯ 난 빌었어. 한 번만 안아줘요. 그저 해가 지고 밤이 오고 당신도 없으면 너무 외로워요. 빌다시피 관계를 가졌어. 일찍 깨달아야 했지. 그게 모욕인 줄 모르는 바보가 어디 있겠니? 그런데 멍청하게 애원하다가 관계 도중에 갑자기 모욕감이 밀려왔어. 그가 내 몸 위에서 적선이라도 해주는 표정을 짓는 게 보이는 것 같았어⋯⋯. 혜완아, 난 그를 밀어버렸어. 그가 어이 없다는 눈길로 날 바라보더구나⋯⋯ 난 뛰어나와서 술을 마셨어⋯⋯.

⋯⋯ 내가 그에게 그런 짓을 하다니. 여성 문제 세미나에서 활발하게 토론하던 노영선이가, 여성 문제는 단지 남자에게 문제가 있는 게 아니라 우리들 여성 스스로가 어쩌면 가장 큰 적이라고 그렇다고 당당히 말했던 노영선이가 여성지에서 본 대로 침대보를 바꾸다니! 한 번만 안아달라고 새 잠옷을 입고 애원하다니⋯⋯. 하지만 난 위안이 필요했었어. 하지만 그는 싸구려 소주만큼도 날 위안해주지 못했던 거야.(289 - 291)

여성은 가정을 지키고 싶어 한다. 필순도 그렇고 영선도 그렇다. 그래서 남편이 좋아할 수 있는 모든 방법을 동원하지만 번번이 좌절한다. 용기를 내어 시도하지만 그것조차도 욕으로 돌아온다. 이 때 남성은 '성기'라는 무기로 여성을 학대한다. 사용하지 않는 무기가 오히려 '상처'가 된다. 그 상처는 '죽음'으로 끝을 낸다.

필순이나 영선은 기사에서 본 우리나라 평균 부부보다 부부관계를 더 못한다. 그래서 성 문제로 이혼을 고려하고 있다는 기사보다 더 깊은 상처를 받는다. 필순은 이혼하고 영선은 자살로 생을 마감한다. 성이 불만족한 이유에서 기사 글은 '새롭지 않다'거나 '피곤하다'거나 하는 표면적인 이유가 주를 이룬다. 소설에서는 더 근본적인 이유가 있다. 그렇게 되기까지의 과정을 보여줌으로써 훨씬 설득력이 있다.
그러나 공통점은 성이 소통을 위한 매개체이며 성이 불만족할 때 부부
만족도도 낮고 이혼이나 외도 같은 극단적인 방법으로 일탈을 한다는
것이다.

<표25> 중앙일보, 2005, 5, 28, A2

'섹스리스 부부'는 韓·日 만의 특이현상

과중한 일 때문… "서양선 참고 살지 않아"

올 초 일본가족계획협회는 '섹스리스' 부부가 30%에 달한다고 발표했다. 과중한 일의 부담 등으로 일찍 귀가하지 못하는 것이 가장 큰 원인이라는 것이다. 또 수입의 남녀 차가 없어져 여성이 남성에게 'NO'라고 말할 수 있게 된 것도 한 요인이라고 분석했다. 이 같은 사정은 한국도 다르지 않다. 설문에 응한 '섹스리스' 아내들은 "너무 피곤하고 귀찮아서" "흥미가 사라져서" 등을 이유로 들었다.

그러나 '섹스리스' 부부들의 문제를 전 세계 '보편적'인 것으로 착각해서는 안 된다. 이는 우리나라와 일본에서만 볼 수 있는 특이 현상이다. 1년 평균 성관계 횟수를 물어보는 조사는 있어도 부부 사이의 섹스가 사라지는 것을 걱정하는 나라는 없다.

이윤수 소장은 "서양에서는 원활하지 않은 성생활을 참고 사는 부부가 거의 없기 때문"이라고 말했다.

지난해 실시된 국제조사에서 세계 41개국 국민들의 연간 성행위 횟수는 평균 103회로 나타났다. 우리나라는 이 조사에서 빠졌지만 '참고'할 수 있는 일본은 프랑스(137회), 그리스(133회), 헝가리(131회), 중국(90회) 등에 크게 못 미치는 46회로 꼴찌를 차지했다.

부부 사이의 자연스러운 섹스가 작동하지 않을 경우, 전문가들은 결혼생활에도 큰 위기가 올 수 있다고 지적한다. 부부클리닉 '후' 이은하 원장은 "섹스는 부부 간의 친밀도를 단적으로 보여준다"며 "부부에게 문제가 있어도 섹스가 '살아' 있으면 비

교적 쉽게 갈등이 풀린다"고 말했다. 그렇다면 '섹스리스' 부부들은 어떻게 문제를 풀어야 하나. 조안산부인과 최안나 원장은 "아내들이 남편의 요구에 마지못해 의무감으로 응하거나, 남편이 다 알아서 해주기만을 바란다면 원만한 성생활을 지속하기 힘들다"고 말했다. 서울성의학클리닉 설현욱 원장은 "여성은 남성과 달라 성적 쾌감을 느끼는 것도 훨씬 미묘하고 복잡하다"며 "더 세게, 더 빨리만 해선 여성을 충족시킬 수 없다"고 말했다.

성기능에 문제가 있다면 전문가와 상의해 적극적으로 함께 해결하는 것이 좋다. '비아그라'도 굳이 마다할 이유가 없다는 설명이다. '부부에게 허락된 최고의 유희이자 가장 내밀한 대화'를 나누는 기쁨을 거저 얻을 수는 없는 법이다.

그런데 문제는 섹스리스 부부는 전 세계의 '보편적'인 문제가 아니라 한국과 일본 만의 특이한 현상이라는 것이다. 위 기사에 의하면 일본에서도 섹스리스 부부가 30%에 달한다는 결과가 있다. 과중한 일의 부담으로 일찍 귀가하지 못하는 것이 가장 큰 원인이라고 한다. 또 남녀의 수입차가 없어진 지금 여성이 남성에게 'NO'라고 말할 수 있게 된 것도 한 요인이다. 지난해 실시된 국제조사에서 세계 14개국 국민

들의 연간 성행위 횟수를 보면 프랑스 137회, 그리스 133회, 헝가리 131회, 중국 90회, 일본은 46회로 꼴찌였다. 우리나라는 참가하지 않았지만 일본과 비슷한 수준으로 평가하고 있다.

우리와 달리 서구에서는 원활하지 않은 성생활을 참고 사는 부부가 거의 없다고 한다. 자연스러운 부부사이의 섹스가 안 되면 결혼생활에 위기가 오고, 부부간에 문제가 있어도 섹스가 살아있으면 쉽게 갈등이 풀린다고 전문가들은 말한다. 결국 서구와 비교해 보고, 실제 우리나라 통계를 보았을 때 부부간의 성생활과 친밀도는 높은 상관관계가 있음을 알 수 있다. 우리나라 이혼율 세계 제1위 증가율이 된 것도 이와 무관하지 않음을 기사 글과 문학적 글쓰기에서 확인한다.

(3) 폭력의 현현화와 갈등의 재생산

폭력이 공공연하던 시대에서 점점 개별화되고 근래에 들어서는 외적으로 보이는 것과 내밀한 개인의 비밀스런 것에 이르기까지 그 양상은 나양하다. 오늘 날은 국가나 정치적인 폭력보다 개인적인 폭력의 의미가 더 큰네 금기나 일상의 억압이 일탈의 욕망이 되어 파괴 욕구와 폭력으로 전이되어 나타난다. 80년대를 지나면서 폭력은 보다 더 근원적이면서도 비정치적인 사회 문화적 폭력이 중요한 대상으로 소설에 반영되어 나타난다.[134]

폭력은 법을 위반한다는 라틴어의 비올라레(violare)에서 파생된 것으로 가해자가 여러 방법으로 다른 사람에게 육체적 · 정신적 피해를 입히는 것이다. 폭력은 행위자가 자신의 위치에 대한 안정을 꾀하기 위하여 위계상 지배자로부터 확고한 위상을 확보하고자 한다. 사회 ·

---

134) 명형대, 「현내소실과 폭력」, 『천대소설연구』6호, 1997.

문화적인 폭력은 인습적이거나 관습적인 것들로서 폭력을 행하는 자가 그것을 잘 인식하지 못하는 경우가 많다. 가부장적 가족제에서 갖는 상하의 위계 관계에서 볼 수 있는 폭력이 그것이다. 그래서 가족내에서 발생하는 폭력은 일차적으로 남성이 행사하는 것이 대부분이다.

일반적으로 현대인들은 가정이 가장 안전하다고 생각한다. 그러나 현대 사회에서 가정은 가장 위험한 장소가 되었다. 통계수치로 보았을 때 밤중의 길거리에서보다 집안에서 신체적 공격을 당할 확률이 높게 나타났다. 스트라우스는 배우자에 대한 남성의 폭력과 여성의 폭력을 연구했는데 여성이 가하는 폭력은 남성의 그것에 비해 제한적이며 일호적인 것으로써 신체장애를 지속적으로 불러일으킬 염려는 거의 없다고 했다.

가내 폭력은 왜 일어나는가? 하나는 가족생활의 특징으로써 정서적 강도와 개인 간의 친밀도가 합쳐진 것이다. 친밀성은 애증이 혼재되는 정서 상태인데 사소한 사건도 엄청난 적대감을 줄 수 있다. 둘째는 가족 내 폭력이 관대하게 처리되거나 인정되는 현실이 이를 부추긴다.[135]

<표26>을 보면 우리나라 부부폭력의 심각성을 말하고 있다. 남성이 여성보다 훨씬 많은 폭력을 행사하고 여성 목숨의 위협을 받는 수준까지 이르고 있다. 여기서 언급되지 않았지만 소설 작품에 보면 외도하는 남성은 폭력 휘두르는 것을 좋아한다. 거의 모든 소설 속에 보면 외도한 남편은 아내에게 신체적, 정신적, 언어적 폭력을 가한다. 정순의 남편 기남은(「절반의 실패」) 육체적 폭력과 함께 부부강간을 가하는 경우다. 처음 외도사실을 들키고 그것을 무마할 생각으로 그녀를

---

[135] 기든스, 앞의 책, p.188.

강간하려 한다. 마치 섹스만 하면 아무 일 없었다는 듯이 다 무마될 것
으로 생각한다.

<표26> <조선일보. 1998. 3. 2. A29>

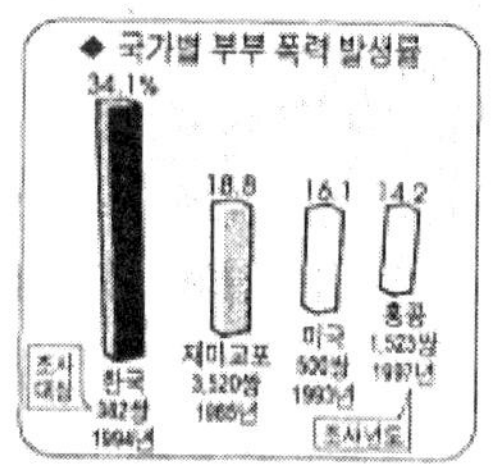

국내 夫婦폭력 미국의 2배

1년에 한번이상 34%

아내의 남편구타 3%

우리나라 부부 중 34.1%가 1년에 적어도 한차례 이상의 부부폭력을 경험하고 있다는 연구 결과가 나왔다. 이는 미국보다 2배 이상 많고, 재미교포보다도 1.5배, 이웃 홍콩보다는 3배 가까운 발생률이다.

연세대 사회복지학과 김재엽(金在燁·35)교수는 1일 「지난해 6월1일부터 두달동안 1천5백23쌍의 기혼 남녀를 넣어 이같은 결과를 얻었다고 말했다. 85년 조사된

미국 가정의 부부폭력은 16.1%, 94년 중국의 가정폭력은 14.2%였으며, 93년 미국 뉴욕과 시카고의 한인 5백 가정을 대상으로 김교수가 조사한 교포가정 부부폭력은 18.8% 수준이었다.

이번에 조사된 한국 부부폭력에서는 남편에 의한 아내구타가 15.6%, 아내에 의한 남편구타가 3.5%, 상호폭력이 12.3%에 달했다.

이번에 조사된 부부폭력중 ▲발로 차거나 주먹으로 때리기 ▲학대, 폭행이, 골프채 등 둔기로 구타 ▲사정없이 구타 ▲흉기로 위협하거나 때리기 등 「심각한」 폭력을 휘두른 경우가 남편이

7.9%, 아내가 2.8%, 쌍방은 1.6%였다.

우리나라에서는 올해 7월1일부터 가정폭력에 대해 주변의 신고만으로도 경찰이 개입할 수 있고, 이후 상담과 치료, 보호와 연계해 주는 가정폭력 방지법이 발효된다. <李相勳기자>

기남은 정순을 들어 안았다. 아내의 몸은 물체 같은 싸늘함이
서렸으나 아랑곳하지 않았다. 그는 한 손으로 장롱을 열고 침구
를 뜯어 당겨 떨어뜨려서 발로 요를 폈다. 그리고 아내를 눕혔다.
그는 아내의 옷을 갈기갈기 벗기고 자기는 바지부터 벗었다. 성
이 나서 차돌멩이같이 굳은 여자가 도리어 그의 성감을 자극하
였다.
  "야비하고 추잡스럽긴!"(「절반의 실패」, 207)

기남은 외도를 두 번째 들킨 후 정순이 이혼을 요구하자 신체적 폭
력을 행사한다.

  "말해 못 알아듣으면 때려야지"

　　그는 중얼거리며 사정없이 여자를 때렸다. 쓰러진 여자을 밟
고 차고 깔아뭉갰으며 머리를 바닥에 짓찧었다.
　　"비열한 파렴치한!"
　　피 흐르는 입으로 정순이 뱉었다.
　　"아직 맛을 덜 보았군. 파렴치가 뭔가 보여줄까?" 기남이 씹어
뱉었다. 그는 마치 정순이와 전생에 쌓인 원한이 있는 듯한 얼굴
로 주먹을 움켜쥐고 때렸다. 정순이 더 이상 버둥거리지 않을 때
까지 그렇게 하였다.(「절반의 실패」, 211)

　　여기까지 보면 그가 대학교수라는 사실이 믿어지지 않는다. 언어와
신체적 폭력성은 지적 수준이나 사회적 지위와는 무관함을 보여준다.
그리고 자기 분을 삭이지 못해 기어코 결혼사진까지 다 찢는다. 은이
남편 상훈은 밖으로 폭력성을 표하지 못하는 사람이다. 그래서 술집에
서 기물을 파손하는 것으로 대리만족한다.
　　채옥 남편 기현은 신체적, 언어적 폭력이 극에 달한 인물이다. 기현
은 "썅년"같은 말은 아무렇지도 않게 사용한다. 생활력도 없고 채옥에
게 기생하면서 그 반대급부를 폭력으로 해결하려고 한다. 그 폭력을
행사하는 기현은 그래서 사람이 아닌 '짐승'이다.

　　기현은 채옥을 후려쳤다. 때로는 걷어찼고 때로는 짓이겼다.
　　그의 의붓어미는 기현의 그런 습관이 제 아비로부터 물려받
은 거라고 말했다. 기현은 끝내 채옥을 후려치던 폭력 습관을 버
리지 못한 채 감방엘 갔다. 폭력배 일제 소탕 기간에 폭력배 윤기
현은 경찰의 포위망에 걸려들었던 것이다. (『오지리에 두고 온
서른 살』, 123)

　　기현의 폭력성은 아버지로부터 유전된 것이다. 그리고 그것은 고쳐

질 기미가 보이지 않는다. 그 폭력에서 벗어나고자 하지만 기현은 진드기처럼 붙어 떨어질 줄 모른다. 고친다고 하지만 유전자 속에 내재된 폭력성은 고치기 힘들다. 그래서 은이에게 폭력성은 '부도덕의 세계'이다.

> "벗어나고 싶어, 너의 무질서와 몰상식으로부터. 폭력은 상식이 아니야."
>
> "니가 믿는 그 알량한 질서와 상식이란 도대체 무엇이란 말이냐?"
>
> "제 맘애 들지 않는다고 아무하고나 싸움을 걸고 폭력을 일상사로 삼는 당신들하고는 본질적으로 질과 격이 다른 인간상이 있어. 이 세상에 발 딛고 살아가는 인간이라면 가져야 할 최소한의 도덕률 말이야. (중략)
>
> "그래. 그렇다 할지라도 나는 내 양심에 어긋나 본 적은 널 후려칠 때 빼고는 한 번도 없는 놈이다, 이년아."
>
> 욕설은 귀에 익었다. 귀에 익어서 무감각하다.
>
> 아, 그것이 무서운 것이다. 선악을 구별하는 의식의 잣대가 마비되어 버렸다. 욕설은 인간의 언어가 아니다. 인간의 언어가 아닌 것을 인간이 쓴다. 채옥의 상식은 그것이다. 그러나 기현은 욕설도 인간의 언어라고 우긴다. 다반사로 쓴다. 그것이 일상용어다. 거친 언어상용은 거친 인간관계를 형성한다. 그래서 기현의 주변은 늘 황폐하다.(『오지리에 두고 온 서른 살』, 205)

<표27>처럼 언어적 폭력과 신체적 폭력은 처음이 두렵다. 그러나 그것이 일상화되면 숨 쉬는 것처럼 습관화되고 일상성을 띤다. 나중에 폭력이 행사되지 않으면 오히려 더 불안해진다. 선과 악의 기준이 사라지고 개념조차도 마비된다. 그래서 언어폭력은 "인간의 언어"가 아니다.

<표27> 중앙일보, 2004, 4, 22, A26

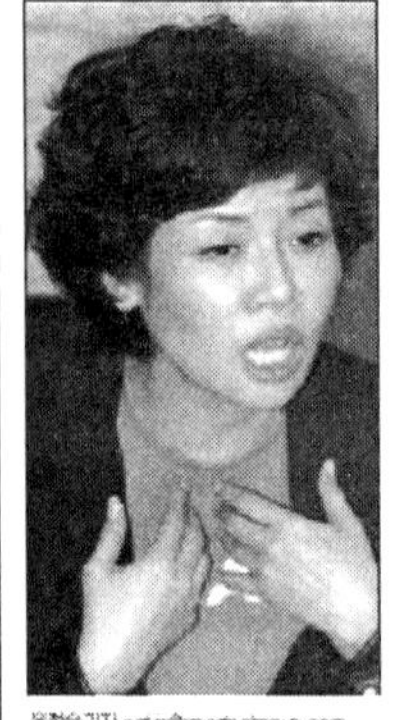

개그우먼 김미화 이혼 신청

"구타 못참아"…남편은 부인

"연예인이기 때문에 오래도록 참았지만, 이제는 제 인생을 담당아야겠다고 결심했습니다."

남편의 외도와 상습 구타를 이유로 지난 19일 서울 가정법원에 이혼소송을 제기한 개그우먼 김미화씨가 21일 KBS 2TV의 'TV는 사랑을 싣고' 녹화를 끝낸 뒤 기자들에게 심경을 밝혔다. 김씨는 "신혼 초부터 남편의 구타가 있었지만 공인이자 유명인인 탓에 밖으로 알려지는 게 두려워 숨겨왔다"면서 "남편은 술을 약물으로 사서, 나와 친정 식구들을 심하게 대했다"고 했다. 그는 "친정 어머니가 턱을 맞아서 붓이 들고

여동생이 구타로 가출하기도 했으며 심지어 누차 친남에도 맞은 적이 있다"면서 "지난 3월 22일 돌아가신 친정아버지가 5개월 동안 병원에 입원해 있었는데 한 번도 병원에 나타나지 않는 것을 보고 이혼결심을 굳혔다"고 밝혔다. 그는 "양육권은 지키려고 노력하겠지만 최종적으로는 아이들의 뜻에 따르겠다"고 밝혔다.

하지만 남편 김모씨는 이날 본지와의 전화통화에서 "외도는 터무니없는 주장이며 방어차원에서 팔을 때렸을 뿐 상습적으로 구타한 적도 없다"면서 "대려군다나 장모님과 처제를 왜 때리겠느냐"고 반박했다.

<표28>은 가정폭력에 대한 최초의 전국 규모 조사다. 이에 의하면 전국 6가구 중 1가구는 배우자에 의한 신체폭력을 경험한 것으로 나온다. 이밖에 심한 욕설 등의 정신적 폭력도 42%였고 성적 폭력도 7%로 나온다.

<표28> 중앙일보, 2005, 2, 24, 12

폭력 남편 12%
폭력 아내 4%
한국갤럽 6156명 조사

지난 한 해 동안 전국의 6가구 중 1가구는 배우자에 의한 신체적 폭력을 경험한 것으로 조사됐다. 또 부모가 자녀에게 폭력을 행사한 경우는 전체의 절반이 넘었으며 결혼한 자녀가 늙은 부모에게 정신적 폭력을 가한 경우도 세 가구 중 한 가구꼴로 나타났다. 이는 여성부가 지난해 9~12월 한국갤럽조사연구소에 의뢰해 전국의 19~65세 혼인 경험자 6156명(남성 3071, 여성 3085명)을 대상으로 조사해 23일 발표한 결과다.

이번 조사는 가정폭력에 대한 최초의 전국 규모 조사다. 조사 결과 응답자의 15.7%가 지난 1년간 배우자에 의해 신체적 폭력을 당한 것으로 드러났다. 이 밖에도 심한 욕설 등의 정신적 폭력을 경험한 비율이 42.1%, 배우자가 원치 않는데도 성관계를 강요하는 등의 성적 폭력을 당한 비율도 7.1%나 됐다.

신체적 폭력의 주된 피해자는 여성으로 남편 8명 중 1명이 아내를 때렸으며(12.1%), 발로 차거나 혁대·몽둥이로 때리고 흉기로 위협하는 심한 폭력도 3.7%나 됐다. 반면 아내가 남편을 때린 경우는 3.6%였다.

문경란 여성전문기자
moonk21@joongang.co.kr

90년대는 이런 현상이 더 심했으리라고 추측한다. 언어는 소통이다. 언어폭력은 소통을 불가능하게 한다. 기현은 언어폭력과 신체 폭력으로 자신을 채옥에게 보여 줄 기회를 처음부터 잃는다. 이런 폭력은 학력이 낮은 수록 더 높았는데 기현은 학교도 제대로 나오지 못한 사람이다. 반면 채옥은 대학생이기 때문에 열등감으로 폭력은 더 심해질 수밖에 없다.

혜완 남편 경환은 폭력 때 동반되는 섹스로 존재감을 느끼려는 인물이다. 아이가 죽고 모처럼 친구들을 만나고 돌아오는 자리에서 그는 자신의 불쾌감을 비치고 집에 들어오자마자 자신의 존재감을 섹스로 표출한다.

> 그리고 그는 현관에 들어서자마자 옷을 찢었다. 뺨을 몇 대 맞고 혜완이 다리를 벌렸던 것은 폭력에 굴복했기 때문이 아니라 끝이라는 단어가 명확하게 떠올랐기 때문이었다.
> 혜완의 몸과 마음을 갈가리 헤집어놓고 그는 코를 골았다. 혜완은 웅숭거리고 욕실로 뛰어가 몸을 씻으면서 거울을 보았다. 거울 속의 여자는 울지도 못하고 숨만 컥컥거리다가 중얼거리기 시작했다.
> ─ 보기 싫었겠지. 아직도 젊은 제 부인이 다른 동창들이랑 마치 예전의 그 처녀 같은 얼굴로 떠드는게 싫었겠지. 그래서 확인하고 싶었겠지. 내가 잘난 척해도 넌 내 소유물이야. 그걸 느끼는데 섹스보다 좋은 건 없으니까……. (『무소의 뿔처럼 혼자서 가라』, 85─86)

지금까지 살핀 문학적 글쓰기에서 외도와 폭력성은 밀접한 관련이 있음을 보았다. 폭력은 신체와 언어를 포함해 부부강간까지 이어진다. 공공장소에서는 아무리 나와 의견이 다르다고 함부로 소리치거나 폭력을 휘두르지 않는다. 그런 규칙이 가족 내에서는 적용되지 않는다. 그 중에서도 신체적 폭력 후 가해지는 성적 폭력은 여성으로 하여금 비굴함을 느끼게 한다.

성폭력이란 강간뿐 아니라 추행, 성희롱, 성기 노출 등 성을 매개로 인간에게 가해지는 모든 신체적, 언어적, 정신적 폭력을 포괄하는 넓은 개념이다. 따라서 성폭력에 대한 막연한 공포심이나 그로 인한 행동 제약도 간접적인 성폭력이라 할 수 있다.136) 성은 남녀의 인격적인 결합을 전제로 한 사랑의 행위이다. 그런데 정순 남편, 경환, 기현을 보면 인격적인 과정은 아예 없다. 오직 행위만 있을 뿐이다. 그런 곳에서 소통이 나오지 않는 것은 당연하다.

<표29> 조선일보, 2005, 5, 3, A8

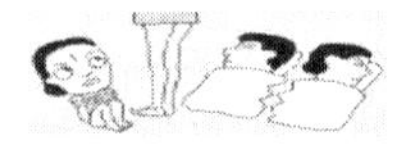

---

136) 제2정무장관실, 「나의 문제, 내 가족의 문제」 : 성폭력 예방 및 피해신고 안내, 1995.

이런 폭력 현상 중 부부간의 성폭력을 문제 삼아 나온 것이 '부부강간죄'이다.(표29) 외국에서는 이미 성립된 이 문제가 우리나라에서는 90년대 후반부터 대두되기 시작했지만 아직도 설왕설래인 상태다. 도대체 부부간에 강간이라니 논리적으로 맞지 않는다는 것이다. 부부간의 문제는 집이라는 은폐된 공간에서 생기는데 성문제는 더더욱 은밀한 부분이다. 사생활의 성격이 워낙 강하기 때문에 성폭력 유무를 쉽게 증명할 수도 없다. 그러나 대부분 여성을 누르고 싶고 딴 말을 못하게 만들 때 남성이 열등감을 극복하는 방법으로 강제로 부부관계를 하는 것은 문학적 글쓰기에서도 많이 인정된다. 남성이 섹스를 통해 자존감을 느낄 대 여성은 죽고 싶은 수치심을 느낀다. 더군다나 폭력이 진행된 상태에서는 더하다. 그런데도 현실은 이런 행위가 공공연하게 벌어진다. 일이나 어떤 행동의 자유가 선택권이 있듯이 섹스도 선택권이 주어져야 한다. 현실에서 벌어지고 있는 매체 글쓰기 현상을 문학적 글쓰기도 수용하고 있지만 당당하게 맞서는 여성은 많지 않다. 실제 현실에서도 그런 기사는 별로 없다. 이를 보았을 때 여성의 폭력과 성폭력은 상당한 관계가 있으며 부부강간의 문제는 앞으로도 계속 사회와 작가가 다루어야 할 숙제로 보인다.

4) 부부 의식의 변화와 황혼 이혼

이혼은 젊은 사람들만의 전유물이 아니다. 즉흥적 요소가 강한 신세대와는 달리 기성세대도 이혼을 하고 있는데 황혼이혼이 새로운 이혼 유형의 하나다. 황혼이혼이란 소위 노년기에 하는 이혼을 말한다. 딱 부러지게 정의된 것은 없지만 종합한 정의를 보면 다음과 같다. 협의의 의미로 보면 60－70대 이후의 이혼을 말하지만, 광의의 의미로 본다면 자녀들이 출가하였거나 대학생이 되어 독립할 수 있게 된 후의 이혼을 포함한다고 볼 수 있다.[137] 언론에서는 30 - 40년 이상 결혼생활을 해온 60대 이상의 부부가 이혼하는 사례에 '황혼 이혼' 이란 이름을 붙인다.

90년대 중반 일본에서 일기 시작한 황혼이혼 바람이 우리 사회에도 거세게 불고 있음을 알 수 있다. 일본에서는 이미 90년대 폭력과 권위적인 이유로 황혼이혼이 생겼다.<표30> 대법원이 발간한 2000년 사법연감에 따르면 지난 99년 60세 이상 부부의 황혼이혼 건수는 모두 102건으로 집계됐다. 통계청 발표에 의하면 2004년도 이혼 건수 중 18.4%가 황혼이혼으로 점차 그 비중이 높아가는 추세로 10쌍 중 2쌍이 황혼이혼을 한다.[138]

<표30> <중앙일보,1994.8.11.12>

---

137) 이화숙,「소위 '황혼이혼'과 재판상 이혼원인, 그리고 별산제의 한계」, 연세법학 연구회,『연세법학연구』제7집, 2000.

138) 중앙일보, 2005, 6, 22, 2면.

이들 노령 부부들은 대게 협의에 의한 이혼을 하기 때문에 이혼에 이르게 된 동기나 원인 등은 알려지지 않고 있다. 그런데 '황혼이혼'이 주목을 받게 된 것은 법원이 이들 노령 부부의 이혼에 대해 '나이와 혼인기간'을 이유로 일반적인 경우의 이혼과는 다른 판결을 내렸기 때문이다.

우리 나라에서 황혼이혼은 쉽게 받아들여지지 않았다. 99년도 까지도 황혼이혼 신청은 쉽게 허락되지 않았다. "내일 당장 죽더라도 오늘 이혼하고 싶다"는 선언으로 유명해진 이시형(1997년 이혼 신청, 당시 71세)에 대해 법원은 원고의 주장을 인정하면서도 "해로하시라"며 이혼청구를 기각하기도 했다.

<표31>을 보면 대법원이 남편의 가부장적인 권위는 인정하면서도 이혼 기각 사유를 "혼인당시의 사회적 가치 기준을 감안할 때 결혼을 파탄에 이르게 한 원인으로서는 볼 수 없다"고 말해 비판의 대상이 되기도 했다. 이에 대해 여성단체는 개인의 행복 추구권을 박탈하는 행위라며 일제히 재판부를 비난하고 나섰다. 이런 판결을 두고 사법부, 여성게, 법률학자, 네티즌 등에서 찬성과 반대의 목소리가 많았다. 이런 반응은 '결혼과 이혼이 개인의 프라이버시'라는 통념이 얼마나 허구적인가를 반영한다.139) 일반적으로 이 사건을 보면서 사람들은 '노인네가 얼마나 산다고 그냥 참지'라 말하기도 하고 '끝까지 남편을 돌보는 것은 아내 책임'이라는 관습사이에서 개인의 행복은 없음을 보여준다. 특히 혼인 당시의 가치기준으로 50여 년간 산 삶을 평가하는것도 문제지만 남성을 중심으로 남성 잣대로 판결을 내린 것은 노년의 이혼이 얼마나 힘든지를 보여 주었다.

---

139) 여성신문사, 『20세기 여성 사건사』 여성신문사, 2001, p. 315.

황혼이혼도 소송을 대개 여자 쪽에서 제기한다. 성격 차이, 배우자 부정, 아내 폭력 등 젊은 세대들과 별 차이가 없다. 이들은 고령과 결혼 기간에 상관없이 남편과의 관계를 끝내고 싶어 한다. 황혼이혼을 제기한 여성들은 대부분 "자식들 때문에 참고 살았지만 이젠 내 인생을 살고 싶다"며 이혼을 청구한다. 뒤를 이어 70대 할머니들의 이혼 신청이 뒤따랐고 심지어 재벌가 아내까지 남편의 폭력과 외도를 들어 이혼신청을 냈다.140)

<표31> 동아일보, 1999, 12, 9, 31.

"남편 가부장적 순종강요 중대사유 못돼

할머니 황혼이혼 안됩니다"

大法. 원고패소 판결

52년간의 결혼생활 끝에 남편의 가부장적인 순종강요에 반발해 '황혼이혼' 소송을 냈다가 1심에서 승소 판결을 받은 김모씨(76·여)에 대해 대법원이 원고패소 판결을 내렸다.

대법원 민사2부(주심 이용훈·李容勳 대법관)는 8일 남편 이모씨(84)를 상대로 이혼 및 위자료 청구소송을 낸 김씨에 대한 상고심에서 원고패소 판결을 내린 2심 판결을 확정했다.

이 소송의 2심인 서울고법은 지난해 12월 "배우자의 부당한 대우가 인정되지만 부부가 고령이고 혼인 당시의 가치기준과 남녀관계 등을 종합할 때 혼인관계가 회복할 수 없을 정도로 파탄에 이르렀다고 보이지 않는다"며 이혼을 불허했다.

대법원의 이번 판결은 최근 급증하는 황혼 이혼에 대한 법률적 '검증'으로 받아들여지지만 여성계에서는 '여성의 행복추구권'을 주장하며 반발하고 있다.

대법원은 민법상 이혼사유의 하나인 '배우자의 부당한 대우'를 "가혹하다고 여겨질 정도의 폭행이나 학대 또는 중대한 모욕을 받았을 경우"로 엄격하게 해석했다.

대법원은 또 '기타 혼인을 계속하기 어려운 중대한 사유'에 대해서도 "부부 공동생활 관계가 회복할 수 없을 정도로 파탄되고 혼인 생활의 강요가 참을 수 없는 고통이 되는 경우"라고 한정했다.

김씨는 일본에서 전문학교를 졸업한 뒤 음악교 영어교사로 근무하다 광매로 이씨와 46년 결혼해 4남매를 뒀다.

그러나 남편은 상당한 돈을 벌면서도 결혼초부터 쌀값 등 최소한의 생활비만 대줘 어렵게 결혼생활을 유지해왔다.

김씨는 남편의 잦은 폭언과 폭행, 지나친 의심 등으로 결혼생활을 유지하기 힘들다며 지난해 가정법원에 이혼 및 위자료 청구소송을 냈다.

김씨가 이혼 소송을 낸 직접적인 계기는 이씨의 의처증과 망상장애(치매)를세였다.

이씨는 고령이 되면서 의처증까지 생겨 김씨가 전처 소생의 아들과 부적 관계를 가졌다고 우기고 집안에 감춰둔 돈을 가져갔다고 윽박질렀다.

이씨는 또 97년에는 김씨가 5000여만원을 들고 큰 딸 집으로 피신하자 절도죄로 고소하고 이혼소송을 냈다가 취하하기도 했다. 가정법원은 지난해 6월 "이씨가 가부장적인 권위를 내세워 폭언과 폭행을 상습적으로 일삼고 지나친 망상증세를 보여 결혼생활이 더 어렵다는 점이 인정된다"며 원고 승소판결을 내렸다.

가정법원 재판부는 이어 이씨는 위자료와 재산분할금 등 7억여원을 김씨에게 지급하라고 판시했다.

이씨측은 이같은 판결에 대해 "재산분할을 노린 이혼 소송"이라며 즉각 항소했다.

대법원관계자는 이날 "이 판결은 '황혼'이기 때문에 이혼이 불가능하다는 것이 아니라 판례로 확립된 이혼의 귀책(歸責)사유를 엄격하게 판단한 것"이라고 밝혔다.

〈정위용기자〉
viyonz@donga.com

여성단체들 "행복추구권 박탈" 거센 반발

법원의 이같은 판결에 대해 여성단체들은 "시대착오적 판결"이라며 거세게 반발하고 있다.

한국여성단체연합(여성연합) 한국여성의전화연합 서울여성의전화 한국여성민우회 가족과성상담소 등은 8일 성명을 통해 "올해 노인의 해를 맞아 노인인권문제에 대해 수많은 논의가 있었으나 이번 판결은 이같은 논의 및 노력을 한순간에 당거름으로 만들었다"고 주장했다.

성명서는 "특히 재판부가 기존의 가부장제적 권위의식에서 벗어나지 못한 채 법의 이름으로 여성의 행복추구권을 박탈했다"고 덧붙였다. 여성연합 노주희(盧朱熹)인권부장은 "할머니와 여성과 관련해 재판부는 개인의 행복추구권을 송두리째 빼앗았다"며 구체적 대응방안에 대해 여성계의 의견을 모을 계획이라고 밝혔다.

〈김진경기자〉
kjk9@donga.com

---

140) 동아일보, 2000, 7, 4, 31면, 대기업 회장이 당사자로 결혼 생활 중 폭력과 외도로 부인이 1000억원의 위자료 청구 소송을 하자 소송 도중 사재 1000억원을 털어 장학재단을 만들겠다고 선언해 위자료를 안주려고 했다는 비난을 받았다.

　이런 일련의 사건들은 남편의 가부장적인 권위에 맞서는 '노처의 인권 찾기'로 알려졌고 권위주의적이고 폭력적인 남편을 더 이상 용서하지 않겠다는 것을 의미한다. 그런데 2000년 대 들어 황혼이혼은 많이 받아들여졌다. <표32> 승소한 경우를 보면 남편의 외도와 폭력, 억압적인 생활 방식, 상의하지 않는 부부관계 등을 들어 젊은 사람들의 이혼사유와 별 차이가 없었다. 황혼이혼 신청 허락 판결에 대해 여성 단체들은 가부장적이고 봉건적인 가치관을 이유로 황혼이혼에 소극적이든 과거 판결에서 진일보해 여성의 인권을 존중한 판결이라고 했다.

<표32> 동아일보, 2000, 9, 7, 31.

"순종강요 안됩니다"

大法 '72세 할머니 이혼 허용' 확정판결

　98년 아흔살 남편을 상대로 이혼소송을 제기해 '황혼이혼'을 사회적 관심사로 만들었던 이모씨(72)가 결국 대법원에서 이겨 이혼을 할 수 있게 됐다.

　대법원 민사1부(주심 유지담·裵淳<裵><대법관)는 5일 이씨의 남편 오모씨(90)가 제기한 상고를 기각, 이혼을 허용한 항소심 판결을 확정했다.

　이씨는 확정 판결에 따라 합법적으로 이혼함과 동시에 위자료 5000만원과 재산 분할로 현금 3억원, 남편 소유 부동산의 3분의 1을 받을 수 있게 됐다.

　이씨의 소송을 지원한 여성단체들은 "가부장적이고 봉건적인 가치관을 이유로 황혼이혼에 소극적이던 과거 판결에서 진일보해 여성의 인권을 존중한 판결"이라고 평가했다.

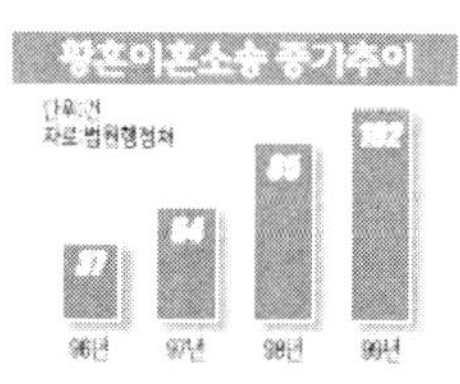

　재판부는 "40년간 부부로 생활해 오다가 인생의 황혼기에 접어들어 소송을 제기한 원고에게도 책임이 있으나 보다 근본적인 책임은 남편에게 있다"고 밝혔다.

　재판부는 남편의 책임에 대해 △평생을 봉건적이고 권위적인 방식으로 가정을 이끈 점 △96년 판차게 이혼 소동이 있었음에도 계속 억압적으로 자신의 생활 방식을 강요한 점 △부인을 집밖으로 내보낸 뒤 생활비도 주지 않은 점 △부인과 상의 없이 재산을 일방적으로 장학기금으로 기부한 점 등을 들었다.

　이씨는 57년부터 남편과 동거를 시작해 아들을 낳은 뒤 69년 혼인신고를 했지만 순종을 강요하는 남편과 갈등을 겪던 중 94년 남편이 자신을 내쫓은 뒤 생활비조차 주지 않자 96년 서울가정법원에 이혼소송을 내 패소했다.

　이씨는 항소심 계류중 남편으로부터 2000만원을 받고 화해했지만 남편이 "반성문을 써오라"고 하는가 하면 97년 평생 모은 부동산(9건 15억원 상당)을 모 대학에 장학금으로 기부하자 다시 이혼소송을 내 1심에서 또 패소했으나 항소심에서 승소했다.
　　　　　　〈신석호기자〉
kyle@donga.com

기사 글이 제시하는 전체 이혼의 20% 정도를 차지하고 여성이 80%를 제기하는 이 문제가 문학적 글쓰기에서는 별로 없다. 여성의 인권, 가부장적인 문제, 노후의 삶, 자녀들과의 관계 등 여러 가지가 얽혀 있는 중요성에 비하면 약하다. 시대를 알리고 대중을 깨우는 것이 작가의 의무라고 볼 때 이젠 나설 때가 아닌가 한다. 젊은 세대의 이혼 문제를 다루는 것도 중요하지만 평균연령 90이 넘어설 수 있는 이 시대에 황혼이혼 문제를 심도 있게 바라보려는 의지가 필요하다. 그러나 여성의 입장에서만 바라보지 말고 그렇게 이혼을 당하는 남성의 입장에서도 볼 필요가 있다. 아울러 이 문제를 해결할 수 있는 근원적인 해결책도 제시해 봄이 어떤가 한다. 실제로 신문활용교육에서는 이런 문제를 많이 다룬다.

황혼에 별거나 이혼하는 경우는 배우자의 외도나 폭력이 주가 됨은 밝혔다. 그러나 박완서의 『너무도 쓸쓸한 당신』[141]은 그런 경우와는 조금 다르다. 일단 외도나 폭력이 없는 남편이었고 가정에 충실한 사람이다. 또 이혼하고 떨어져 사는 것이 아닌 애들 학교와 교육 문제로 잠시 떨어져 지낸 것이 이혼 아닌 별거까지 간 경우다. 앞서 제기한 황혼의 이혼에는 약간 시류가 떨어진 감이 있으나 황혼 이혼을 다룬 소설이 별로 없고 아주 동떨어진 작품도 아니기 때문에 다루기로 한다.

주인공인 그녀는 고리타분한 시골 중학교 교장 선생님인 남편에 대해 염증을 느낀다. "입만 열었다 하면 옛날 고려적 도덕책 같은 소리만"(150)하는 남편이다. 그런데 남편을 탈출한 기회가 왔다. 딸 채정이가 대학에 붙자 과년한 딸을 혼자 객지로 내돌릴 수 없다는 남편의 생각과 아들까지 서울로 보내야한다는 그녀의 생각이 맞아떨어져 별거

---

141) 박완서, 『너무도 쓸쓸한 당신』, 창작과 비평사, 1998, 『문학동네』, 1997년 겨울호에 발표했던 것으로 본고에서는 단행본을 텍스트를 삼는다. 이하 면수만 표시함.

상태로 들어간다. 그러다 보니 자연스럽게 별거기간은 길어졌고 떨어져 살다보니 같이 합치는 것이 오히려 더 쑥스러운 상태가 되었다. "서로 의심할 건더기가 아무것도 안 남은 무관심한 부부"(172)이다. 그 상태는 두 자녀가 결혼하고서도 계속된다. 명분 없는 별거가 계속된다.

그녀는 남편을 부끄러워한다. 가장의 책임을 완벽하게 수행하는데도 마주보고 있는 것 조차도 싫어한다. 그러면서 남 앞에서는 "보통 부부"로 보이기를 원한다. 아들 졸업식 날 나타난 남편의 옷차림을 보면서 그녀는 남편에 대한 회상에 젖는다. 오랜 결혼 생활로 인한 염증은 별거 기간에 상대를 돌아보게 한다. 거기에는 동기가 있다. 가부장적인 사고에 짜여진 염증 난 남편을 돌아보게 한 동기는 "손톱 밑에 때가 낀 투박한 손"이었다. 처음 러브호텔에 남편과 들어간 그녀는 욕실에서 나오는 남편의 모습에 기겁하다 못해 혐오까지 느낀다. 부부는 한 몸이라고 했는데 오랫동안 떨어져 지내면서 얼마나 타자화 되었는지 그녀 자신도 놀랍다.

　　욕실에서 나오는 남편을 돌아보다가 그녀는 에구머니, 소리를 지를 뻔하게 놀라면서 얼굴을 돌렸다. 팬티만 입은 남편이 하체가 보기 흉했다. 넓적다리에 약간 남은 살은 물주머니처럼 축 처져 있고, 툭 불거진 무릎 아래 털이 듬성듬성한 정강이는 몽둥이처럼 깡말라 보였다. 순간적으로 닭살이 돋을 것처럼 혐오스러웠다. 징그러운 거하고는 달랐다. 징그럽다는 느낌에는 그래도 약간의 윤기가 있게 마련인데, 이건 군더더기 없는 혐오 그 자체였다. 살을 대고 산 적이 있는 부부 사이에 그럴 수는 없는 일이었다. 같이 살 때도 살가운 부부는 아니었다. 남편은 그때도 여름이면 집에 들어와 팬티만 입고 돌아다니길 잘했다. 이다음에 며느리 얻어도 당신 때문에 같이 살긴 틀렸다고, 남편의 그런 버릇을 걱정한 적은 있어도 보기 싫다는 느낌은 없었다. 그렇다고

매력 있어 한 것은 아니고, 그냥 집에 있는 구닥다리 장롱이나 책
상 밥상 보듯, 있을 게 있을 자리에 있을 때 아무런 느낌도 없는
것과 마찬가지로 그냥 무심했다.(172－173)

성은 부부간에 중요한 의사소통이며 친밀도를 높이는 도구라는 것
을 앞서 기사 글과 문학적 글쓰기에서 확인했다. 두 부부사이에는 오
랜 별거로 인해 대화는 물론이고 성적 소통도 없었다. 젊어서는 관행
적인 섹스를 유지하다 나이 들면서는 스킨십조차 없는 완전히 다른 남
남이다. 그러다보니 서로의 몸에 무관심하고 어쩌다 본 몸은 탐하고
싶은 대상이 아닌 혐오스런 대상으로 전락한다. 노년의 부부간에는 정
신적인 안주가 중요한지 육체적 소통이 중요한지는 각자 개인의 성향
에 따라 다르다. 그러나 일반적으로 앞서 제시한 자료에서 본 것처럼
몸의 소통도 중요한 것으로 나와 있다. 그렇다면 이들 부부는 정신적
소통의 불능과 함께 몸의 소통도 불능인 상태다. 무늬만 부부인 것이
다. 그저 "구닥다리 장롱이나 책상 밥상"같은 존재에 불과하다.

황혼 이혼이 늘어나는 사회현상의 추세에 비한다다면 문학적 글쓰
기는 이 소재를 많이 다루지 않고 있다. 젊은 사람이 쓰기에는 농익은
맛이 덜할 것이고 중년 ·노년의 작가가 이를 다룬다면 경험을 통한
깊이 있는 성찰이 나오리라 생각한다. 그와 함께 황혼 이혼의 구체적
배경 사유와 향후 생길 수 있는 문제까지도 다루었으면 한다. 예를 든
다면 황혼 이혼 후 생기는 자녀 간의 갈등, 재산 문제 등 현실적인 사례
를 통한 형상화가 필요하다고 본다.

지금까지 살펴 보았듯이 신문 콘텐츠에 나오는 이혼의 이유는 배우
자 불륜, 경제력 상실, 성격 차이, 부당한 대우가 주를 이루었다. 30대,

아이 둘, 여성이 주로 이혼을 제기하는데 문학적 글쓰기도 예외는 아니다. 문학은 주로 30대 이혼을 여성이 하는 이유에 대해 구체적인 형상화가 있었지만 신문 콘텐츠는 현상만을 다루었다. 새로운 이혼 사유로 중요하게 대두된 것은 여성에 대한 성의 소외였다. 이는 여성의 욕망에 대한 금기가 이제는 제도권 밖으로 드러낼 수 있는 정도까지 되었음을 의미한다. 성의 소외는 여성을 밖으로 내몰고 그럼으로써 여성이 외도하는 결과를 낳았다 그러나 아직까지 남성에 대한 외도는 포용의 여지가 있는 반면 여성의 외도는 법적으로 한계가 있음을 신문 콘텐츠나 문학적 글쓰기는 보여주었다.

외도 문제는 주로 여성에 의해 형상화돼 남성/여성, 가해자/피해자라는 이분법적 논리에 휩싸이기도 했는데 이윤기나 유순하 같은 남성 작가가 이를 쓰면서 너무 편향적인 시각이라는 문제를 보완하기도 했다. 이는 외도와 같은 가족문제를 객관적이고 동등한 입장에서 바라볼 수 있는 기회를 제공해 앞으로 문학적 글쓰기의 방향을 제시하기도 했다.

여전히 배우자 외도가 이혼 사유로 중요하지만 빠르게 대두되고 있는 것이 '생활고' 이혼이다. 이는 외환위기 이후 가속화된 현상으로 그만큼 사회 구성원들이 현실적인 면을 중요하게 생각한다는 점을 보여준다. 이혼이 늘면서 야기되는 자녀문제에 대해 신문 콘텐츠는 자녀를 버리는 부모가 늘고 있다고 말한 반면 문학적 글쓰기는 모성으로 끝까지 감싸는 것으로 형상화해 현실하고의 괴리감을 느끼게 했다. 아쉬운 점은 문학적 글쓰기가 젊은 층이나 중년 층 위주로 이혼 문제를 형상화한 반면 새롭게 대두되는 '황혼 이혼'은 별로 다루지 않았다는 점이다. 이는 신문 콘텐츠를 통해 배경과 현상을 작가가 인식해 새롭게 보아야 할 부분이라고 생각한다.

Ⅲ. 신문 콘텐츠와 현대 소설의 결혼관　193

3. 신문 콘텐츠와 현대 소설의 재혼 유형

이혼이 증가함에 따라 재혼율도 계속 증가 추세에 있다. 이제 이혼이 흉이 아니듯 재혼도 흉이 아니다. 2004년도 통계를 보면 재혼이 차지하는 비율이 전제 혼인의 24.3%로 해마다 증가하는 추세고[142], <표33>을 보면 이혼이나 사별 여성 5명 중 1명이 재혼하는 것으로 나와 있다. 재혼은 재혼남 – 초혼녀, 재혼남 – 재혼녀, 재혼녀 – 초혼남의 형태로 이루어지지만 아직까지 우리 사회는 재혼가족에 대해 법적, 제도적 보호 장치가 미흡한 실정이다.

이혼이나 사별 후부터 재혼까지의 기간에서 나타난 남녀별 차이를 볼 때 이혼자나 사별자를 막론하고 남성이 여성보다 더 많이 그리고 더 빨리 재혼하는 것으로 나타났다.[143] 그러나 기든스와 콜맨의 이 이론은 현재 한국 사회와 다르게 나타난다. 물론 90년대라는 공간적 ‧ 시간적 차이가 있긴 하지만 <표33>과 비교해 보면 차이가 많다. 전체 재혼 비율 중 남성은 18.2%인데 비해 여성은 20.4%로 나타난다. 하여 기든스와 콜맨의 이 이론은 수정이 요구된다. 70년대와 비교해 봤을 때 무려 7배나 높아진 수치다.

높은 재혼율은 우리나라만의 현상이 아니다. ‘가족주의’가 견고한 미국에서도 마찬가지다. 미국은 결혼에 실패한 사람들 가운데 70%가 재혼하고 있고 재혼의 반가량은 이혼 후 3년 안에 이루어진다. 잦은 이혼과 흔한 재혼이 초래하는 심리적 비용과 사회적 손실은 미국 내에서도 큰 고민거리다. 그러나 대다수 미국인들은 인생에 있어서 이혼과

---

142) 중앙일보, 2005. 3. 31. 1면.

143) Ganong, L., & Coleman, M.(1994). Remarried family relationship. Newberry Park, Sage, 기든스, 앞의 책, p. 179.

재혼은 초혼만큼 필요하고 절실한 문제로 보고 있다.144) 이처럼 이혼
이나 사별을 한 여성들이 적극적으로 재혼에 나서는 것은 재혼에 대한
인식의 변화를 반영한 것으로 보인다.

　또 재혼은 초혼보다 성공률이 낮으며 재혼한 사람들의 이혼율이 초
혼 때의 이혼율보다 높게 나타난다. 이는 이혼 경력이 있는 사람이 그
렇지 않은 사람들보다 결혼에 대해 높은 기대치를 가질 수 있어서이
다. 그래서 한 번만 결혼한 사람보다 새 결혼을 보다 쉽게 해체할 수 있
는 것이다. 결과적으로 보면 재혼에 성공하면 초혼보다 결혼생활에 더
만족할 수 있다는 이야기가 된다.

<표33> 조선일보, 2005, 6, 22, A10.

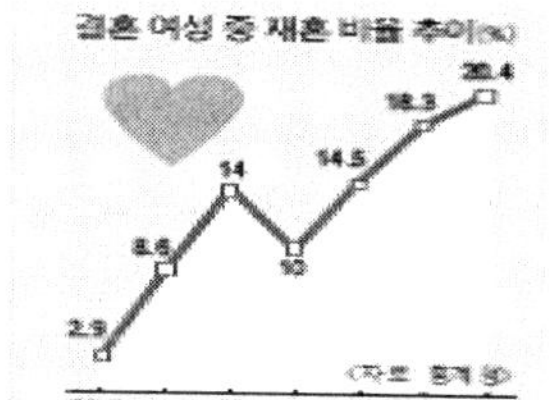

---

144) 동아일보, 2001. 11. 28. 7면.

90년대에도 이미 재혼은 당당한 결혼의 한 형태였다. KBS 1TV「아침마당」에는 혼자 된 남녀들이 직접 나서「공개 구혼」을 한다.145) 20대부터 60대까지, 회사원부터 교장선생님까지 나이나 직업, 사연도 제각각이다. 즉 결혼의 패러다임이 바뀌고 있다는 것이다. '평생 단 한 번'이라는 원칙은 급변하는 사회 속에서 힘을 잃고 있다. 기업 평생고용제가 무너지고 계약고용제가 확산되는 것처럼, 결혼도 상황에 따라 쉽게 그만두고 다시 시작하는 풍토가 됐다. TV에 재혼상대를 구하는 사람들이 나와 아무렇지도 않게 '이상형'을 말한다.

재혼이 급성장한 것은 이혼율의 증가에도 있지만 재혼에 대한 인식의 변화가 크다. 그와 함께 재혼시기도 앞당겨지고 있다. 보통 이혼한 지 4 - 10년 걸리던 것이 3년 이내로 90%가 재혼한다고 한다. 과거에는 자녀에 대한 입장과 성격 등이 기준이었으나 요즘은 초혼처럼 외모와 직업을 중시한다.146)

또한 재혼을 원하는 이들 가운데 절반 이상이 상대방 자녀와 함께 살기를 꺼리는 것으로 나타났다. 결혼정보회사 ㈜듀오가 재혼회원 가운데 남녀 300명씩 모두 600명을 상대로 실시한 '재혼에 대한 의식' 조사에 따르면 전체 응답자의 59.3%(남성 71.3%, 여성 47.3%)가 '재혼상대의 자녀를 키우지 않겠다.'고 답했다. 반면 '상대방의 자녀를 받아들이겠다.'고 밝힌 응답자는 여성 44.7%, 남성 20.7%에 그쳤다.

---

145) 조선일보. 1997. 9. 30. 33면.

146) 동아일보, 2003. 3. 29. A26면.

<표34> 한거레신문, 2000. 12. 13

재혼상대 자녀 양육하겠다		재혼상대 자녀 양육안하겠다	
남자	20.7%	남자	71.3%
여자	44.7%	여자	47.3%

재혼 이유로는 '외로움(54.8%)', '가족·친지의 권유(28.35%)' 순이었으며, 남성의 11%, 여성의 5.3%는 "자녀양육을 위해서"라고 답했다. 응답자 가운데 남성의 72%, 여성의 38.4%가 이미 전 배우자와의 사이에서 태어난 자녀를 맡아 기르고 있는 상태였기 때문에 남성들이 재혼 상대의 자녀를 추가로 맡아 기르기를 꺼리는 것으로 분석됐다. 재혼시 고려하는 상대방의 조건에 대해서는 남성은 성격·외모·가정환경·연령순이었으며, 여성은 성격·경제력·가정환경·직업순이었다.

한편 재혼 희망자 가운데 사별자는 평균 1년9개월, 이혼자는 2년 10개월 만에 '재혼회원'으로 가입해 사별한 사람들이 상대적으로 더 빨리 재혼을 원하는 것으로 조사됐다.[147]

이런 사회적 현상을 문학적 글쓰기는 어떻게 감내하고 있는가. 전반적으로 재혼과 관련한 소설은 남성보다는 여성을 수죽으로 형상화하고 있다. 그리고 경제적인 문제로 인한 이혼과 재혼이 많았다. 그러다보니 가족의 불화와 해체, 그에 따른 사회적 영향 등은 거시적 담론보다 미시적 담론에 그치는 경우가 많았다. 예를 들면 먹고 사는 문제, 남성에 의존하는 미약한 경제력 등이 주가 되었다. 그러나 그 일이 사회 전반에 걸쳐 왜 생겼는지 그로 인해 파생될 수 있는 사회 구성원들의 의식 변화내지는 수용 방법 등은 제시되지 않고 있다. 이에 우리나라

---

147) 한거레신문, 2000. 12. 13.

재혼의 상황에 따른 문학의 수용과 새로운 형태의 재혼을 살피고자 한
다.

1) 모성적 재혼과 여성적 재혼

(1) 모성성과 여성성의 선택

재혼을 함에 있어 여성은 외로움과 가족 친지의 권유가 그 이유였
다. 거기에 어머니로서의 재혼 사유는 불분명하다. 많은 재혼 여성들
이 자녀가 있음에도 불구하고 자녀문제는 별로 취급되지 않는다. 어머
니는 자녀를 돌보고 책임져야 하는 자리다. 그럼에도 자녀양육을 위한
재혼은 현실적으로 별로 중요하지 않다.

이혼할 때 요즘은 자녀를 서로 볼보지 않겠다고 싸우는 것이 현실이
다. 우리나라에서 이혼한 여성이 현실적으로 자녀를 양육하기는 힘들
다. 재혼할 때 혹 같은 존재가 되고 혼자 키우다 보면 지치고 외로워진
다. 그래서 재혼을 선택해 그 부담을 나누는 것이 더 현실적이다.

공선옥은 여성의 가난과 생존 문제를 연결하는 작가다.『수수밭으
로 오세요』[148]는 재혼의 생성과 재혼 후의 가족관계 변화, 그로 인해
파생되는 상처까지를 다루고 있다. 여공 출신의 필순은 30대에 백수건
달인 남편과 이혼 후 한수라는 아들을 데리고 혼자 힘겹게 살다 의사
인 심이섭을 '선물'처럼 만나 재혼한다. 그녀가 재혼하는 이유는 심이
섭의 구애도 있었지만 경제적인 어려움과 외로움도 작용한다. 심이섭
의 청혼에 그녀는 여성으로서 사랑받고 싶은 심경을 친구에게 고백한
다.

---

148) 공선옥,『수수밭으로 오세요』. 여성신문사, 2001. 이하 면수만 표시함.

　　"진심이야, 난 진정한 사랑을 한번 해보고 싶어. 남자하고 여
　　자하고 하는 사랑 말이야. 나도 그런 거 한번 해보고 싶어. 한수
　　애비하고 했던 거 말고 사람이 사람을 사랑하는 거, 그거를 그 남
　　자하고 한번 해보고 싶어. 거짓말이 아니라구. 엉엉엉."(66)

　그와 함께 필순은 자신의 신분으로는 감히 꿈도 못 꿀 신분상승 욕
구도 느낀다. 앞에서 말한 것처럼 요즘 재혼은 초혼처럼 남성은 외모
를 보고 여성은 경제력을 본다. 그 경제력은 신분상승의 욕구와 맥을
같이 한다. 그래서 여성으로서 재혼한 필순은 처음에 행복하다

　　그것도 행복감의 일종인 것이 분명했다. 예전에 대학교수라
　　는 직업을 가진 사람을 필순은 한 번도 만나본 적이 없었다. 교수
　　라든가 의사라는 직업을 가진 사람들은 자기하고는 아주 먼 곳
　　에 있는 사람들이라고 생각했는데 평소 선생님이라 부르기만 했
　　던 의사가 제 남편이 되었고 그 남편의 친구인 교수가 자신더러
　　제수씨라 부르고 있는 것이다.(73)

　그러나 그 무엇보다도 그녀는 어머니로서의 역할에 충실했다. 소설
첫부분에 삶에 '밥'이 얼마나 중요한지를 그녀는 말한다.

　　모든 것은 풍족했다. 내일 당장 끼니를 해결할 양식 걱정을 안
　　해도 되고 방세 받으러 오는 집주인의 발자국 소리를 들으며 공
　　포에 짓눌릴 일도 없다. 전기세 걱정 안하고도 전기 맘대로 쓸 수
　　있고 물세 걱정 안 하고도 수돗물 팡팡 쓸 수 있다. 냉장고엔 먹
　　을 것이 가득하고 집 안에 과일 떨어질 날 없고 옷 걱정 안하고도
　　사시사철을 날 수 있다. 무엇보다 필순이 몸이 아파도 한 푼이 아
　　쉬워 미싱발을 밟아야 할 일도 없다. 아니, 몸이 아프면 당장에
　　의사남편이 옆에 있으니 아무 걱정이 없다. 돈 걱정 몸 걱정 안하

Ⅲ. 신문 콘텐츠와 현대 소설의 결혼관　199

고도 한수 영양가 있는 음식 배불리 먹일 수 있다. 산이에게는 제형 먹어보지도 못했던 품질 좋은 이유식 양껏 먹일 수 있고 필순은 아줌마 소리 대신 사모님 소리를 듣는다. 아줌마와 사모님 그 차이를 경험해보지 않은 사람은 모를 것이다, 라고 필순은 생각한다.(8)

필순은 여성으로서 재혼을 선택했다기보다는 어머니로서 재혼을 했다. 작가 자신의 말처럼 "삶의 무게에 눌린 다수의 여성이 처한 현실을 "을 보여주고 이런 행동의 동기에는 "어미마음"이 있음을 곳곳에서 보여준다.149) 기사 글에서 제시한 여성이 홀로 사는 외로움에 대한 말은 별로 없고 오로지 자기 새끼 밥 먹이고 배불리는 것에만 만족한다. 그것이 어미 마음이다. 그런데 막상 배가 부르고 나니 왠지 허전하다. 행복하지 않다. 모성성이 충족됨과 동시에 여성성이 그리워지기 시작한다. 그것은 재혼 선택 시 고려해야 할 여성의 문제와 가족 관계를 깊이 생각해보지 않은 탓이다. 현실적인 문제 해결에만 치중한 결과이다.

그러나 아무리 그렇다 해도 지금 필순은 슬프다. 지금 이 순간이 슬프다. 한수와 심이섭이 텔레비전을 보고 있는 비 오는 한낮의 침묵이 슬프다. 슬프고도 슬프다. 울음이 목에까지 차고 올라온다. 그래도 필순은 그 울음을 꿀꺽 삼킨다. 침을 삼키듯이 꿀꺽. 그러면서 자신을 위로한다. 아니 자신을 책망한다. (9)

그것은 최강미(「뭘 먹고 살까」)도 마찬가지다. 현재의 남편과 전남편에게서 난 딸들과 현 남편에게서 난 아들, 총 다섯이 이룬 가족은 생

---

149) 동아일보, 2001, 7, 26, A14면 (부록 표20).

기를 잃고 시들시들 말라간다. 사람은 밥과 돈만으로 살 수 있는 존재가 아니어서인지, 말하자면 사랑 그놈의 것이 있어야 하는 것인데, 새로 꾸민 가정에 그것이 없어 먹고살기 위하여 헤매던 시절하고는 또 다른 시련이 그녀 가족을 덮치는 현상이 발생했다. 부족한 여성성 때문에 모성성을 포기하는 지경까지 간다.

문희(「어린 부처」)는 여성으로서 선택한 재혼 이유가 드러나지 않고 있다. 필순보다 더 어머니로서의 재혼만 드러난다. 혼자 먹고 살기 힘들고 애들 키우기 어렵고 한 그런 이유와 애들한테 아버지가 있었으면 좋겠다는 생각에 세환이 잘해주니까 재혼한다. 별로 앞날에 대한 걱정이나 아이들의 정서적인 면 등은 고려되어 있지 않다. 여성으로서의 재혼도 성공하지 못하고 어머니로서의 재혼도 성공하지 못한다. 문희의 독백은 그를 보여준다.

> 인간적으로 실패한 엄마 모습에 아이들은 익숙한 편이다. 문희의 좌충우돌식 생활에 오목이는 약간의 정서불안 증세가 있다. 아이들을 다독이며 정서적으로 안정된 엄마 모습만을 보이여 살아야 하는데 문희는 그렇게 잘 되지 않는다. 아이들에게 엄마 모습은 늘 날것 그대로다. 길러내지 않은 날것 그대로의 감정을 아이들 앞에서 다 드러내놓고 사는 문희의 모습이란 '실패한 엄마' 모습 그대로임에 틀림없다.(「어린 부처」, 65)

반면 필순은 여성으로서의 재혼은 실패했지만 어머니로서의 재혼은 성공했다고 볼 수 있다. 재혼과 함께 생긴 각각 다른 성을 가진 친자녀와 전혀 상관없는 남의 애까지 맡아 살아가는 용기를 보여준다. 배고프다고 칭얼거리는 애들을 씻기고 달래고 먹이는 일상은 천상 어머니의 모습 그대로다. 친구 은자의 애들인 소정과 소란, 한수, 산, 한 번도 본 적이 없는 봄이 까지도 차마 버리지 못하고 알뜰살뜰 챙기는 '어미마음'이다.

> "그래, 난 이제부터 니들 엄마다. 한수, 소정이, 소란이, 봄이, 산이, 니들엄마야. 우리, 오늘부터 전부 함께 자자. 자고 내일은 일어나서니 엄마 산소 가서 말해. 이제부터 아줌마를 엄마 삼기로 했다고. 알았지?"(224)

이렇게 어미마음을 품고 다시 설 수 있기까지는 변한 주변 사람들의 인식도 한 몫 한다. 전에는 성이 다른 애들이 몇이나 있으면 눈치를 주어 살기 어려웠을 것이다. 그러나 이제 그 변화는 실감나게 온다. 이혼하고 혼자 된 필순을 동네 사람들은 위로한다. "누가 한수 엄마 혼자 산다고 괄세하면 우리가 가서 혼내줄게", "우리 이혼했다고 절대로 눈치 안 줄 것인데도 새끼들 잘 키우고 우리랑 재미있게 살드라고. 자아, 한수 엄마를 위하여, 건배!"한다. 두 번이나 이혼하고 성이 다른 애들을 다섯이나 데리고 있는데 건배를 한다. 사회인식의 변화를 볼 수 있다. 그러나 여기에 여성은 없다. 단지 모성만 있을 뿐이다.

앞서 기사 글이 제시한 '외로워서' 재혼한 것이 여성으로서의 재혼이라면, '경제적인 것'은 어머니로서의 재혼이다. 문학적 글쓰기는 여성으로서의 재혼은 크게 비중을 두고 있지 않다. 실제 사람들의 사고는 어머니로서의 재혼보다 여성으로서의 재혼이 더 중요한데도 말이다. 그것이 문학이 주는 한계인지 아니면 공선옥 작가 개인의 취향인지는 모르겠다. 그러나 분명한 것은 여성으로서의 재혼이든 어머니로서의 재혼이든 이 사회에 재혼은 분명히 증가하고 그로 인한 문제는 더 늘어날 것이다. 때문에 재혼으로 인한 가족과 여성문제를 현실을 바탕으로 하는 문학적 글쓰기가 더 창작되었으면 한다.

(2) 재혼을 통한 가족 끌어안기

재혼은 분명히 초혼과 그 성격이 다르며 복잡한 특징을 갖는다. 재혼가족은 대부분 자녀가 있는 계부모가족으로 초혼 핵가족과 체계가 다르다. 친부모가 자녀의 기억 속에 존재하는 경우도 있고, 서로 다른 역사를 갖고 만나기 때문에 갈등은 많아진다. 재혼 가족은 재혼하면서 전의 가족보다 더 높은 비현실적인 기대를 갖고 출발한다. 그래서 정서적으로 관계가 모호하며 친밀도가 떨어진다는 특징도 있다.[150]

페퍼나우는 계부모 발달 단계를 말하고 있다[151]. 첫째, 초기 단계에서 계부모들은 그들이 만들고자 하는 가정에 환상을 가진다. 둘째, 중기 단계로 접어들면 배우자들은 자기들의 차이점을 직접 터놓고 말하게 되며 계부모 가정생활에서 느낀 바를 표현하기 시작한다. 셋째, 후기 단계로 들어오면 가족원들은 더욱 친밀해지고 진실하게 대하기 시작한다.

이에 따르면 재혼 가족의 시작은 새로운 가족을 만들기 위한 환상이 시작된다. '엄마'나 '아빠'를 만들어주면 좋겠다, 나에게도 새로운 인생이 시작 되는구나 등 전보다 높은 기대치를 갖는다. 그러기 위해 서로의 자녀를 만나고 놀아주면서 새로운 '다가가기'를 시도한다. 일요일이나 노는 날 '맘 좋은 아저씨'나 '예쁜 아줌마'가 어린 아이들과 만남을 시도한다. 심이섭도 그랬고 문희 남편 정세환(「어린 부처」)도 그

---

150) 정현숙 · 유계숙 · 최연실, 앞의 책, p. 348.

151) Papernow, P. L.(1993). Becoming a stepfamily: *Patterns of development in remarried families*. San Francisco: Jossey – Bass ambiguity.

랬다.

> 일요일. 아이들한테는 그날이 마음씨 좋은 아저씨 따라 놀이
> 공원에 가는 날이었다. 미색 잠바에 코르덴바지를 입은 심이섭
> 은 두 아이 딸린 젊은 아빠처럼 보였다. 김밥 싸고 불고기 볶고
> 샌드위치 만들고 사이다도 큼지막한 걸로 한 병 사서 가방을 꾸
> 려놓았건만 (「어린 부처」,60)

> 그는 '참 좋은 포클레인 아저씨'였다. 참 좋은 아저씨로서의
> 세환은 친아버지는 차치하고 저희들을 맡은 제 어미라는 여자로
> 부터도 보살핌을 받지 못하고 있는 아이들을 문희가 '유기'했다
> 라고 인식하고, 어미로부터 유기당한 두 아이를 제가 거두기로
> 작정하면서 팔을 걷어붙인 유연한 태도를 취하고 나왔다. 그는
> 일이 없는 날 문희가 집을 돌보지 않고 거리를 헤매는 동안 두 아
> 이를 위해 요리하고 빨래하고 청소했다.(「어린 부처」, 66)

이렇게 잘 아이들한테 대해주던 '아저씨'들이 '아버지'가 되면서 왜
관계가 소홀해지는가. 가족들은 갑자기 소원해진 가족관계에서 어쩔
줄 모른다. 특히 자녀문제에서 그 문제는 심각하다.

남성들은 재혼할 때 여성 쪽에 자녀가 있는 것을 원하지 않는다.
70%의 남성이 여자 쪽 자녀를 양육하기 싫어하고 여성은 50%쯤 된
다. 현실은 이런데 소설 속 남자들은 여자 쪽 아이들을 잘도 받아들인
다. 소설과 현실의 괴리가 큰 부분이다.

심이섭은 다 큰 한수를 자기 아들처럼 받아들인다. 세환도 큰 두 딸
들을 사랑스럽게 돌볼 존재로 인식한다. 그러나 가족관계가 형성된 후
다정하기만 했던 계부와 계자녀는 서먹해진다. 의붓자식이란 말이 계
자녀 입에서 나오기 시작한다. 한수는 의붓아버지라 정이 안가고 도란

이도 의붓아버지라 무섭다.

의붓자식(step‒family)이란 적어도 성인 한쪽이 의붓부모의 역할을 하는 가족으로 규정될 수 있다. 이런 의붓가족에게는 여러 가지 어려움이 발생한다. 첫째, 자녀에게 영향력을 행사할 수 있는 생부모가 어디엔가 살아 있게 마련이다. 둘째, 이혼한 사람들끼리의 화합적 관계는 한쪽 또는 쌍방 모두가 재혼하게 될 때에 긴장된 상태에 빠진다. 셋째, 의붓가족은 출신 배경이 다른 자녀를 구성원으로 하는데 이들은 가족 내에서 적절한 행동에 대한 가른 기대치를 가질 수 있다. 대개의 의붓자녀들은 두 개의 가족에 '소속'되기 때문에 습관이나 사고방식이 충돌할 가능성이 상당히 높다.[152]

자녀에 대한 갈등과 무관심은 대개 부부갈등에서 시작된다. 심이섭도 그렇고 세환도 그렇다. 이런 가족관계는 어색하고 부자연스러울 수밖에 없다. 가짜로 순종하고 인사하고 가족인 것처럼 행동할 따름이다. 필순은 심이섭과 관계가 안 좋아지면서 한수의 말을 새겨본다.

> 한수를 구박하지는 않았지만 그다지 살갑게 대하는 것도 아니었다. 한수가 어느 날, 아버지는 아저씨였을 때 참 좋았다가 아바였을 때부터 싫어졌고 아버지라고 부를 때부터는 무서워졌다고 말했을 때 범상하게 듣고 흘려버리고 말았지만 그 말도 영 틀린 말은 아닌 성싶었다.(「어린부처」, 87)

세환도 문희와 사이가 좋지 않자 도란이를 때리고 구박한다.

> 그는 문희와 사이가 벌어지자 아이들에 대한 관심을 거두어 버렸다. 도란이와는 눈도 마주치지 않는 이상한 관계가 되어버

---

152) 기든스, 앞의 책, p. 181.

리고 말았다. 거기까지 생각이 미치자 태수를 무동 태워가는 모
습에 잠시 훈훈해져오던 가슴이 다시 얼어붙어버린다. 예전에
그는 도란이 오목이한테도 저런 사람이었다. 안아주고 업어주고
말 태워줬었다.(「어린부처」, 69)

　도란이는 엄마 생각에 힘든 내색을 하지 않는다. 그러나 의붓아버지
에 대한 분명한 생각은 있다. 한수처럼 "아부지가 아저씨였을 때 젤 좋
았고 아빠였을 때 쪼금 좋았고 아부지였을 때부터 안 좋아"(65)졌다고
말한다. 이것이 페퍼나우의 두 번째 단계이다.

　재혼 가족에게는 충성심 갈등과 경계의 모호성이란 특성이 있다. 충
성심 갈등은 한 사람에 대해 애정을 갖고 있으면서 또 다른 사람에게
도 애정을 가질 때 겪게 되는 심리적 갈등으로 흔히 분노심, 배신감, 질
투, 죄책감 등의 복잡한 정서를 수반하는 행동이다. 충성심 갈등은 계
부모가족의 스트레스를 증가시키며 적응과 통합을 저해하는 부정적
인 정서로 나타난다.[153] 양육권을 가진 부모는 친자녀와 새 배우자 사
이에서 감정의 균열을 느낀다. 그리고 계자녀와 동거하는 계부모는 자
신의 친자녀와 계자녀에 대하여 충성심 갈등을 느낀다.

　경계의 모호성이란 누가 가족 안에 또는 밖에 있으며 가족 체계 내
에서 누가 어떤 역할과 일을 하는가에 대한 가족원들의 지각이 불확실
한 것을 의미한다.[154]　필순네 가족, 문희네 가족, 최강미네 가족 모두
이런 장애를 겪고 있다. 친부모였으면 당연히 혼내고 가르칠 일을 서

---

153) Pasley, K. & Ihinger － Tallman, M.(1989). B*oundary ambiguity in remarrige : Does
　　ambiguity differentiaye degree of marital adjustment and integration? Family Relation*, 38,
　　pp. 46 － 52.

154) Boss, P., & Greenberg, J.(1984). F*amily boundary ambiguity: A new variable in family
　　stress theory*. Family Process, 23, pp.535 － 546.

로 눈치만 보며 어떻게 할 줄 모른다. 자녀에 대한 갈등 시작 두 번째는 재혼한 부부가 아이를 낳고서부터 깊어진다는 것이다. 필순도 산이라는 아들을 하나 낳았고, 문희도 태수란 아들을 낳았다. 자기 자녀가 없을 때는 참고 살다가 친 자녀가 생기면 계자녀에게 관심이 덜 갈 것이고 그로 인해 부부 갈등이 시작된다.

불행하게도 필순네 가족에게 페퍼나우의 세번 째 단계는 보이지 않는다. 아버지와 불화를 겪고 다시 이혼하기 때문이다. 아버지가 없는 집이 더 행복하다. 이것은 문희네 집도 마찬가지다. "세환이 없는 집안 분위기는 늘어질 대로 늘어진 평화, 그 자체"이고 "히잉, 아부지 없었으면 좋겠다. 그치? 언니, 엄마는 왜 우리한테 물어보지도 않고 새아빠 만들었어? 더 좋은 아빠 만들어주지."란 오목이 말을 통해 확인해 볼 수 있다. 그러나 문희네 가족은 우여곡절 끝에 세 번째 단계에 이른다. 세환이 그렇게 싫어하는 인형을 오목이에게 사다 주고 오목이 그것을 받음으로써 이들 가족은 다시 화해할 준비가 되어 있음을 보여준다.

(3) 재혼 가족의 성(姓)선택, 그 딜레마

문학적 글쓰기에서는 전혀 다루지 않았지만 현실에서 문제 되고 있고 고려해야 할 사항이 있다. 특히 필순이 같은 경우 꼭 짚어야 할 문제다. 이는 재혼으로 인한 가족의 성문제에 대한 딜레마이다. 우리나라는 법상 친권이 아버지한테 있기 때문에 아이는 아버지 성을 따라야 한다. 물론 요즘 아버지가 친권이나 양육권을 포기함에 따라 엄마 성을 따르는 경우도 있지만 대부분은 아버지 성을 따른다. 때문에 아이는 학교에 들어가거나 친구 사이에서 따돌림을 당하기 쉽고 금방 재혼 가정이라는 사실이 드러난다. 이는 아이에게 큰 상처가 된다. 이를 해결할 방법이 친양자 제도이다.

여성부가 도입을 추진하겠다고 밝힌 '친양자(親養子) 제도'의 취지는 자녀가 양부(養父)의 성(姓)과 본(本)을 따르고 양부의 호적에 입적될 수 있도록 하는 것이다. 한국여성개발원 자료에 따르면 2000년 전체 결혼 건수 중 재혼이 차지하는 비율은 13.1%로 재혼이 급증하고 있지만 현행 민법상 재혼 시 자녀가 새 아버지의 성을 따르지 못하게 돼 있다. '자(子)는 부(父)의 성과 본을 따른다.'는 민법 제781조 때문이다. 자녀가 반드시 친부의 성을 따라야 한다는 법 조항은 그동안 사별·이혼 뒤 어렵게 출발한 재혼 가정의 주요 파탄 원인으로 지적돼 왔다.155) 여성단체의 상담창구에는 같이 사는 아버지와 자녀가 성이 다르거나, 여성이 재혼한 남편과의 사이에서 다시 자녀를 낳은 경우 자녀들의 성이 서로 다르기 때문에 고통 받는다.

필순은(『수수밭으로 오세요』) 성이 다른 아이가 다섯 명이다. 전남편 아들인 조한수, 현재 남편 아들인 심산, 친구 오은자 딸들인 소란이 소정이, 박판석 아들인 박봄이 있다. 문희도(「어린 부처」) 그렇다. 전남편 딸들인 도란이와 오목이가 있고 현재 남편 아들인 정태수가 있다. 최강미도(「뭘 먹고 살까」) 전남편 딸 둘에 현재 남편 아들 하나가 있다.

그런데도 문학적 글쓰기는 이들이 성이 다른 문제로 외부에서 겪을 사안에 대해서는 고민하지 않고 있다. 사회와 제도권에서 심각하게 다루고 있는 문제를 문학적 글쓰기에서는 개의치 않고 있다. 애들이 아직 어리다고 할 수도 있겠지만 먹고 사는 문제에만 너무 치중해 보인다. 한수는 열 살이 넘었고 도란이와 오목이도 학교에 다닌다. 이들이

---

155) 조선일보, 2002, 2, 7, 25면.

이런 문제 때문에 놀림을 받았다거나 하는 현실적인 문제를 외면하고 있다. 단지 한수의 입을 통해 "우리 집이 너무 복잡해서 이제 나하고도 놀기 싫대"라며 현상적인 문제를 가볍게 한번 짚어볼 뿐이다.

각계각층에서 윤리적·법적 근거를 들며 따지고 있는 이것은 찬반이 팽팽하다. 14세 소년이 '자녀는 아버지의 성과 본을 따른다.'는 민법 제781조 제1항에 대해 위헌신청을 했다는 내용이다. 재혼이 느는 추세에 아이들이 새 아버지와 성이 다르다는 이유로 학교나 일상생활에서 고통을 받는다. 이는 개인의 행복권을 침해하기 때문에 하락해야 한다는 것이다. 반면 민족의 자존과 조상 전래의 전통을 지키지 못하면 윤리 근간이 무너진다며 반대하기도 한다.[156]

그러나 무엇보다 먼저 생각해야 할 점은 기사 글이 제시한 것처럼 고통 받는 이의 고통을 모두가 이해해야 한다는 것이다. 이것은 구성원으로 생각해야 할 문제고 가족이 있어야 사회나 국가가 존재함을 염두에 두어야 한다. 개인의 행복이 곧 가족의 행복이고 전 사회 구성원의 행복이기 때문이다. "구성원"이 무엇이냐는 오목의 질문에 세환의 말이 답이다.

> "구성원이란, 가족이면 가족, 학급이면 학급, 모둠을 만드는 한사람, 한사람이라는 뜻이다. 우리 가족은 어떻게 이루어져 있냐? 엄마, 아부지, 언니, 오목이 너, 태수 이렇다. 이 한사람, 한사람을 그 가족의 구성원이라고 한다. 그건 그렇고, 이 가정의 구성원인 너희들도 같은 구성원인 엄마 아부지가 겪는 어려움을 알아야 한다는 것이다. 아무리 어리다고 엄마 아부지는 힘들어하는데 나 몰라라, 하고 신나있는 너희들이 한편으로는 고맙기도 하면서 한편으로는 서운하더라……"(「어린 부처」, 78)

---

156) 중앙일보, 2003. 3. 25. 30면 (부록 표21).

구성원은 성이 같아야 갈등이 없고 어려움을 같이 극복하는데 중요한 요소이다. 한 여성 방송인도 재혼해 아이들 성을 새 남편 성으로 바꾼 경우다.(표35) 비록 필순이나 세희는 이 부분에서는 실패했지만 앞으로 이런 문제는 변화가 있으리라 본다.

<표35> 중앙일보, 2008, 3, 6, 12

방송인 김미화씨 딸 새 아빠 성으로 바꿔

방송인 김미화(44·사진)씨가 법원의 허가를 받아 두 딸의 성(姓)을 재혼한 남편의 성인 윤씨로 바꿨다.

서울가정법원은 김씨가 두 딸에 대해 요청한 '성본(姓本) 변경허가'를 내줬다고 5일 밝혔다. 법원에 따르면 김씨는 올해 초 두 딸의 성을 김씨에서 윤씨로 바꿔 달라며 '성본변경허가심판'을 청구했고, 지난달 재판부의 허가를 받아냈다.

이는 올해부터 호주제가 폐지된 데 따른 것이다. 김씨는 2005년 전 남편 김모씨와 이혼한 뒤 지난해 초 윤모 교수와 재혼했다.

김미화씨는 그동안 호주제 폐지 운동에 참여해 왔다. 박성우 기자

blast@joongang.co.kr

2) 재혼녀와 미혼남 커플

(1) 자아와 경제력의 교차

전통적인 재혼은 일반적으로 남성 재혼 – 여성 초혼형이다. 그러나 이것이 점차 바뀌고 있다. 이혼한 남녀끼리 결합하는 것은 물론이고 아이 딸린 홀아비에게 처녀가 시집가는 것만큼이나 아이 딸린 이혼녀가 총각과 재혼하는 경우도 많아졌다. 96년도에는 전통적인 여성 초혼 – 남성 재혼이 45%쯤 되고 여성 재혼 – 남성 초혼은 16%쯤 되었다.
157)

<표36>에 나온 96년 통계를 보면 초혼녀 – 재혼남은 감소하고 재혼녀 – 초혼남이 75년에서 95년 사이에 3배 가까이 늘었다. 97년에는 전년보다 26%로 늘었고[158] 99년에는 재혼녀 – 초혼남의 비율이 재혼남 – 초혼녀를 4.1%나 앞서고 있다.[159] 초혼남 – 재혼녀 혼인이 90년도와 비교해 2001년에는 두 배가 넘게 증가한 것으로 나온다.[160]

<표36> 조선일보, 1997, 9, 30, 34

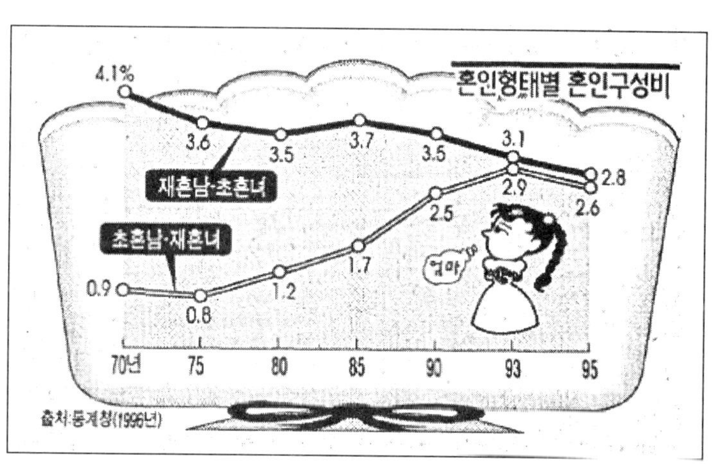

우리와 다르게 미국 사회는 이혼의 빈도수가 높아질수록 여성의 점유율이 높다고 한다. 다시 말해 재혼과 삼혼까지는 남성이 많지만 그 이상으로 올라가면 여성이 많아지며 그 같은 현상은 날이 갈수록 가속화하고 있다는 것이다. 왜 그럴까? 여러 가지 복합적인 이유들이 있겠

---

157) 조선일보, 1996. 5. 17. 30면.

158) 중앙일보, 1998. 7. 2. 18면.

159) 동아일보, 2000, 7, 5, 30면.

160) 중앙일보, 2002. 3. 22. 25면.

지만 이혼과 재혼에 대한 여성의 결정권이 높아지고 있다는 점도 무시 못할 이유일 것이다. 여성들이 남성에 의해 이혼을 당하고 남성에 의한 불리한 조건의 재혼을 받아들일 수밖에 없는 그런 시대는 갔다. 이는 미국뿐만 아니라 개방사회의 보편적인 현상이다.

우리 사회도 예외는 아니다. 이혼 자체가 허용되지 않았을 뿐더러 남편이 죽은 경우에도 재혼의 길이 막혀있던 우리 전통사회의 관습을 감안한다면 변화도 이만저만이 아니다. 우리 사회에 대표적으로 연하남과 결혼해 화제를 뿌린 이는 닥종이 여성 작가이다. 그녀는 남편과 사별한 후 세 아이를 데리고 독일로 건너가 14살 연하의 토마스라는 독일 남자와 만나 현재도 잘 살고 있다. 그와의 사이에 40이 넘어 두 애까지 낳았다.<표37>

그녀가 아이 셋을 두고 사별한 30대 후반 공예가가 열네살 연하의 독일 총각과 결혼했을 때 그것이 기이함보다는 하나의 감동으로 와 닿았던 것도 재혼을 바라보는 우리들의 시각이 그만큼 달라지고 있다는 증거다. 재혼녀와 총각의 결혼이 갈수록 는다는 통계청의 발표는 우리 시대 결혼 양태의 획기적 변화를 보여준다. '신부의 과거'가 첫날 밤 파경의 빌미가 되기도 하니 재혼녀는 우선 '과거'가 하자일 수 없다. 첫 결혼에 실패한 경험이 재혼의 생활을 무리 없이 이끄는 교훈으로 작용할 수도 있다고 본다.161)

문학적 글쓰기에서 사별이든 이혼이든 재혼을 하는 사람들은 공통된 점이 있다. 여성은 거의 30대 이고 아이가 둘 쯤 있다. 그리고 경제적으로 힘든 상황에 있다. 앞서 이혼 사유에서 아이가 둘 딸린 30대 여성이 남편의 외도나 성격 차이로 이혼함은 밝혔다. 그리고 재혼하는

---

161) 중앙일보, 1998. 7. 4. 6면.

기간도 사별이 이혼보다 빨라서 2년에서 3년 안에 재혼함도 밝혔다.

혜완은(『무소의 뿔처럼 혼자서 가라』) 30대로 아이가 없고, 문희(「어린 부처」)는 30대로 아이가 둘이다. 소은은(『밥과 사랑』) 30대 사별한 과부로 아이가 없다. 기사글에서 제시한 일반적인 형태의 여성은 아니지만 연하이거나 총각인 남성과 사랑하고 결혼을 한 것은 틀림없다. 그것이 성공하든 실패하든 여기서는 불문하기로 한다.

<표37> 중앙일보, 2002, 1, 22, 29

『무소의 뿔처럼 혼자서 가라』162)의 혜완은 20대 후반에 아이를 잃고 남편과 성격차이로 이혼한 후 혼자서 산다. 그런 혜완에게는 대학 친구 선우가 사랑을 고백하고 결혼하기를 원한다. 선우는 남편의 친구이기도 하다. 혜완은 자아가 강하고 경제적 능력이 있다. 물론 풍족한 만큼은 아니지만 자신의 일이 있다. 그러나 혜완은 선우의 청혼에 늘

---

162) 공지영,『무소의 뿔처럼 혼자서 가라』, 도서출판 푸른 숲, 1998, 면수만 표시함.

주저한다. 맘은 있으되 여러 상황 때문에 쉽게 결정을 못한다. 또한 주변인들도 이혼녀와 총각의 결혼에 대해 우호적이지 못하다. 이 소설이 98년도에 나온 당시는 수치를 봐서도 알겠지만 상당히 높은 재혼율 임에도 불구하고 소설 속 인물은 재혼에 실패한다. 혜완과 선우의 관계를 알고 있는 직장 동료의 말이 당시 시대 상황을 전하고 있다.

> "좋을 것 같아요. 사실 그 동안 이혼하거나 상처한 남자 선배들이 미혼 여성하고 재혼하는 건 너무 당연하게 여겨졌잖아요. 여자도 그럴 권리가 있다는 걸 보여주면 좋을 것 같아요."(151)

실패하는 요인으로 주변 환경도 중요하다. 특히 가족들의 반대는 쉽게 넘을 수 없는 산이다. 아무리 시대가 변하고 생각이 변했다 해도 이런 일이 내 가족의 일이라면 너그럽게 찬성할 수 없는 것이 엄연한 현실이다. 이런 사실을 당사자들은 이미 알고 있다. 반대하는 사람이 누구인지 왜 반대하는지를 알고 있으며 그것이 두렵다.

> — 골치 아파. 니가 나랑 결혼한다고 말을 꺼내기도 전에 아마 삼류 영화 같은 장면이 연출될 게 틀림없어. 난 그게 지겨운 거야……. 니네 부모님이 시골에서 올라오시고…… 날 불러내고 내 앞에서 우리 아들을 포기해 달라고 눈물지으시고…… 그러면 나는 이해한다고…… 제가 선우씨를 포기하겠어요, 하고 울고…… 너무 우습다. 하긴 요즘 같은 세상에 가끔은 상투적이지만 순진한 드라마를 구경하는 것도 재미있겠지?(137)

삼류 드라마 같은 상투적인 사건은 곧 현실로 다가온다. 선우 누나는 해결사를 자청하며 혜완을 만나자고 한다. 처음엔 "이해한다."며 상투적인 모습으로 설득을 하고 그것이 잘 받아들여지지 않으니 언어적 폭력도 서슴지 않는다.

"그래요? 그러니 잘 이해를 못하겠구나……. 그렇지만 소설을 쓴다니 말을 들어봐요. 소설가들은 남의 마음을 잘도 이해하니까. 혜완씨 남동생이 어떤 이혼녀와 잠시 뭐랄까, 사랑에 빠졌다는 건 너무 소설 같은 표현이고, 눈이 맞았다는 건 너무 천박하고…… 어쨌든 그래서 같이 몸도 섞고 그랬다고 칩시다."
여자는 서슴없이 말했다. 딴청을 부리려 애쓰던 혜완의 눈길이 탁자 한구석에 가서 붙박인다.
"그렇다고 해서 혜완씨는 남동생한테 그러면 그 여자와 결혼해야 한다고 할 수 있을까요……. 나도 그 심정을 이해 못하는 건 아이지만 여기가 스웨덴도 아니고…… 또 나야 이해 한다 쳐도 시골에 계시는 노인네들이 삼대독자가 이혼녀하고 결혼한다고 하면…… 아니 그 얘긴 중요하지 않으니까 그만두기로 하고."(140)
"게다가 전 남편이랑은 같이 다 친구였다면서요? 막말루다 세상 사람들이 뭐라고 하겠어요. 우리 선우가 댁을 꼬여내서 결혼했다구 하지 않겠수? 그건 정말 망신이야……. 서혜완씨도 그 정도는 알 만한 지성인이잖아…… 내가 소설책도 재미있게 읽었지…… 그래서 나온 거야. 이 정도 책을 쓸 사람이면 내가 하는 말을 조용조용 알아듣겠구나하고 말야…….(142)

이혼녀와 총각의 결혼은 아직까지 "소설 같은"이야기에 불과하다. "스웨덴"같은 남의 나라 이야기다. 가족들은 자기 육친이 아까워서 못 준다. 그것은 "망신"이다. 가족의 이름으로 온갖 회유와 협박을 다한다. 자아가 강한 사람일수록 참지 못하는 것이 자존심이 상하는 일이다. 가족의 온갖 반대와 주변 상황이 어렵다 해도 결국은 자신의 문제인데 혜완이 참지 못한 것은 '수치심'인데 결국 그녀는 실패한다.

> 그녀가 용서할 수 없었던 것은 어쩌면 그의 누이 앞에서 수치
> 스러워하던 자신이었다. 고개도 들지 못하고 눈길 한 번 당당히
> 맞서지 못하고 죄인처럼 고개를 떨구고 있던 자신이었다. 이혼
> 에 대해서 그렇게 자신이 없었다면 선우를 사랑하는 것에 대해
> 서 그렇게 자신이 없었다면 처음부터 그 아무것도 저지르지 말
> 았어야 했다.(171)

아직은 이 사회가 이혼한 사람에 대해 긍정적이지 않고 "편견"을 갖
고 있다고 작가는 말한다. 그 편견은 바로 자신이 갖고 있는 것이고 그
것을 깨지 못하면 재혼은 어렵다는 것을 보여준다. 인간은 사회 속에
서 살아야 하고 세상의 일부이기 때문이다. 이는 기사 글에서 보여준
주위의 편견에 대한 문학적 글쓰기의 대표 유형이다.

여성의 자아는 교육의 정도와 경제력과 상응한다. 이혼이 여성의 교
육 정도와 경제력이 커지면서 늘어났듯 재혼의 선택도 여성의 몫으로
변하고 있다. 여성이 분명히 주도하고 있는 당대성의 사실에서 문학
적 글쓰기 속의 혜완은 물리적인 주변 환경과 자신의 편견을 극복하지
못한다.

(2) 외로움과 경제력의 상생

가장 전형적인 이혼녀와 총각의 결합을 본다면 「어린 부처」[163]의
왕문희와 정세환이다. 비슷한 계층으로 문희가 이혼녀란 사실만 빼고
는 무난한 결합을 한다. 30대 이혼녀와 애 둘 딸린, 경제적으로 힘든

---

163) 공선옥, 『내 생의 알리바이』, 창비, 1998. 이하 면수만 표시함.

여성이란 상황에서 총각과 결혼하는 것이 일반적인 기사 글 재혼의 형태에 맞는다. 이들은 삼십대 후반의 노총각 포클레인 기사와 아이가 둘 딸린 보험외판원으로 우연히 다시 만난다. 세환은 한때 노동자 소설가였고 문희는 노조 문화부장으로 작가와 팬의 사이였다.

문희는 애 둘을 데리고 보험 외판으로 살만큼 힘든 상황이고, 노총각 정세환은 혼자 살기 외로운 처지다. 물론 소설 속에는 문희가 얼마만큼 힘든지, 세환이 얼마만큼 외로운지 등 만나기 전의 이야기는 별로 없다. 그저 우연히 만나고 애들과 가까워지고 그래서 같이 사는 것으로 액자식 전개를 했다. 그러나 보험외판원의 수입이 그닥 많지 않고 그 돈으로 아이 둘을 키우는 상황이라면 경제적으로 어렵다는 것을 유추할 수 있다. 세환도 포클레인 기사로 혼자 살면서 문희네 애들한테 다가가는 것을 보면 외로움이 있음을 느낀다. 기사 글의 '경제적 어려움' 의 유형이다.

문희는 엄마로서의 책임감도 별로 없고 경제력도 없다. "책임감만 머리 아프게 느낄 뿐이지 머리 아픈 만큼 책임을 지지 않은" 엄마고 "한창 꽃피워야 할 이십대 초반에 자신을 엄마로 만들어버린 아이들에게 원한"을 품고 있는 엄마다.(68) 그러면서 외로움을 많이 타는 싱격이다. 아이들 밥도 챙기지 않고 "밤늦도록 거리를 헤매며 여자와 남자들하고 어울린" 엄마다.(68)

이런 아이들에게 세환은 요리도 해주고 빨래도 해주면서 보살펴주는 "참 좋은 아저씨"이다. 문희가 외롭고 힘들어서 세환에게 다가갔다면 세환은 일종의 외로움과 함께 아이들에 대한 동정과 연민으로 다가갔다고 볼 수 있다.

물론 둘의 결합이 순탄했던 것은 아니라고 본다. 시집 식구들한테 냉대를 받은 점은 아직도 사회적 관념이 성숙되지 않음을 알게 한다. 그러나 그런 편견을 꺾은 세환은 선우보다 책임감도 있고 자신의 삶에 더 적극적이다.

둘은 전형적인 형태의 재혼인 만큼 무난한 삶을 산다. 물론 싸우고 이혼하려고 했던 위기도 있었지만 무사히 넘긴다. 이럴 수 있었던 것은 둘이 비슷한 계층으로 사고가 비슷하고 여기에 아이들의 작용이 컸다. 문희와 세환이 좌충우돌 식으로 이혼하러 가는 장면, 옥신각신하면서 서류를 쓰는 장면, 넉살맞게 이혼하러 와서 밥 먹고 하자는 등에서 비슷한 층이 느낄 수 있는 '삶의 한 활력'을 본다.164) 자칫 반말하고 욕하면서 천박해질 수 있는 상황이 묘한 재미로 와 닿는다.

이혼이나 사별로 인한 상처는 다시 결혼을 함으로써 치유될 수 있다. 사람으로 인한 상처는 사람만이 치유해 줄 수 있는 것처럼 말이다. 여기에도 모성성과 여성성이 나온다. 외롭고 힘들어서 결혼한 사실이 여성성이라면 모성성은 모란이와 오금이에 대한 불편함을 표시한 세환에게 도전장을 내민 것이다. 그래놓고 보면 기사 글이 말한 '외로워서', '재력'을 보는 재혼 사유와 조건도 이에 부합한다고 본다.

3) 노년층의 성의식의 변화와 재혼

(1) 외로움과 성에 대한 욕망

통계청이 밝힌 '2003 생명표'에 의하면 2003년도 한국인의 평균수명이 남자 73.9세, 여자 80.8세로 나온다. 이에 따르면 남자는 38세 여자는 41세에 인생이 반환점이 시작된다.165) 과학이나 의학의 발달로

---

164) 임규찬·공선옥 「문학은 어느 만큼 와 있는가」, 『창작과 비평』 2004 여름, p. 95.
165) 동아일보, 2005, 12, 21, A11면 (부록 표22).

평균수명은 해마다 증가하고 있는데 이러다 보면 100세 까지 살날도 머지않아 보인다. 유엔은 65세 이상 인구가 총 인구의 7% 이상이면 '노령화 사회'라고 분류하고 있는데 위 통계로 국민의 평균수명을 평가한다면 우리나라도 이미 본격적인 노령화 시대에 돌입했다고 보아야 한다.

그와 함께 남녀의 평균수명 연장으로 부부의 결혼 기간도 50년이 넘게 될 전망이며, 자녀를 모두 출가시키고 노부부만이 남게 되는 기간이 과거보다 훨씬 길어질 전망이다. 이런 새로운 가족의 출현은 결혼의 의미를 되새기도록 하는 계기가 될 것이고 노인 부부 가족의 경제적 지원과 심리적·정서적 안정을 위한 가족 복지의 문제를 제기한다.166)

결국 노부부가 죽을 때까지 함께 살 수 없는 상황에 도달할 것이고 이는 새로운 노인문제를 야기하면서 황혼재혼이라는 새로운 결혼형태를 만들어낸다. 특히 여성은 남성보다 평균수명이 더 길고 여성의 재혼을 금기하는 문화적 규범 때문에 노년기를 독신으로 보내야 하는 애로점이 있는 것으로 나와 있다.167)

이처럼 우리나라에도 황혼에 재혼하는 사람들이 늘어나고 있다. 이미 90년도에만도 적지 않은 수의 황혼 재혼이 있었고 그 수는 늘어나 2004년도에는 2만 명의 황혼재혼이 있었다. 90년 조사한 것과 비교해 보면 14년새 3배.가 늘어난 숫자다. 이는 고령화 속에 장·노년층의 성과 사랑에 대한 사회적 인식이 바뀌면서 당당하게 이성교제를 즐기고 재혼을 결심하는 '로맨스 그레이'가 늘어났음을 의미한다.<표38> 이들의 재혼은 젊은 남녀의 결혼과 똑같다.

---

166) 한국여성사회연구회 편,『가족과 한국사회』, 경문사, 1995 참고.
167) 한국가족학회 편,『한국가족문제 – 진단과 전망』, 하우, 1995 참고.

　웨딩드레스를 입고 결혼식을 올리기도 하고 간단하게 신혼여행도 다녀온다. 60대 이상 노인들은 황혼 재혼(黃昏 再婚)에 대해 대체적으로 긍정적인 생각을 갖고 있지만 자식들의 반대나 주위 사람들의 시선 때문에 주저하고 있는 것으로 나타났다. 전북 전주시가 최근 60세 이상 노인 431명을 대상으로 실시한 여론조사 결과 '혼자 사는 친구가 재혼한다면 어떻게 생각하겠는가.'라는 질문에 응답자의 43.6%가 '매우 잘된 일'이라고 답한 반면 반대 입장은 30.7%에 그쳤다. 재혼이유로는 '외롭고 쓸쓸해서'(77.2%)가 가장 많았고 재혼할 경우 가장 걱정되는 점으로 이웃 친지들의 시선(21.8%)과 자식의 반대(20.2%)를 꼽았다. 조사대상자 중 배우자 없이 생활하는 노인이 49%나 되며 특히 여성들은 평균 15.4년을 독신으로 지내온 것으로 조사됐다168)

<표38> 중앙일보, 2005 .6. 14. 11.

---

168) 동아일보, 2000, 10, 19, A26면.

이상을 종합해볼 때 황혼재혼을 하는 이유는 '외로워서'가 가장 많았다. 젊은 사람들이 재혼 이유와 다르지 않다. '자녀의 반대'나 '주변의 시선'이 가장 걸림돌인 것으로 봐서 아직은 본인이나 사회적 편견이 있음이 확인된다. 그러나 일단 재혼한 노인들은 본인과 자녀에게 만족률이 높은 것으로 나온다.

요즘에는 황혼재혼이 일반화되다보니 결혼정보회사에서까지 나서고 있다. 초혼이나 재혼처럼 외모, 경제력 등 자신의 조건을 밝히고 상대의 조건도 요구하고 있다. 앞으로는 자식에게 노후를 의지하지 않고 배우자나 혼자 사는 사람이 늘어날 것으로 보아 늦깎이 재혼도 증가할 것으로 보고 있다.

자녀들의 눈치를 보지 않는 노년층의 인식변화와 함께 그 사실을 자연스럽게 받아들이는 자식 세대의 가치관변화도 황혼 재혼이 늘어나는 데 한 몫 하고 있다. 부모를 부양해야 한다는 의무감도 줄고 재혼에 대한 사회전반의 인식이 변하면서 생긴 변화이다. 매체 글은 우리 사회에 빠른 속도로 늘어나고 있는 '황혼재혼'을 상세히 보도한다. 90년대도 이미 현상으로 드러나고 있는 사실이 2000년대 들어서는 급속히 늘어난 것으로 나타난다. 노년의 문제는 곧 닥쳐올 우리들의 문제이다. 어쩌면 부부가 젊어서 살아갈 시간보다 노년에 같이 살 시간이 더 많아질 수도 있다.

2002년 박진표 감독의 영화 '죽어도 좋아'는 노년의 솔직한 성생활을 다루어 우리 사회에 반향을 불러왔다.<표39> '죽어도 좋아'가 화제 되고 있는 이유는 한 가지다. 동거하는 70대 노인 커플의 성생활을 '사실적으로 포착'했다는 점 때문이다. 금지된 신체 특정 부위가 그대로 나오기 때문에 등급판정에도 애를 먹었다. 이를 본 사람들은 노인의 성에 대한 담론을 부정적으로 밝혔. 유교적 전통이 강한 한국 사회

에서 아직도 노인의 성이 쉽게 받아들여지지 않음을 알 수 있었다.[169]

<표40>을 보면 60대나 70대도 30-40%가 성생활을 즐기는 것으로 나온다. 우리사회는 노인의 성생활을 주책이다, 추하다는 말로 외면하기 일쑤지만 노후의 활력 넘치는 행복한 삶을 영위하기 위해서는 젊은이처럼 원만한 성생활이 이루어져야 한다. 성은 남녀노소를 불문하고 공통된 관심사이며 인생을 즐길 수 있는 중요한 방법이기 때문이다.

<표39> 중앙일보, 2002, 12, 4, E21

---

169) 동아일보, 2002, 4, 26, C8면.

(2) 노년애와 인간애의 성찰

노년에 새로운 삶으로서의 황혼 재혼은 당대성에 비해 문학적 글쓰기는 간과된 것이 사실이다. 황혼 재혼에는 두 가지 방식이 있다. 사별이나 이혼을 젊을 때나 노년에 한 후 전혀 모르는 사람과 하는 경우다. 다음은 부부였다가 이혼이나 별거 후 다시 합치는 경우다. 우리 사회에 노년이나 노인 문제를 본격적으로 문학에 형상화 한 작가는 젊은 층보다는 장년이나 노년층이 많다. 삶의 연륜이나 경험으로부터 나올 수 있는 문제이기 때문일 것이다.

송원희의 「사철꽃」은170) 가족이나 주변인의 노인 재혼에 대한 편견을 잘 보여주는 작품이다. 수연 할머니(박선희)는 올해 72살로 사별 후 8년간 혼자 살다가 젊었을 때 알았던 이상근을 하와이에서 우연히 50년 만에 만난다. 그 후 3년 동안 연락하다가 본격적으로 재혼을 결심하

---

170) 송원희, 「사철꽃」, 한국소설, 2008. 7, 이하 면수만 표시함.

고 가족들에게 말한다. 이를 놓고 가족들은 "노인이 주책이지", "할아버지 돌아가긴지 이제 겨우 8년 됐어. 10년도 되지 않아 재혼이라니. 우리나라 풍습에선 있을 수 없는 일이다", "자식들 체면도 생각해야지 여긴 한국이야"하면서 반대한다. 그러나 할머니는 당당하게 처음 사랑하는 소녀처럼 말한다. 이런 가족의 반대에 20대 수연은 황혼 재혼에 대한 주변인의 고정관념에 대해 고민한다.

> 사랑이란 말은 젊은이들만의 독점물이 아니다. 그런데도 우리 젊은이들의 생각에는 현실도 그렇고 모든 영화스토리도 그렇고 젊은이들의 사랑 빼놓고는 재미가 없다. 그런 관념에 사로잡혀 있는 우리들은 노인들의 사랑이란 있을 수도 없고 있어도 맞지 않고 경우에 따라선 어색하고 부자연스럽고 때로는 부도덕하게까지 느껴지는 것은 웬일인가. (29)

이런 고정관념에 대해 할머니는 노인에 대한 가족의 무관심과 사회를 비난한다.

> "고정관념 때문이야. 노인이라는 것 다 살았다는 것 노인은 꿈도 희망도 없다는 것 오로지 나날이 죽는 날이 얼마 안남았다는 것, 이런 관념으로 꽉 차 있으니까"(31)

재혼을 하면 가족을 뺏긴다는 생각에서 가족이 추가되면서 사랑도 추가되는 것으로 생각이 변해야 한다. 그래서 황혼 재혼은 "인생 이모작"이며 노인들도 "사철꽃"을 피우고 싶은 것을 알아야 한다.

노년 문제를 많이 다룬 박완서는 이 문제를 놓치지 않는다. 90년대 나온 「그리움을 위하여」는[171] 그래서 더 빛을 발한다. 내 집에 파출부처럼 오는 사촌동생은 젊어서 12살이나 많은 유부남을 이혼시키고 결혼한, 당시로서는 파격적인 인물이다. 두 사람은 둘 다 사별하고 의지하면서 살아가고 있다. 그런 동생이 남해의 작은 섬에서 민박집하는 친구를 만나러 가 교장선생님처럼 점잖은 남자를 소개받는다. 그는 일년 전에 상처한 사람으로 아들 셋에 딸 둘을 성혼시켰다. 동생이 삼천포로 나가 가족들 상견례까지 마치고 돌아와 재혼을 선포하자 가족들은 반대한다. 여기서도 주변인의 편견은 드러난다.

> 더 들을 것도 없었다. 삼십여 년을 해로한 제 영감 차례를 내팽개치고 어느 개뼉다귀인지 모를 늙은 뱃놈의 죽은 마누라 차례를 지내러 가겠다는 게 어디 제정신인가. 너 환장을 했구나. 나는 차갑게 내뱉고 먼저 자리를 박차고 일어섰다. (62)

그러나 결국 섬으로 시집간 동생은 석달 만에 나타났는데 복사꽃처럼 화사하기만 하다. 이 문학적 글쓰기에서 두드러진 점은 경제적으로 현실적인 문제를 다루었다는 것이다. 재혼 후 누구나 고민하지만 쉽게 발할 수 없는 호적문제, 재산문제라는 상처를 표면에 드러낸다. 호적문제는 호적에 올리지 않는 것으로 정리하고, 십분서와 천만 원의 통장을 그녀 앞으로 돌려놔 사후 대책까지 세워놓는다. 껄끄러운 현안을 노인애로 감싸안으면서 처리한 점이 돋보인다.

기사 글에서 보았듯이 가족의 반대나 주변인의 시선을 많이 걱정하는데 문학적 글쓰기에서도 그런 문제는 드러난다. 할머니 쪽 가족은 대부분 반대하고 할아버지 가족은 찬성한다. 「사철꽃」도 그렇고 「그

---

171) 박완서, 「그리움을 위하여」, 『2001 현장비평가가 뽑은 올해의 좋은 소설』, 현대문학, 2001, 이하 면수만 표시함.

리움을 위하여」도 그렇다. 이는 노인 중 할머니를 모시고 사는 경우가 할아버지를 모시고 사는 경우보다 더 쉽기 때문이 아닌가 한다. 또한 남자 가족들은 할아버지 모시는 걸 꺼려하는 것으로도 볼 수 있다.

위의 작품이 여성 그리고 노년에 의한 문학적 글쓰기였다면 박민규의 「낮잠」은172) 40대 초반의 젊은 남성이 썼다는 점에서 흥미롭다. 또한 황혼 재혼의 문제를 현황적으로 파악하지 않고 노인애에서 벗어나 인간애까지 끌어올린 작품이다.

예순여섯의 나는(한영진) 오년 전 아내를 사별하고 노인 전문 치료 기관인 소명 요양원에 온지 삼 년이 다 된다. 심근경색에 당뇨와 요실금도 있다. 집을 정리해 자식들에게 나눠주었지만 일 년에 한 두 번 밖에 보지 못한다. 그곳에서 치매에 걸린 초등학교 동창이며 그의 50년 전 첫사랑이었던 김이선을 만난다. 그러나 그녀는 그를 '아버지'라 부르고 알아보지 못한다. 그녀는 젊어서 다방을 하고 나이 들어서는 술집을 했다.

그는 그녀와 같이 산책을 자주 나가며 과거를 회상하며 즐거워한다. 노년을 견디는 방법이 추억을 회상하며 사는 것인 것처럼 둘은 열심히 산책한다. 그러던 어느 날 이선의 아들이 경제적인 어려움으로 보증금을 빼고 그녀를 데려가려고 한다. 그는 결국 혼인신고를 해 친권자가 되고 요양비도 대신 내는 조건으로 그녀를 구한다. 노인 문제가 경제력을 동반한 현실적인 문제임이 여기서 드러난다,

여유만 있다면 자네도 어머닐 편히 모시고 싶지? 이선의 아들
이 고개를 끄덕인다. 오로지 이유가 돈 때문인데… 지금 모친께

---

172) 박민규, 「낮잠」, 『2008 이상문학상 수상작품집』, 문학사상사, 2008, 이하 면수
만 표시함.

서 집으로 간다면 그야말로 최악의 상황일 걸세. 치매란 게 그렇다네… 앞으로… 대소변을 받아내고 할 자신 있는가? 지금 임시로 변통을 한다해도 상황이 계속 나빠지면 그땐 어쩔 작정인가? 긴병에 효자 없고 돈 앞에 장사 없네… 내 곰곰이 생각을 해봤는데… 그래서 이렇게 하는 게 어떻겠나. 조건 없이 내가 그 돈을 주겠네. 그리고 보증금의 명의는 내 앞으로 돌리는게… 방법은 있네. 허위지만 모친과 내가 혼인 신고를 하는 거라네. 그럼 나도 친권자가 되고… 매달 내는 요양비도 앞으론 내가 지불하겠네… 자네 기분이 좋을 리 없겠지만 내가 마음으로 원해서 하는 일이야. 잘 판단해보게. 모친이 살면 얼마를 더 살겠나. 자넨 하루하루를 살아가는 사람이지만, 우린 하루하루를 죽어가는 사람들이야. (279 − 280)

그렇게 혼인신고를 마치고 외식을 하는 가장 행복한 순간에 둘이 실례하는 결코 웃을 수 없는 상황적 모순과 페이소스를 제공한다. 얼마 후 그는 그녀의 무릎에서 조용히 숨을 거둔다. 「낮잠」은 노인 문제를 단순히 '외로워서' 재혼을 하는 수준에서 벗어나 노년의 삶 자체에 무게를 두었다. 특히 건강과 경세적 측변에서 다루었다. 노년에 닥칠 예기지 못한 건강상의 문제, 그 건강 분제를 해결할 경제력과 대책 등이 사랑이라는 것과 어울린다. 건강과 경제는 현실이고 사랑은 이상이다. 그 둘은 따로 떼어놓고 살필 문제가 아니라 같이 돌아봐야 할 문제임을 제시한다. 그래서 노년의 사랑이 아니고 노년의 삶이며 노인애를 넘어선 인간애로 가야 함을 강조한다.

황혼 재혼이 늘어나는 추세에 비한다면 문학적 글쓰기는 적다고 본다. 젊은 사람이 쓰기에는 농익은 맛이 덜할 것이고 중·장·노년의 작가가 이를 다룬다면 경험을 통한 깊이 있는 성찰이 나오리라 생각한다. 그와 함께 황혼 재혼의 구체적 배경 사유와 향후 생길 수 있는 문제까지 다루었으면 한다. 예를 든다면 황혼 재혼 후 생기는 자녀 간의 갈등, 부부 갈등, 재산 문제, 건강 문제, 한 쪽이 사망 후 남겨진 한 쪽에 대한 문제 등을 현실적인 사례를 통해 문학적 글쓰기가 나올 때라고 본다.

신문활용교육에서 이런 문제는 교과 과정과 함께 많이 다루는 부분이다. 노령화, 고령화 사회의 배경을 파악한 후 그 사실이 사회 구성원들에게 미치는 영향과 함께 노년의 삶을 어떻게 준비해야 하는지 등을 살핀다. 이를 통해 이런 현상이 앞서 말한 평균 수명의 증가로 인한 것으로 노년의 사랑도 젊은 층과 다르지 않다는 것, 노인의 사랑과 성도 존중받아야 하고 필요하다는 것을 알게 된다.

4) 재혼의 허상과 결혼의 붕괴

어렵게 성취한 재혼이나 황혼재혼이 끝까지 가는 경우도 많지만 중간에 파경을 맞는 경우도 많다. 재혼 가족은 성원들의 역할이 혼란에 빠지고 적응상의 문제로 어려움을 겪는다. 상담소를 이용한 재혼 부부의 62.7%가 부부 갈등 문제로 상담을 요청했다는 사실을 볼 때 재혼가족의 구조와 관계상이 복잡성으로 인해 어려움이 많다는 것을 알 수 있으며 가족 해체 위험성이 크다고 할 수 있다.[173]

한국가정법률상담소를 찾은 재혼 남성의 경우 40%가 재혼 후 3년 안에 파탄을 맞고 있어 여성의 21.5%보다 훨씬 높다. 6개월 미만 파경도 10.5%를 차지한다. 재혼한 여성을 온전한 아내라기보다 집안일을 맡아줄 '주부'로 여기는 경향이 강해 '자녀양육 전권'이나 '경제권을 넘겨주지 않는' 게 주요 원인으로 꼽힌다.[174]

---

173) 정현숙 외, 「재혼가족의 실태 및 재혼생활의 질에 대한 연구」, 『대한가정학회지』 38호(4), p. 1 - 20참고.

재혼부부 파경 역시 법률상 「기타 사유」로 분류된 사례가 44˙3%로 가장 많았다. 여자의 경우, ‘배우자의 폭언 − 폭행’(12˙7%), ‘생활 무능력’(12˙0%), ‘시댁과 갈등’(8˙5%), ‘주벽’(7˙9%)이 주된 원인이었다. 남자들은 ‘여자의 질병’(16˙0%), ‘빚’(12˙0%), ‘무시 − 모욕적 언사’(12˙05), ‘성격차’(10˙0%), ‘불성실 − 무책임’(6˙0%)을 들었다. 가정법률상담소 곽배희(51 · 여)부소장은 “재혼은 사랑보다 조건을 따져 결합한 경우가 많기 때문에 사소한 건강 문제만으로도 헤어지는 경향이 있다”며 “초혼에 비해 재혼부부는 아무래도 애정이 덜한 것 같다”고 말했다. 175)

재혼 가족은 여러 가지 복잡한 구조가 있지만 초혼보다는 재혼의 이혼율이 더 높은 것으로 나타나고 있다. 재혼이 깨지기 쉬운 이유 중의 하나는 재혼에 대해 높은 기대치를 갖고 있어 새 결혼을 쉽게 해체할 수 있다는 점과 재혼 당사자들이 이혼을 갈등의 해결책으로 쉽게 생각하기 때문이라고 하였고176) 재혼자들이 심리적이며 행동적인 문제를 가지고 있을 가능성이 크기 때문이라고도 하였다.177) 재혼 후 만족도도 초혼 때처럼 결혼 기간이 지나면서 감소하는 것으로 보고된다. 이런 여러 가지가 결국 재이혼을 결정하게 히는 요소로 작용된다.

---

174) 조선일보, 1996,5, 17, 30면.

175) 조선일보, 1997. 9. 30. 34면.

176) Furstenberg, F., Jr., & Spanier, G.(1984). *Recycling the family. Remarrige after divorce.* Beverly Hills. C. A : Sage.

177) Brody, G. Neubaum, E., & Forehand, R.(1988). *Seriel marriage : A heuristic analysis of an emerging family.*

(1) 계급차의 불안성

『수수밭으로 오세요』의 필순이는 애초부터 계급의 차이를 안고 출발한데서 그 불안성을 느낀다. 부유한 자/가난한 자, 지식인/노동자로 대변하는 그 차이는 끝내 벽을 깨지 못하고 만다. 이런 이분화 된 갈등 구도는 이섭과 필순이 평안할 수 없는 관계임을 암시한다. 곳곳에 필순을 무시하는 폭언이 나온다. "너, 그리고 말버릇 좀 고쳐라. 아무리 화가 난다고 아무데서나 막말하는 버릇 말야. 앞으로는 병원에 절대 나오지 마. 또 무슨 일이 터질까 겁난다."(114) 라며 막말도 한다. '가난을 선택한 사람들의 모임'을 결성해 '생태주의'를 공부하지만 정작 옆에 있는 가난한 사람은 외면한다. 가난과 고통의 실체를 모른 채 지식인의 허위의식에 사로잡힌 이섭에게 파경의 책임이 있다.[178]

> "당신이 이해할 수 있을지는 모르지만 '가난을 선택한 사람들의 모임'이라고 있어."
> "농사짓는 사람들이야?"
> "농사도 짓고 그림 그리는 사람, 영후 씨, 교사, 공무원, 아참, 목사도 있다."
> "정말 웃긴다. 세상 사람들 모두 부자로 못 살아서 안달인데 뭐하러 가난하게 살려고 애를 써?"
> "우리가 지향하는 거는 그러니까 절대적인 가난이 아니라 선택적인 가난이야. 간단히 말하면 세상에 좀 죄를 덜 짓고 살자 그거지."
> "그 사람들 그러면 언제 한번 가난하게 살아나 봤대? 가난이 뭔지 알고나 가난하라고 해."
> "번데기 앞에서 주름이나 잡지 말라고 해. 가난? 그 징글징글

---

178) 백지연, 「페넬로페의 복화술」, 『창작과 비평』, 2002. 봄, p. 287.

한 가난을 선택하신다고?"(112 - 113)

가난을 경험한 필순에게 취미처럼 가난을 선택하려는 지식인은 위선에 불과하다. 실제로 가난을 경험한 필순을 그 모임에 데려가지 못하면서 이섭은 자신이 속한 지식인 사회에 쉽게 편입하지 못하는 아내를 경원시한다. 반말을 쓰다가 존댓말을 쓰기도 하고 집에 들어가지 않으면서 연락도 잘 안한다.

이섭의 동료로 나오는 전병순 일가 모습도 그렇다. 가난을 경험하지도 않았고 무엇인지도 모르면서 가난하고 소박한 삶을 살겠다는 지식인의 행태는 필순의 눈에 우습다. 은자에게 책읽기를 권유하며 진정한 아름다움은 정신에서 나오는 것이라고 설교했던 속셈학원 원장이 졸렬한 '바람둥이'였다는 사실에서 작가가 보는 '돈 있고 배운'사람들의 작태를 읽을 수 있다.

또한 재혼한 남편들은 쉽게 '경제권'을 아내에게 주지 못한다. 이섭도 그렇다. 필순은 돈을 남편에게 타다 쓴다. 경제권을 넘기지 못한다는 것은 완전히 믿지 못함이다, 믿지 못하는데 부부간의 신뢰는 어떻게 이룰 수 있겠는가. 단지 아이 엄마나 집안 살림 해주는 '주부'에 불과하다. 이는 불평등한 수직 관계를 의미하지 평등한 수평 관계가 아니다.

아니, 차라리 서울 간다는 말 하기는 쉽다. 무엇보다 하기 힘든 것은 돈 얘기다. 생활비로 이섭에게서 받은 돈이 월말이 다가오는 지금 거의 바닥이 드러난 상태다. 리스로 샀다는 시설비용 물어줘야 하고 간호사들 월급 챙겨줘야 하고 병원세 물어줘야 하는 이섭도 월말이면 애가 탄다는 걸 아는 터라 말하기가 씨종자 밥해 먹자는 소리만큼이나 어렵다. 이섭은 필순을 보자마자 얼굴이 찌푸려진다.

　(중략)

　"가봐야 알겠지만 오늘하고 내일, 한 이틀 걸리지 않겠어요?"
　이섭에게서 돈을 받는데 입에서는 저절로 존댓말이 나오고 있다. 이렇게 돈을 주시니 참 감사합니다, 란 말이 안 나온 게 다행이다.(122 - 123)

　경제적 독립은 인간의 존엄성을 지키기 위해서도 중요하다. 그것이 안 되니 이섭에게 당당할 수 없고 굴욕적인 태도의 이섭에게 저항하지 못한다. 단지 지식인/노동자의 이념적이고 이분법적인 갈등을 넘어서 가장 현실적인 경제권/비경제권의 문제도 살펴야 한다. 이혼하자는 이섭의 말에 필순은 "언제 한번 이렇게 편하게 살아본 적 없어, 내가."라며 경제적으로 두려운 부분을 고백한다.

　이런 필순에게 결국 이섭은 지식인의 위선과 한계를 드러낸다. '가난을 선택한 사람들의 모임'을 통해 가난을 선택해 보고 싶었던 이섭은, 생활을 걱정하며 삶을 걱정하는 가난한 아내를, "구제불능", "상종을 못하는"여인으로 치부해버린다.

　필순의 생각이나 환경을 존중할 줄 모르는 이섭은 결국 자신의 한계를 털어 놓는다. 계급의 차이에서 오는 사고의 차이, 그것을 스스로 인정한다. 그러면서 도피할 궁리를 한다. 그런 이섭에게 필순은 집에 놀러왔다 가는 손님처럼 "잘가요"하며 보낸다. 그들에게는 처음부터 부부의 모습은 보이지 않았다. 그저 오다가다 만난 손님일 뿐이었다.

　"당신이 힘든 건 당신이 자초한 일이야."
　"난 더 이상 당신의 생활방식에 일방적으로 나를 맞출 수가 없어."

　　“우린 사고방식, 그 사고방식으로부터 오는 생활방식, 취향, 성격, 이상, 그 어느 것도 서로 맞지 않 아. 무엇보다 난 당신이 벌여놓은 일 뒤치다꺼리해주는 사람이 아니야. 그럴 능력도 없 어”(210－211)

　　필순도 결국 재혼 3년 안에 재이혼 한다. 남편의 직접적인 폭행을 당하지는 않았지만 폭행 이상의 무관심과 무시를 견디지 못하고 헤어진다. 이는 필순의 잘못이라기보다는 가난과 가난한 계층의 삶을 ‘취미’로 알고는 있지만 절대로 ‘이해’하지 못하는 지식인의 계급의식 때문이다. 공선옥 작가 자신의 말처럼 “지식인과의 결합이란 환상에 불과”했을 뿐이다. 매체 글과 소설의 공통점을 잘 볼 수 있는 부분이다.

(2) 시댁과의 평행선

　　결혼은 개인과 개인의 결합이기에 앞서 가족과 가족의 결합이다. 그래서 비슷한 계층끼리 하는 것이고 비슷한 사람끼리 한다. 여기에 예외는 있기 마련이다. 그 특수한 예가 가족의 불화를 조성하는 단초를 제공한다. 『수수밭으로 오세요』에 나오는 지식인/노동자, 이혼녀/총각, 부유한 자/가난한 자 등이 여기에 해당된다. 자신들의 울타리에 부조화된 사람을 들여놓기를 꺼려한다. 그러다 보니 불협화음이 생기고 시간이 가면 이혼하게 된다. “결혼이라는게 사실 너하고 나하고만 좋다고 되는 건 아니잖니. 우리 한국사회에서는 말야”란 이섭의 말에서 견고한 편견을 본다. 기사 글에서 재혼할 때도 경제력과 외모 등 비슷한 계층의 사람을 원하는 것으로 나온 것처럼 문학적 글쓰기에서도 그렇지 못한 이유로 파탄이 나는 전형이다.

　　필순은 처음부터 이섭가의 울타리에 어울리는 며느리가 아니었다.

과부 언니, 장애인인 오빠, 밤무대 가수 동생, 능력 없는 엄마가 다인 필순네 가족은 그들에게 부조화의 인물이다. 아들이 좋다고 해서 모른 척 하고 있을 뿐이었다. 그래서 재혼식 때도 시집 식구들은 아무도 오지 않았고 친구들만 참석했다. 아들 산이 돌날 부조화의 가족은 상봉한다. 행여 며느리로 인정받을까 하지만 '그들만의 리그'에서 여전히 필순은 이방인이다. 수박 산다는 핑계로 이섭 식구는 다 나가버린다. 그래서 '음식상'은 꼭 '제사상'이 되어버린다. 이방인인 필순의 모습은 서울 시집에 가면서 극대화된다. 시어머니는 목말라하는 화초에 물을 주지만 정작 사랑에 목말라하는 며느리 필순에게는 상처 외에 아무것도 주지 않는다.

> "다시 한 번 말하지만, 난 첨부터 댁을 며느리로 생각한 적 없어요. 오해하고 있을지 몰라서 하는 소린데, 내가 산이 돌 때 간 것도 실은 댁을 며느리로 생각해서 간 게 아니구, 아들하고 아들이 낳은 애기를 보고 간 거라구. 댁을 보고 간 게 결코 아니라는 거, 알지요? 그러니 당최 나한테 와서 무슨 말 하려들지 말아요."(『수수밭으로 오세요』, 257)

그러면서 이혼의 대가로 돈을 주려고 한다. 돈이면 다 된다는 식의 논리는 결국 책임 없는 흥정에 불과하다. 그것이 허울 좋은 지식인의 해결방법임을 작가는 꼬집고 있다.

> "우리 이섭이가 돈 안 줬어? 우리 애가 그럴 애가 아니지. 돈 받았으면 구질구질하게 더 끌지 말고 깨끗하게 정리하는 게 서로에게 좋아, 안 그래요? 내 딱해서 충고 하나 하겠는데, 아까도 말했지만, 남녀가 정리할 때는 애 가지고, 돈 가지고 흥정하고 그러면 그것처럼 추한 게 없어. 결론적으로 아줌마만 추해져, 알아

요? 내 입에서 같은 말 자꾸 나오게 하지 말고 애 맡기 싫으면 두
고 어서 가라구.”(『수수밭으로 오세요』,261)

추해지지 말라면서 가장 추한 방법으로 흥정하고 며느리한테 ‘아줌
마’란 거침없는 호칭을 붙임은 결코 이방인을 제 울타리로 들여보내지
않겠다는 의도이다. 계급차가 나지는 않지만 시집과의 갈등은 「어린
부처」의 문희에게도 보인다. 문희와 시집과의 갈등은 문희가 이혼녀
에 애가 딸린 여자라는데 있다. 그것은 늘 꼬리표처럼 두 부부에게 따
라다닌다. 자신들이 이혼하러 법원에 온 것이 “당신 어머니”때문이라
고 서슴없이 말한다. 그 이면에는 일차적으로 남편에 대한 원망이 있
다.

시댁으로부터 환영받지 못할 며느리라는 걸 알기는 알았지만
문제는 바로 남편 정세환이 아닐까. 그는 시어머니를 위시한 시
댁 식구들에게서 문희가 받는 냉대, 질시, 배척, 소외, 억압, 모멸
따위들에 대한 방패막이가 되어 주지 못했다. 바로 그것이 문희
를 화나게 했다.
“당신은 당신 식구들로부터 나를, 당신의 아내를 보호해야 할
의무가 있어.”(「어린 부처」,73)

시집과의 갈등은 세환도 인정한다. 그래서 이런 상황이 오기까지는
“우리 어머니와 너희 엄마와의 사이가 좋지 않았던 것으로 시작되었
다”라고 말한다. 아내와 시집과의 갈등에서 남편은 중간자적 입장일
수밖에 없다. 누구의 편도 들 수 없다. 남편에게는 그것도 고통이다. 이
섭은 중간에서 필순과 어머니와의 화해를 전혀 시도하지 않았다. 오히
려 그렇게 되도록 방치했다. 세환은 그저 도리만 강조했다. 누구의 남

편도 아내 편에 서서 시집과 갈등이 있을 때 보호막이 되어 주지 못했다. 결국 남편이 책임을 다하지 못한 것이 재이혼을 하게 한 원인임을 알 수 있다.

(3) 모성과 부성의 교차

'여자는 약하지만 어머니는 강하다'는 말이 있다. 공선옥 소설에서 실감나게 묘사되는 부분은 바로 아이를 건사하는 어미의 모습이다. 아이들 배고플까봐 밥이 보이면 밥부터 먹이고 우는 아이들 달래고 씻기고 하는 어미의 고단한 일상은 그녀 소설의 친근한 장면이다. 전 남편 아들 한수, 현재 남편 아들 산이, 친구인 은자 딸 소란이와 소정이, 엄마가 누군지도 모르는 봄이까지 맡는 장면은 제정신인지 의심이 들만큼 정겹다. 이는 모성의 본능으로 핏줄을 넘어선 어린 생명을 끌어안는 어미의 절박한 마음이다. 계자녀 한수에 대한 어정쩡함을 시작으로 필순이 어미 잃은 '새끼'들을 대책 없이 껴안는 것에서 이섭은 필순과 멀어지기 시작한다. 이섭은 애들보다는 부부관계를 더 중시한 인물이다. 애들만 챙기는 필순에게도 문제가 있었던 것은 사실이지만 옆집 사람 정병순의 말에서 지식인들은 남의 애보다 자기 울타리가 더 중요함을 볼 수 있다.

> 전병순은 말했다. 결혼하면 가정이 부부 중심이어야 하는데 혹시 강필순씨가 부부 중심이어야 할 가정을 아이들 중심으로 꾸려온 측면이 있지 않느냐, 그런 점이 심이섭 씨가 서운했던 것이 아닐까. 그리고 그 여자는 덧붙였다.
> "한국 남자들이 다 그래요. 자기가 먹여 살리는 집안 식구들이 자기를 왕처럼 떠받들어주길 원하죠. 그것이 충족 안 되면 밖으

로 나돌게 되기도 한다더군요. 팔십년대 민주화운동 했던 남자들도 결혼해서 아이 낳고 살면 뿌리 깊은 가부장적 의식으로부터 한 발짝도 더 나아가지 않는 전근대적인 모습을 보인다고 하더라구요. 우리 사회가 실은 남녀관계, 혹은 부부관계에 있어서는 그러니까 봉건시대로부터 단."(『수수밭으로 오세요』,250)

어머니 노릇에 대한 묘사가 지나치리만큼 자신감과 저돌성을 갖고 있는 반면 가정을 이룬 아내와 남편의 갈등은 여성 화자의 입장에서 일방적으로 그려진다. 즉 필순의 눈으로 보 재혼가정의 갈등은 아버지 노릇을 거부하는 이기적인 이섭으로부터 출발한다. 모성은 지나치리만큼 따뜻한 껴안기를 하는 반면 부성은 비정하고 냉정하다. 그러나 이런 불공평한 묘사는 말미에 '홀로 어멈'되기의 과정이다.

아버지하고의 나들이는 없다. 엄마하고 아이들의 나들이만 나온다. 그 풍경은 정겹다. "아버지는 아저씨였을 때 좋았다가 아빠였을 때부터 싫어졌고 아버지라고 부를 때부터 무서워졌다고"(87)말하는 한수에게서 아버지는 있으되 부성이 존재하지 않음을 본다. 이섭은 의붓자식에게도 그렇고 자기 자식에게도 냉랭하다. "이것저것 다 있어도 엄마 없으면 불쌍"하기에 아버지가 실 사리는 너 없나. 보성은 단순한 희생이 아니다. 굴곡 된 절망까지도 희망으로 순치시켜야 한다. 남편이 떠나고 난 후 다섯 애들을 껴안고 필순은 말한다.

친구도 가고 남편도 가고 남은 건 아이들뿐이다. 아이들이 있어서 좋은 건지 나쁜 건지, 그리고 떠나지 못해서 안 떠나고 있는지는 모를 일이다. 그러나 확실한 건 제 곁에 있는 건 아이들뿐이라는 사실, 그것 하나뿐이다. 저희들 목숨 의탁할 사람이 이 세상에서 강필순이라는 사람 단 하나뿐이라는 사실이, 그 아이들 보호해줄 어른이 이 세상에서 자기 한 사람뿐이라는 사실이 필순

을 서럽게도 하고 기쁘게도 한다.(『수수밭으로 오세요』,224)

이처럼 모성은 슬프기도 하고 비장감까지 느끼게 하는 것이다. 이런 비장감의 모성이 냉정한 부정과 어떻게 상생할 수 있을까. 결국 재이혼 사유가 필순은 배우자의 폭언, 시댁과의 갈등이 주원인이었고, 이섭은 모욕적적 언사, 무책임, 성격차로 파경을 맞았다고 볼 수 있다. 그러나 필순은 처음에 이혼을 절망하지만 모성으로 절망을 희망으로 바꾼다.

재혼가족은 문제 해결력이나 대화 체계에 있어 어느 정도 비효과적이고 응집력이 약화되어 있다. 그러나 재혼에 대한 긍정적 사고가 형성되지 못한 사회 분위기가 편견과 고정관념을 만들어 긍정적인 재혼가족의 발전을 저해하는 것도 있다. 현재 같은 총각 처녀가 만나 그들의 자녀를 낳은 단순한 핵가족의 원리를 여기에 그대로 적용하는 것은 무리가 있다. 또 근원적인 본질을 보지 않고 단순히 발생한 문제 중심적으로 접근하는 것도 문제가 있다.

오늘날 학자 가운데는 '쌍핵가족(binuclear families)'을 언급하는 사람이 있다.179) 쌍핵가족이란 이혼 후 탄생된 두 가구가 새로이 하나의 가족 체계를 구성하여 자녀들과 함께 한 가족 식구가 되는 경우를 의미한다. 이렇게 형성된 가족은 전보다 훨씬 포괄적인 가족형태를 띠게 된다. 결국 결혼은 이혼으로 가족이 해체되지만 전체로서의 가족은 해체되지 않는다고 볼 수 있다. 재이혼율이 점점 늘어나고 이혼 사유도 많아지는 현상을 매체 글에서 확인하고 있는데 문학적 글쓰기에서는 구체적이고 현상적인 내용을 다룬 것이 적다는 점이 안타깝다.

---

179) 기든스, 앞의 책, p. 182.

앞서 살펴 보았듯이 이혼이 증가하는 만큼 재혼도 증가하는 것이 현재 상황이다. 전체 혼인 중 1/4이 재혼이고 주 대상층은 30대란 통계다. 또한 사별이나 이혼 후 재혼하는 주기가 빨라지고 있다. 이는 '평생에 한 번'이라는 결혼에 대한 가치관이 변하면서 생긴 것이다. 서구에서는 남성의 재혼이 여성보다 많다고 했지만 우리나라에서는 여성의 재혼이 더 많았다. 재혼의 이유가 '외로움', '자녀 양육'이 많았는데 남성은 재혼 때 여성 쪽 자녀양육에 부정적이었다. 이런 문제는 문학적 글쓰기에서도 그대로 드러난다. 그래서 여성은 재혼시 모성/여성의 양가적 입장에서 고민해야 했다. 신문 콘텐츠에서는 여성적 재혼이 많았던 반면 문학적 글쓰기에서는 처음에는 여성적 재혼이었다가 모성적 재혼으로 전환된다.

전통적인 재혼은 재혼남 – 초혼녀였지만 지금은 재혼녀 – 초혼남이 증가하고 있다. 이에 대해 문학적 글쓰기는 기사처럼 현실성을 많이 보여주었다. 그러나 주위의 편견이나 자신의 가치관 극복에는 한계가 있었다. 재혼시 발생하는 성(姓)의 문제, 다른 가족와의 동화 문제 같은 현실적인 문제를 기사는 보여주고 있는 반면 문학적 글쓰기에서는 심도있게 다루지 못했다. 새혼 중 20%를 차지하는 '황혼 재혼' 관련 소설은 2000년대 들어 많이 나오기 시작했다. 재혼 관련 소설은 남성보다 여성이 많이 형상화했는데 황혼 재혼에서는 중년의 남성 작가가 문학적 글쓰기를 통해 노년애와 인간애를 다룬 점이 특이할 만하다.

Ⅳ. 결혼 담론의 NIE적 의미

이 시대는 사회 변화가 빨라지고 체계가 복잡하면 할수록 그 구성원들의 가치관도 다양해지고 새로운 담론이 형성된다는 사실을 실증적으로 보여주고 있다. 담론은 생각할 수 있는 능력이나 힘을 의미하지만 담론이란 말의 의의는 '권력효과를 갖는 말과 글의 흐름과 쓰임'으로 정의할 수 있다.[1]

이런 담론의 성격은 신문활용교육(NIE)에서 중요한 위치를 갖는다. 신문활용교육이 단순히 교과서적인 지식을 갖는 것이 아니고 구성원들의 발언으로 집적되고 체계화되어 생신 비판적인 사고력과 창의적인 생각을 요하기 때문이다. 이와 같은 사고력과 창의력은 교과서를 기본으로 하여 신문 콘텐츠에 나타난 정보를 수용하여 이루어질 때 가장 효과적이다. 모든 지식의 기본은 교과서이고 이를 전제로 신문활용교육은 이루어진다. 때문에 교과서와 연계해 수업할 경우 신문활용교육은 더 효과적이다. 문학 교육을 하면 문학 교재가 되고, 철학 교육을 하면 철학 교재가 되는 것이 신문 콘텐츠이다. 그래서 신문활용교육은

---

1) 김성곤 외, 『21세기 문화 키워드 100』, 한국출판마케팅연구소, 2003, p 55.

담론의 통합 교육이 될 수 있다.

　현대 소설과 관련한 문학 교육의 목적은 문학의 인지적, 정의적 소통을 통하여 바람직한 인간이 되게 하는 데 있다. 산업화 되고 정보화 시대가 되면서 세계는 해체되고 인간/자연, 인간/인간, 인간/초자연 간의 갈등은 깊어졌다. 인간의 삶과 역사에서 소중한 인문학적 덕목인 우정·신의·정의·사랑 등 본질적인 가치는 훼손되고 전략적·기술적 인간관계가 숭상되는 도도한 실용주의 사회의 역천적 현상에 응전하는데 문학 교육은 기여한다.[2] 이런 사유의 틀안에서 문학 교육과 신문활용교육은 같은 궤를 함께 하게 되는 것은 신문 콘텐츠 자체가 인문·사회적 담론의 소통 구조로 조직되어 있기 때문이다.

　결혼에 대한 담론은 원시시대 이후 가족제도의 진화과정을 통해 자연스럽게 출현되었을 것이다. 그러나 장구한 시대의 변천은 재래의 전통적 결혼관에 지각변동을 일으켰으며, 가장 큰 변화는 본질적으로 사랑이 바탕 되었던 결혼이 갈수록 조건에 의해 좌우된다는 것이다. 돈이나 신분, 외모, 성 등이 본질적인 사랑을 제치고 중요하게 대두되고 있다. 기존의 전통적인 남성성과 여성성을 부정하고 새로운 남성성과 여성성이 제기된다. 직장과 일이라는 남성성과 가정과 양육이라는 여성성이 둘 다 양립하든지 남성역할을 여성이 하든지 하는 방향으로 바뀌고 있다. 그와 함께 생물학적인 성(남성/여성)이 사회적 성(gender)으로도 변하고 있다.

　신문활용교육에서는 이런 사례가 많이 활용된다. 신데렐라 형과 온달 형, 연상녀와 연하남(르메 커플), 외모 지상주의(lookism), 성 정체성의 확인인 동성애 등을 보면서 전통적인 결혼관이 진화한다는 것을 알

---

2) 김봉군, 『현대 문학의 쟁점 과제와 문학 교육』, 새문사, 2005, p. 55.

수 있다. 그러나 중요한 것은 단지 현상만을 보는 게 아니고 결혼관이 왜 이렇게 진화·변화하는지 그 근원적인 이유를 캐나가야 한다. 여성의 교육 기회가 많아지고 사회 진출이 늘어나면서 남성과 여성의 성역할 변화가 주요한 요인이라고 볼 수 있다. 피임 방법의 혁신적인 변화가 여성의 행동반경을 확장시켰다고 볼 수도 있을 것이며, 가전 제품이나 각종 기구류의 발명이 여성을 가사와 육아로부터 해방시켰기 때문이라고 말할 수 있다. 그와 함께 미래에는 결혼관이 어떻게 변할지 현재를 바탕으로 추측할 수도 있다. 문학적 글쓰기는 이런 현상에 대한 근원적인 물음을 던짐으로써 물질 문명의 변화 못지 않게 심화된 정신세계로 이끄는 안내자의 역할을 수행하는 것이다.

한 번 결혼하면 죽을 때까지 살아야 한다는 전통적인 결혼관의 급격한 변화도 의미있게 봐야 한다. 이는 사회 단위의 기본 지위를 누려온 가족의 해체를 예고하는 의미를 부여한다. 가부장적인 제도하에서 살던 여성이 가족의 구성 틀을 벗어나 혼자만의 삶을 추구하는 단계에 이르렀다. 이는 교육으로 경제력을 갖춘 여성의 정체성 찾기이며 홀로서기와 같은 의미를 갖고 있다. 그러나 그 이면에 있는 가족 해체의 문제점을 파악해야 한다. 개인과 사회의 삶 속에서 어떤 가치를 먼저 추구할 것인지를 생각해봐야 한다. 신문활용교육은 풍부한 사례를 통해 이런 점에 초점을 맞추어 가치관의 변화를 수용하되 바람직한 대안을 제시해 건강한 사회가 되도록 계몽의 성격도 갖고 있다.

이러한 가족 해체는 또 다른 가족구성의 기회를 제공한다. 종래의 생물학적 부모와 형제의 관계에 종속되지 않고 사회적 부모와 형제가 될 수 있는 기회가 열린 것이다. 이것은 명백히 전통적인 혈연관계의 가족관의 변화에 해당한다. 신문 콘텐츠 속에는 이런 사례가 주종을 이룬다. 가족의 해체와 재구성이 주는 의미, 사회 구성원들의 사고의 투영 등이 지속적으로 소개된다. 이런 사례를 신문활용교육에 사용하면 급변하는 사회에 있어서 가족의 의미를 되짚어 볼 수 있는 기회를 갖게 된다.

　신문활용교육은 현재의 것을 탐구하고 응전해 나가는 것 못지않게 변화·진화하는 새로운 담론과 교육에 대한 도전의 방식으로서의 특성을 지닌다. 늘 새로운 것이 소개되고 그를 통해 사회 구성원들이 생각하는 바를 알고 추구해야 할 방향을 잡는 것이다. 옳고 그름을 떠나 자본주의 사회의 조건만 찾는 결혼관, 가족 해체의 증가, 사회적 성의 부모 형제 등은 새로운 가치관으로 자리잡은지 오래이다. 신문활용교육은 이처럼 윤리의식과 윤리의식에 위배된다는 것을 전제로 시작하지만 윤리의식에 반하지 않고 서로 살아가도록 하는데 목표를 둔다. 즉 결과 중심이 아니고 과정 중심의 교육인 것이다. 목표 지향점은 같되 과정에서 다양한 사례를 통해 비판적인 사고를 하도록 하는 것이다. 문학적 글쓰기도 답을 내는 경우도 있지만 독자의 판단에 맡기는 경향이 많다. 현대 사회의 변화와 속도가 빠르고 다양한 가치가 대립되어 어느 한 쪽의 입장만 대변하기 어려운 점이 있는 것이 현실이다.

　결혼관과 관련한 신문활용교육은 개인의 가치관과 관련한 변화·진화의 내용도 중요하지만 결과적으로 그것이 앞으로 사회 구성원들에게 어떤 영향을 미치는가에 더 큰 의미를 둔다. 그러므로 이렇듯 변하는 가치관을 수용하고 이를 구성원들에게 적용하는 것은 바람직한 사회를 만드는데 중요한 의미를 지닌다. 새로운 결혼관은 개인이 만들어낸 것에서 시작해 사회적 유기물로 확대·재생산 된다. 그 근저에는 문학적 글쓰기와 함께 신문이란 매개체, 즉 신문 콘텐츠 속 정보의 가치가 중요함을 인식시켜 주고 있는 것이다.

V. 결론

본고는 신문 콘텐츠를 통해 애정관과 관련한 현대소설을 '결혼', '이혼', '재혼'으로 나누어 읽고 비교해 보았다. 기사를 중심으로 사진·광고·만화 및 시각자료에 나타난 사실의 현상을 읽고 문학적 글쓰기에서는 어떻게 형상화되어 있는지를 살폈다. 그 과정에서 당대성과 문학이 추구하고 있는 현재를 볼 수 있었다.

신문 콘텐츠와 문학적 글쓰기가 문자를 통한 기록이라는 공통점을 포함한 것 외에도 당대성, 현재 진행성, 일상성의 특징이 있음은 밝혔다. 신문은 무엇인가를 알려주지민 알리는 그 자체가 목적이 아니라 '관계'를 맺는 타인과의 의사소통의 통로다. 세계 곳곳에서 일어난 인간의 살아 있는 모습, 그 모습을 통해 본 세상을 바라보는 다양한 시각을 갖게 한다. 이것이 당대성이다.

신문의 기사나 문학적 글쓰기는 앞에서 말한 사람 사이의 관계를 보여주는 인간학과 그것이 왜 생기고 앞으로 어떻게 변할지를 예측 가능하게 하는 사회학의 측면으로도 볼 수 있다. 문학은 '현실 인식'에서 비롯되어야 하는데 대중매체에 실린 정보만큼 현실적인 문제는 없다. 어제 일어난 일이 오늘도 내일도 일어나는 현재 진행성을 지닌다. 일상성은 신문에는 대부분 모든 사람들이 접할 수 있는 다양한 영역의 사실이 실린다는 것이다. 성별, 계급, 인종, 나라 등 다양한 사건과 사람의 목소리가 게재된다. 이를 바탕으로 신문 콘텐츠와 문학적 글쓰기를 비교하면 다음과 같이 정리될 수 있다.

결혼할 때 사랑보다는 조건이 우선시되는 사회가 되었다. 남성에 대한 여성의 결혼 조건은 '경제력'과 '학벌', '외모'가 으뜸이었다. 이를 바탕으로 '신데렐라'가 되고 싶은 여성, 경제적으로 안정을 추구하는 여성들은 경제력 없는 남성과는 결혼 자체를 생각하지 않았다. 이 과정에서 외모가 하나의 상품이 되는 외모 지상주의(루키즘)가 생성되었다. 이와 함께 남성도 남성다움에서 벗어나 이제는 여성과 처가에 기대고 싶은 '온달'이 늘어나면서 친가보다는 외가에 친숙한 사회로 이동이 예상된다.

새로운 현상으로 연하남과 연상녀의 르메 커플이 있다. 이는 경제적으로 편하게 살고 싶은 남성의 가치관과 평등하게 살고 싶은 여성의 가치관이 맞아떨어지면서 생긴 현상이다. 동성애 부분에서는 성의 정체성과 개인별 성 취향이 다름을 사회가 어느 정도 인정하고 받아들이는데 비해 문학적 글쓰기는 부족하다. 결혼제도와 관련한 문학적 글쓰기 중에서 서구와 비교해 볼 때 우리 나라가 가장 미흡한 게 동성애 부분이다. 기사 글을 통해 본 사실은 서구에서는 부부로 인정되고 법으로까지 그들의 권리를 인정하고 있는데 우리는 아직도 음성적인 부분이 많은 것으로 나타났다. 이는 아직 사회 구성원들이 이 문제에 대해 보수적인 입장임을 알게 한다. 이런 이유로 동성애는 결혼까지 가는 경우보다 동거나 사귀는 정도의 수준었다.

이혼은 30대, 아이 둘 딸린 부부, 결혼 5년 이내가 압도적으로 많이 했다. 주로 여성이 70% 가까이 먼저 제기했고 이혼사유는 '배우자 부정’, ‘성격차이’, ‘경제적인 어려움’이 컸다. 이 부분은 기사와 문학적 글쓰기가 많은 공통점이 있었다. 문학적 글쓰기는 여성이, 여성 입장에서 많이 다루었지만 여성/남성의 양가적 입장에서 남성작가가 다룬 작품이 나온 것은 고무적인 일이다. 신문 콘텐츠는 우리 나라가 세계 이혼 증가율 1위임을 소개하고 그로 인해 벌어진 현상과 앞으로 예측되는 문제까지 제시했다. 대표적인 예가 이혼한 부부사이에서 나타나는 자녀들의 양육문제, 성(性)문제 등을 제시했는데 문학적 글쓰기는 이런 부분이 약했다. 그러므로 경제적인 상실로 인한 가족해체 문제는 더 심도있게 다루어야 할 것으로 보인다.

사회적 이슈가 큰 것임에도 불구하고 다루지 않은 부분은 ‘황혼 이혼’이다. 노년에 이혼하는 60대 이상 노년층에서는 여성이 이혼을 많이 제기했다. 여성의 정체성을 인지하고 가부장제 하에서 받은 부당한 대우를 참지 않으려는 노인 여성이 늘면서 생긴 현상이다. 이는 90년대는 쉽게 허용되지 않았다가 2000년 대 들어서면서 법원으로부터 인정받고 있다.

부부긴의 성만족도는 부부만족도와 긴밀성이 높다는 결과를 확인했는데 성에 불만이 많을수록 부부관계도 불안해졌다. 이러한 현상은 결국 배우자 간의 외도를 낳았고 이혼하는 결과를 가져왔다. 외도는 전에는 남성 위주였다가 여성의 수가 증가하는 것으로 나타났다. 여성문학 역시 여성이 피해자라는 입장만 다루었지 남성이 피해를 보고 있는 측면은 다루지 않았다. 특히 남성의 외도는 일상성이고 여성의 외도는 불륜성으로 매도되는 ‘간통죄’문제는 시사하는 바가 크다. 신문 콘텐츠가 이혼에 대한 정보를 결혼보다 많이 제공했는데 문학적 글쓰기는 의외로 적었다.

‘재혼’은 일반적인 기간보다 많이 그리고 빨리 하는 것으로 나타났

다. 30대 여성이 많았고 5명당 1명이 재혼하는데 ‘외로움’, ‘경제적 어
려움’, ‘자녀 양육’의 이유였다. 전에는 여성의 재혼을 금기시하는 경
향이 있었으나 여성이 더 많이 하는 것으로 보아 여성의 가치관에 큰
변화가 옴을 알 수 있었다. 새로운 유형으로는 ‘재혼녀와 미혼남의 결
합’을 들 수 있다. 그것도 아이 딸린 재혼녀와 총각이 많다. 신문 콘텐
츠는 현황과 함께 변화 추이를 보여주지만 문학적 글쓰기는 현황에 비
해 많지 않았다. 문학적 글쓰기에서는 이 문제가 아직 실험대상 정도
였는데 특히 남성 작가의 소설은 찾지 못했다.

　가장 최근에 드러난 사회 현상이며 문학적 글쓰기가 형상화 된 것은
‘황혼 재혼’이다. 과학과 의학의 발달로 인해 인간 수명이 늘어나면서
고령화 사회로 이어지고 이와 함께 생기는 문제는 ‘황혼 이혼’이나 ‘황
혼 재혼’이다. ‘외롭고 쓸쓸해서’ 재혼하는 경우가 많은데 자녀들의 반
대가 있으나 점점 이해되는 추세다. 그와 함께 노인들의 성문제도 인
정하고 행복한 노년을 보낼 수 있는 방법의 제시가 있어야 한다. 황혼
의 이혼이나 재혼, 성 등은 젊은층과 조금도 다르지 않았다. 이와 함께
재이혼이 새로운 사회현상으로 대두되고 있는데 초혼 때보다 더 쉽게
빨리 하는 경향은 또 다른 사회문제를 야기시킬 것으로 예측되기 때문
에 작가들의 계몽이 많이 요구되는 부분였다.

　기든스의 사회학 이론이나 콜맨이 말한 남성이 여성보다 재혼을 빨
리 한다는 조사 결과가 우리나라에서는 맞지 않았다. 여성이 더 빨리
재혼하였다. 이를 놓고 볼 때 사회 현상이 우리가 생각한 것보다 더 빨
리 변하고 있음을 알 수 있었다.

　신문 콘텐츠와 현대 소설을 비교한 결과 세 가지 현상을 읽을 수 있
었다. 첫째는 현상과 문학적 글쓰기가 같이 일어나는 경우다. 둘째는
상상력으로 인한 문학적 글쓰기가 나온 후 사회현상이 발생하는 경우

다. 셋째는 현상은 있으나 문학적 글쓰기가 없는 경우다. 그러므로 현상은 있으나 문학적 글쓰기가 없는 경우는 작가의 사회 인식 차원에서 형상화하는 노력이 요구된다.

신문 활용 연구가 우리나라에 도입된 지 10여년이 지났다. 빠른 성장을 하고 있다고는 하지만 연구가 부족한 것은 사실이다. 학교 현장에서 주로 선생님들에 의해 교과 중심으로 연구되는 현황에서 이제 일반 대학의 인문학이나 사회학을 포함한 여러 학과에서 연구서가 나올 때이다. 다중 매체를 활용한 학습 방법이나 교수 방법은 앞으로도 더 많이 양산될 것이고 그러면 이에 대한 연구도 더 진행되리라 본다.

연구를 하면서 선행사례가 없는 관계로 사회 현상과 문학적 글쓰기 연관성에 대한 깊이 있는 연구가 부족했다. 다음 연구자에게 이런 방법이 있음을 제시하는 것으로 의의를 갖고 이 논문이 그런 연구의 한 초석이 되기를 바랄 뿐이다.

참고 문헌

1. 기본 자료 (소설)

공선옥, 『내 생의 알리바이』, 창비, 1998.

공선옥, 『수수밭으로 오세요』. 여성신문사, 2001.

공선옥, 『오지리에 두고 온 서른살』, 도서출판 삼신각, 2003.

공지영, 『무소의 뿔처럼 혼자서 가라』, 도서출판 푸른숲, 1998.

권여선, 「사랑을 믿다」, 『2008 이상 문학상 작품집』, 문학사상사, 2008.

김형경, 「민둥산에서의 하룻밤」, 『동인문학상 수상 작품집』, 조선일보사,
        1997.

박덕규, 『밥과 사랑』, 해토, 2004.

박민규, 「낮잠」, 『2008 이상문학상 수상작품집』, 문학사상사, 2008.

박완서, 『너무도 쓸쓸한 당신』, 창작과 비평사, 1998,

박완서, 「그리움을 위하여」, 『2001 현장비평가가 뽑은 올해의 좋은 소설』,
        현대문학, 2001.

송원희, 「사철꽃」, 한국소설, 2008. 7.

신경숙, 「그는 언제 오는가」, 『동인문학상 작품집』, 조선일보사, 1997.

양귀자, 『모순』, 살림출판사, 1998.

유순하, 『여자는 슬프다』, 민음사, 1994.

이경자, 『절반의 실패』, 동광출판사, 1989,

이남희, 『플라스틱 섹스』, 창작과비평사, 1998.

이만교, 『결혼은 미친 짓이다』, 민음사, 2000.

이윤기, 『진홍글씨』, 작가정신, 1988.

장정일, 『아담이 눈뜰 때』, 김영사, 1999.

전경린, 『언젠가 내가 돌아오면』, 이룸, 2006.

차봉희, 『수용미학이란 무엇인가』, 문학과 지성사, 1988.

하재봉, 「컬트 시대」, 『문학사상』, 문학사상사, 1999.

한강, 『그대의 차가운 손』, 문학과 지성사, 2002.

2. 기본 자료 (신문기사)

강남규, 재혼 상대방 자녀 "글쎄요…", 한겨레신문, 2000. 12. 13.

강수진, '죽어도 좋아'와 포르노의 다른 점, 동아일보, 2002, 4, 26, C8.

강지남·황진영, "再婚 쉬쉬 옛말", 동아일보, 2003. 3. 29. A26.

김광오, 전주 60세 이상 노인 "황혼 재혼 잘된 일" 44%, 동아일보, 2000, 10, 19, A26.

김수경, 3년도 못살고 이혼소송 내는 부부 전체 이혼소송 중 절반, 동아일보, 2003, 9, 24, 31.

김수경, 법원 "위헌 – 위법 소지 있다", 동아일보, 2003, 12, 22, 31.

김원배, '2004년 혼인·이혼 통계' 분석해보니…, 중앙일보, 2005, 3, 31, 1.

김은형, 보름간 동성애자 축제 열려, 한겨레신문, 2005, 5, 25, 2.1.

김일수, 간통죄 전면폐지 안된다, 동아일보, 2001, 11, 2, 7.

김종윤, '황혼 이혼' 급증, 중앙일보, 2005, 6, 22, 2.

김진경, 슈퍼우먼, 슈퍼아빠랑 바통터치!, 동아일보, 2003, 11, 14, A22.

김창규, 離婚 급증세… IMF 탓인가, 중앙일보, 1998, 5, 21, 26,

김호정, 성형 – 개인의 선택인가, 사회적 압박인가, 중앙일보, 2005, 12, 1, 29.

김현덕, "사랑과 배우자는 별개"…「조건」 따진다, 동아일보, 1993, 6, 20, 9.

민경배, 『신세대를 위한 사회학 나들이』, 퇴설당, 1995.

박성희, 한국 세대간 가치관 差 세계 최고, 조선일보, 1995, 6, 11, 18.

박원재, 초혼男 – 지혼女 결혼 급증, 동아일보, 2000, 7, 5, 30.

박정훈, 2010년 결혼적령 女100명에 南123명, 조선일보, 1997, 1, 9, 1.

박혜민, 결혼觀도 많이 달라졌네, 중앙일보, 2002, 6, 22, 39.

배유정, 남편과 아내의 동상이몽, 중앙일보, 2005, 11, 21, 30.

변상근, 미모와 고용차별, 중앙일보, 1994, 12, 29, 26.

분수대, 재혼녀와 초혼남, 중앙일보, 1998, 7, 4, 6.

사설, 해체되는 가정 다시 세우자, 중앙일보, 1998, 9, 14, 6

손민호, 불륜, 그러나 모든 걸 걸진 않는…, 중앙일보, 2005, 12, 27, 23.

손효림, 인권위, 사전의 동성애 차별표현 수정 권고, 동아일보, 2002, 11,
　　16, A29.

유나니, '신문활용교육' 世代를 뛰어 넘었다, 조선일보, 2008, 5, 7, A16.

이규태, 80세 신랑, 조선일보, 1998. 7. 21. 7.

이미경, 이혼녀와 총각 결합 전체 재혼의 16%차지, 조선일보, 1996. 5. 17. 30.

이미경, 자녀에 결별 사유 설명 필요, 조선일보, 1997. 9. 30. 35.

이미경, 재혼 자녀 양육 10계명, 조선일보, 1997. 9. 30. 35.

이재명, 한국은 지금 '이혼 경보', 동아일보, 2003, 3, 29, A26.

이정은, 1000억원 이혼소송, 동아일보, 2000, 7, 4, 31.

이종혁, 거짓말하는 여자 싫어요, 조선일보, 1997, 9, 30, 34.

이지혜·허인점, "애인 만나 다시 여자로 돌아간 기분", 조선일보, 2005.
　　5. 30. A2.

이헌진, 동성애 동아리 서울대에 둥지, 동아일보, 1999, 10, 5, 22.

이후남 외, 나이는 숫자일 뿐… 내 사랑 누나, 동생 뭐 어때요, 중앙일보,
　　2005, 8, 29, 28.

전상인, 이혼 많지만 재혼도 많다, 동아일보, 2001. 11. 28. 7.

전승훈, 간통죄 폐지 찬－반 팽팽, 동아일보, 2001, 11, 2, 6.

정승호, 딸이 엄마불륜 '사이버 폭로' 女 파출소장 간통혐의 영장, 동아일
　　보, 2000, 8, 9, 27.

정재연, "재혼 가정 파탄 막자" 긴급처방, 조선일보, 2002, 2, 7, 25.

정철근, 총각－재혼女 결합 10년새 두배로, 중앙일보, 3, 22, 25.

최영해, '돈 때문에 이혼' 10년 새 5배 늘었다, 동아일보, 2001, 5, 24, A29.

한현우, "나도 행복할 권리 있다", 조선일보, 1997, 9, 30, 3.

홍영림, "동성애 거부감 갖는다" 82%, "사회적 지탄 대상 아니다" 59%,
　　　　동아일보 2000, 10, 9, 7.

3. 논문 및 평론

고석주, 「광고의 성 차별주의에 대한 소비자 의식 연구」, 이화여대 여성학
　　　　과 석사학위논문, 1985.

구자호, 「신문사진의 신뢰성에 관한 연구」, 『언론연구논집』21집, 중앙대
　　　　학교 신문방송대학원, 1996.

권오주, 「결혼관에 나타난 결혼이데올로기 연구」, 서울대학교 소비자·
　　　　아동학과 석사논문, 1989.

김영만, 『매체를 활용한 읽기·쓰기 교육 방안 연구(신문 사설·칼럼을
　　　　중심으로)』, 고려대학교 대학원 박사학위논문, 2005.

김유식, 「'워낙 몰리면'에리는 문제적 실정과 그 소설 문법에 어울리는 아
　　　　포리즘적 문체」, 『2008 이상 문학상 작품집』, 문학사상사, 2008.

류철근, 「말세의 考現學」, 장정일, 『아담이 눈뜰 때』, 김영사, 1999.

명형대, 「현대소설과 폭력」, 『현대소설연구』6호, 1997.

문홍술, 「나르시스적 사랑과 행복한 사회를 꿈꾸며」, 『밥과 사랑』, 해토,
　　　　2004.

박미영, 『NIE 프로그램 개발에 대한 NIE 실천교사의 인식 및 요구조사』,
　　　　이화여자대학교 교육대학원 석사학위논문, 2005.

백지연, 「페넬로페의 복화술」, 『창작과 비평』, 2002. 봄.

백지연, 「낭만적 사랑은 어떻게 부정되는가」, 『창작과 비평』, 2004. 여름.

유재천, 「보도사진과 사진기자의 기능」, 『사진기자회보』12호, 한국사진
　　　기자회, 1986.

이정우, 「미셸 푸코에 있어 신체와 권력」, 『문학과학』, 1993. 가을.

이화숙, 「소위 '황혼이혼'과 재판상 이혼원인, 그리고 별산제의 한계」, 연
　　　세법학연구회, 『연세법학연구』제7집, 2000.

임규찬·공선옥「문학은 어느만큼 와 있는가」, 『창작과 비평』, 2004. 여름.

제2정무장관실, 「나의 문제, 내 가족의 문제」: 성폭력 예방 및 피해신고
　　　안내, 1995.

정현선, 「문화교육이라는 문제설정」2, 『국어 교육 연구』제4집, 1997.

정현숙·유계숙·천혜정·임춘애, 「재혼가족의 실태 및 재혼생활의 질
　　　에 대한 연구」, 『대한가정학회지』38호(4).

조혜정, 「가부장제의 변형과 극복」, 한국 여성학회, 『한국여성학』2집, 1986.

조혜정, 「박완서문학에 있어 비평은 무엇인가」, 『작가세계』, 1991. 여름.

한혜경, 「한국도시주부의 정신적 갈등의 사회적 요인에 관한 연구」, 이화
　　　여자대학교 대학원 석사학위논문, 1985.

4. 단행본

공세권 외, 『한국가족의 기능과 역할변화』한국보건사회연구원, 1990.

김명혜·김훈순·유선영 공저, 『성·미디어·문화』, 나남출판, 1994.

김미현, 『여성문학을 넘어서』, 민음사, 2002.

김봉군, 『현대 문학의 쟁점 과제와 문학 교육』, 새문사, 2005.

김성곤 외, 『21세기 문화 키워드 100』, 한국출판마케팅연구소, 2003.

김종갑, 『근대적 몸과 탈 근대적 증상』, 나남, 2008.

박재건 외, 『사진 용어사전』, 미진사, 1995.

박상창 역,『착한 여자 콤플렉스』, 문학사상사, 1991.

서정우 편,『현대 신문학』, 나남출판, 2002.

설성경·김교봉,『미디어 문학의 이해』, 새미, 2003.

여성신문사,『20세기 여성 사건사』, 여성신문사, 2001.

여성을 위한 모임,『일곱 가지 남성 콤플렉스』, 현암사, 2001.

여성을 위한 모임,『일곱 가지 여성 콤플렉스』, 현암사, 2003.

유순하,『한 몽상가의 여자론』, 문예출판사, 1994

이정덕·김경신·문혜숙·송현애·김일명 공저,『결혼과 가족의 이해』,
    학지사, 1998.

이태종,『NIE 원론』I , 도서출판 통키, 2006.

이태종,『신문 읽기 세상 읽기』, 대한교과서 주식회사, 2004.

이효재 편,『현대 사회학』, 보성문화사, 1983.

정현숙·유계숙·최연실 ,『결혼학』, 도서출판 신정, 2003.

한국가족학회 편,『한국가족문제 − 진단과 전망』, 하우, 1995.

한국문학평론가협회 편,『문학비평용어사전』상, 국학자료원, 2006.

한국언론재단,『멋진 편집, 좋은 신문』, 힌울 아카데미, 2003.

한국여성개발원,『여성과 성차별』, 서울, 1986.

한국여성사회연구회편,『가족과 한국사회』, 경문사, 1995.

정문성·구정화 ·박미영,『학교 NIE 알아보기』, 한국신문협회, 2004.

5. 외국 논문 및 문헌

A.C.Kinsey, W.B.Pomeroy, and C.E. *Sexual Behavior in the Human Male*
    (Philadelphia : W. B. Saunders, 1948)

Anthony Giddens, *Modernity and Self −Identity—self and society in the late modern age*, 『현대성과 자아정체:후기 현대의 자아와 사회』, 권기돈 역, 새물결, 1997.

Anthony Giddens, *Sociology*, 김미숙 외 역, 『현대 사회학』, 을유문화사, 1999.

Anthony Giddens, *The Transformation of Intimacy─Sexuality, Love and Eroticism in Modern Society*, 배은경 · 황경미 역, 『현대 사회의 성 · 사랑 · 에로티시즘』, 새물결, 2003.

Baldridge, J. Victor, *Sociology:a critical approach to power, conflict and change*, 이효재 · 장하진 공역, 『사회학』, 경문사, 1979.

Banner. L. W, *American Beauty*, Cicago : The University of Cicago Press, 1983, 추애주, 「소외의 관점에서 본 여성다움에 관한 연구:한국대중소설에 나타난 여성상을 중심으로」, 이화여자대학교 석사학위논문, 1986.

Baudrillard, La société de consommation: *ses mythes, ses structures*, Paris: Denoöl, 1970.

Betty Friedan, *(The)feminine mystique*, 김행자 역, 『여성의 신비』下, 평민사, 1997.

Boss, P., & Greenberg, J.(1984). *Family boundary ambiguity: A new variable in family stress theory*. Family Process, 23.

Brody, G. Neubaum, E., & Forehand, R.(1988). *Seriel marriage: A heuristic analysis of an emerging family*.

Cornelis Anthonie van Peursen, *Body, Soul, Spirit*, 손봉호 · 강영안 옮김, 『몸 · 영혼 · 정신』, 서광사, 1985.

Colette Dowling, *The Cinderella Complex*, 이호민 역, 『신데렐라 콤플렉스』, 나라원, 1992.

Douglass, F. M. & Douglass, R.(1993). *The validity of the meyers – Briggs types indicator for predicting expressed marital problems*. Family Relation 42.
David P. Barash & Judith Eve Lipton, *The Myth of Monogamy*, 이한음 역,『일부일처제의 신화』, 해냄, 2002.

Elizabeth Haiken, *Venus Envy:A History of Cosmetic Surgery*, 권복규·정진영 역,『비너스의 유혹』, 문학과지성사, 2008.

Frank, E., Anderson, C., & Rubinstein, D.(1978). *Frequence of sexual dysfuntion in normal couples*, New England Jornal of Medicine 299.

Florence Tamagne, Mauvais Genre? : *Une des représentations de l`homosexualité?*, 이상빈 역,『동성애의 역사』, 이마고, 2007.

Ganong, L., & Coleman, M.(1994), *Remarried family relationship*, Newberry Park, Sage.

Goldmann. Lucien, *Towards a sociology of the novel*, 조경숙 역,『소설 사회학을 위하여』, 청하, 1982.

Herbert Marshall McLuhan, *Understanding Media*, 박성규 역,『미니어의 이해』, 커뮤니케이션북스, 2007.

Helena Michie, *(The)flesh made word*, 김경수 역,『페미니스트 시학』, 고려원, 1992.

Jacqueline Sarsby, *Romantic love and society*, 박찬길 역,『낭만적 사랑과 사회』, 민음사, 1999.

Masters, W. H., & Johnson, V. E.(1980). *Human sexual inadequacy* : Little Brown and Co.

Michel Foucault, (L')ordre du discours, 이정우 역,『담론의 질서』, 새길, 1993.

Mihailo Markovic, 「여성 해방과 인간 해방」,『여성 해방의 이론과 현실』, 이효재 엮음, 창작과 비평사, 1979.

Papernow, P. L.(1993). Becoming a stepfamily: *Patterns of development in remarried families*. San Francisco: Jossey ― Bass ambiguity.

Pasley, K. & Ihinger ― Tallman, M.(1989). *Boundary ambiguity in remarrige : Does ambiguity differentiaye degree of marital adjustment and integration?* Family Relation, 38.

Furstenberg, F., Jr., & Spanier, G.(1984). *Recycling the family. Remarrige after divorce*. Beverly Hills. C. A : Sage

Ruth K. Westheimer and Steven Kaplan, *Power:The Ultimatic Aphro ―disiac*, 김대웅역,『스캔들의 역사』, 이마고, 2004.

Steen, J. V.(2002), *World Survey on Newspaper In Education Programmes*, 5th Edition, WAN,

Stephen Kern, *The Cuiture of Love*, 임재서 역,『사랑의 문화사』, 말글 빛냄, 2006.

Strong, B., & DeVault, C.(1978). *The marriage and famiry experience*. N. Y. : West Publishing Company

Usa Stannard, *Women in Society*, Basic Books, Inc, 1972.

Ulrich Beck, Elizabeth Beck ― Gernheim, *(Das)ganz normale chaos der liebe*, 강수영 외 역,「사랑, 우리의 세속적 종」,『사랑은 지독한 그러나 너무나 정상적인 혼란』, 새물결, 1999.

Wolfgang lser, *Das Fiktive und Imaginaere*, Frankfurt am Main 1991. B. 몬
딘, 허재윤역,『인간 : 철학적 인간학 입문』, 서광사, 1996.

6. 국내 사이트

한국 신문 협회 홈페이지, http : // www. presskorea, or. kr/

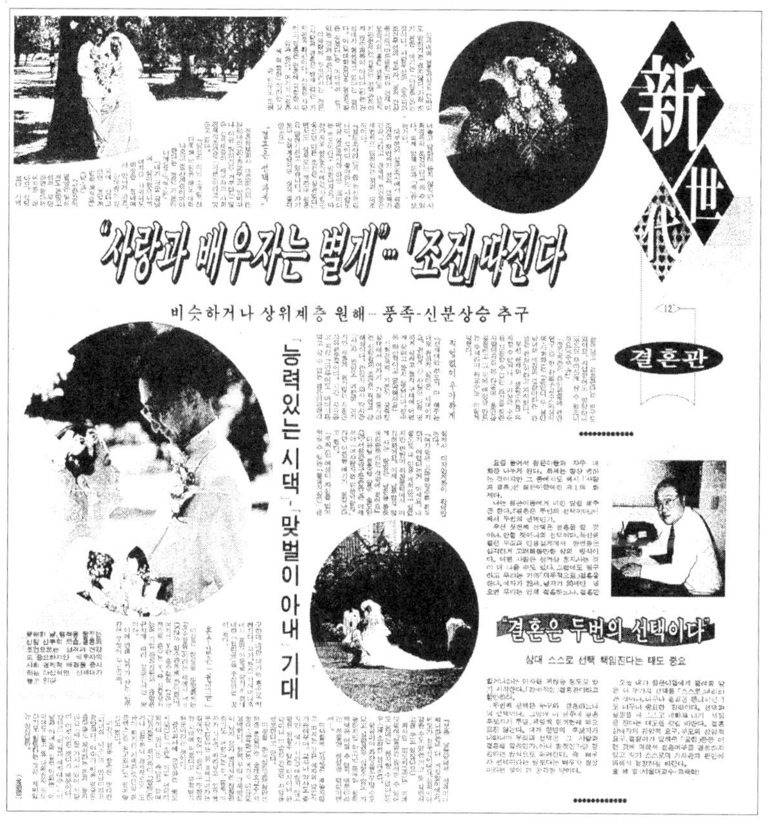

新世代
結婚관
"사랑과 배우자는 별개"…「조건」따진다
비슷하거나 상위계층 원해… 풍족·신분상승 추구
「능력있는 시댁」·「맞벌이 아내」기대
"결혼은 두번의 선택이다"
상대 스스로 선택 책임진다는 태도 중요

<부록2> 중앙일보, 2005. 7. 22. 1.

1만7000여 명 '배우자 찾는 방식' 분석해 보니…

국내 미혼 남녀들은 배우자의 여러 조건 가운데 학벌에 대해 가장 폐쇄적인 태도를 보이는 것으로 나타났다. 자신보다 학력이 떨어지는 배우자감은 아예 만남 자체를 기피하고 있다는 것이다. 이런 경향은 결혼으로 이어져 학력이 비슷하지 않은 남녀의 결혼은 거의 성립되지 않는 것으로 조사됐다. 이는 외모나 수입 등 다른 조건에 비해 학력의 계층화·양극화가 심각함을 보여주는 결과다.

연세대 김용학(사회학)교수가 결혼정보회사 선우 회원 중 1만

만남서 결혼까지 가장 따지는 건 학력·돈·용모 순

7206명(남성 8154명·여성 9052명)의 정보를 분석, 21일 발표한 '애정과 결혼의 사회적 관계망' 연구에 따르면 만남이 이뤄진 남녀의 학력 등급 상관계수가 0.66으로 인상(얼굴)과 수입의 상관계수 0.21과 0.22보다 3배가량 높았다.

상관계수란 특정 조건에 대한 두 집단의 동질성을 보여주는 수치로, -1이면 그 조건에 대해 정반대인 이들끼리만 만났음을, 1이면 조건이 완전히 일치하는 이들끼리만 만났음을 의미한다.

결혼정보회사를 통한 만남은 서로에게 상대 조건을 모두 제공한 뒤 양측이 동의해야 이뤄진다. 따라서 학력의 상관계수가 0.66이라는 것은 대다수의 남녀가 자신과 비슷한 학력의 이성만 골라 만났음을 의미하는 것이다.

조사 대상 중 결혼에 성공한 1866명(933쌍)에 대한 분석에서도 '고학력-고학력' 커플, '저학력-저학력' 커플의 양극화 현상이 심했다.

다른 통계에서도 학력의 배타성은 두드러진다. 조사 대상 여성 회원 중 무려 92.2%가 가입시 "배우자의 조건 중 학력이 중요하다"고 답했고, 같은 답을 한 남성 회원도 62.3%에 달했다. 반면 "학력이 중요하지 않다"고 답한 회원은 여성 0.7%, 남성 6%에 그쳤다. 이번 연구에서 적용된 학력 등급은 모두 6개로 서울 상위권대졸-서울 중위권대졸-서울 하위권대 및 지방 국공립대졸-지방사립대졸-전문대 및 방송통신대졸-고졸로 나뉜다.

김교수는 "결혼을 통한 사회 계층화가 빠르게 진행되고 있음을 알 수 있다"며 "특히 고질적 학벌주의가 결혼시장에서도 작용하고 있음을 여실히 보여준 결과"라고 설명했다. 연구는 지난해부터 1년여 동안 네트워크 분석 방식으로 진행됐으며, 선우의 자료 중 개인 신상정보는 연구에서 철저히 제외됐다.　　　　　　남궁욱 기자

periodista@joongang.co.kr

더 자세한 기사는 오늘 배달된 week&에 있습니다

<부록 3> 중앙일보, 1995. 7. 24. 12.

"아내힘만으론 '장군' 못되었을 것"

"자기무능 인정한 솔직함에 공감"

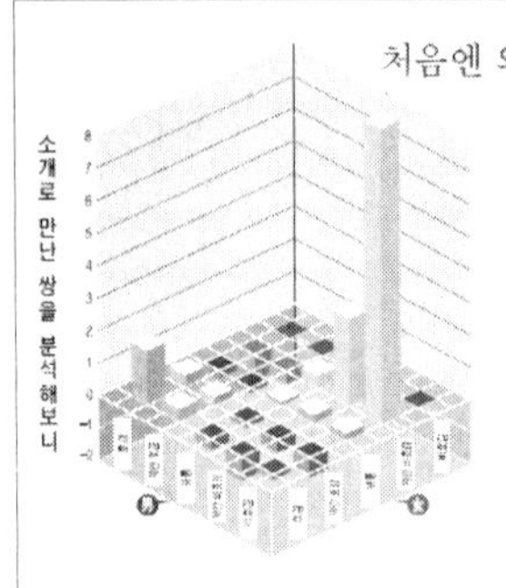
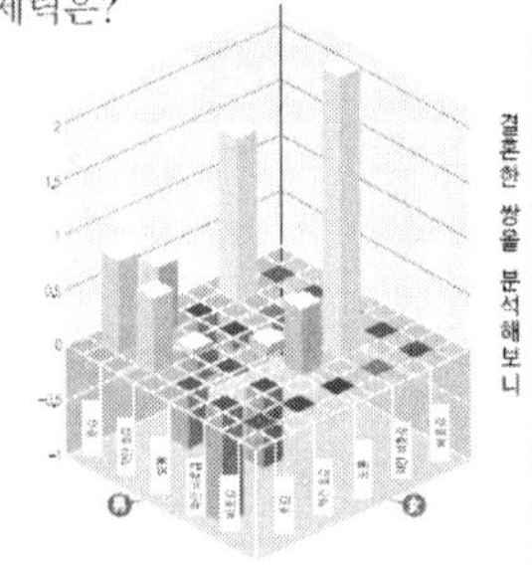

처음엔 외모만 보다 막판 되면 '경제력은?'

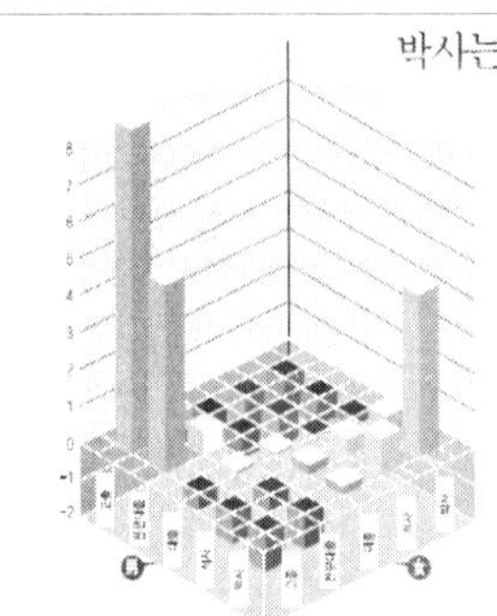
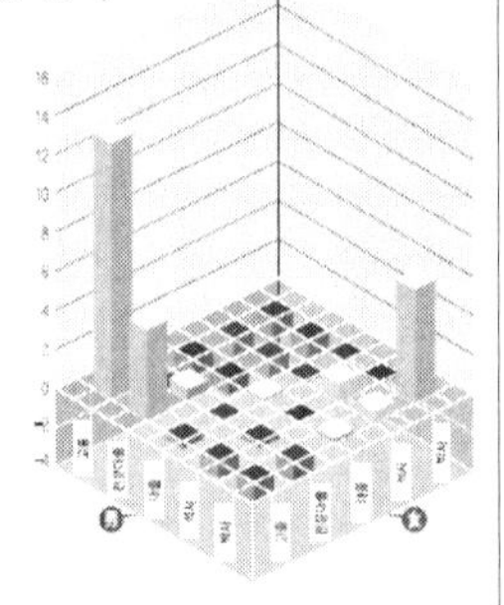

박사는 박사끼리… 학력 비슷한 커플 많아

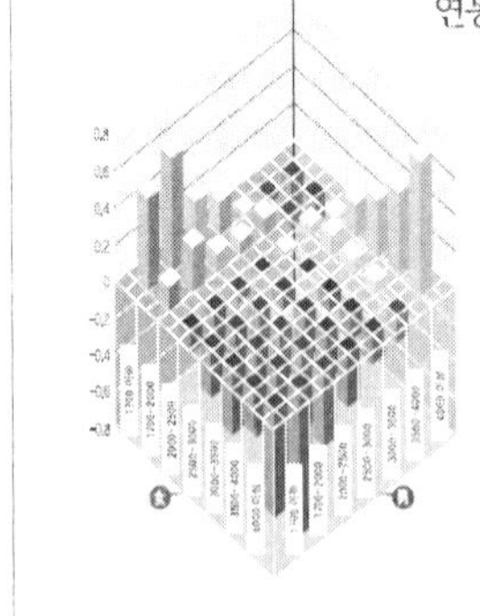
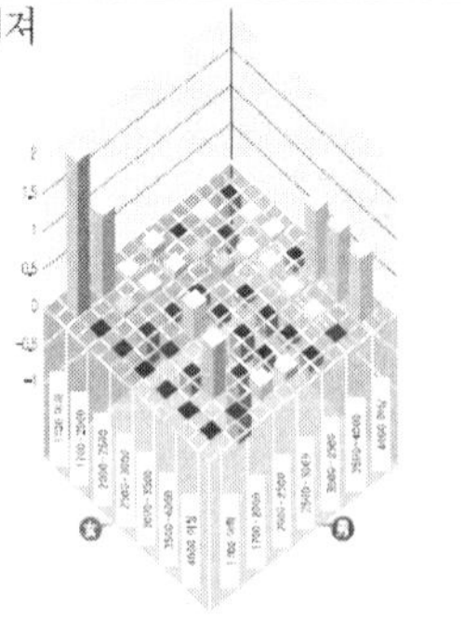

연봉 높으면 배우자 선택 폭 넓어져

<부록 5> 한겨레신문, 1991, 1, 29, 6.

결혼비 남 7백52만원 · 여 1천17만원

"예물 · 예단 마련 부담" 가장 많아
88% "혼수비 분에 넘친다"지적

우리나라 신혼부부의 평균 결혼비용은 남자 7백52만원, 여자 1천17만원 등 모두 1천7백69만원으로 나타났다. 이와 함께 신혼가정의 주택마련 평균비용은 자가주택 3천8백만원, 임차주택 1천3백만원이었으며 신혼부부가 결혼해 살림을 차리는 데까지 평균 4천59만원이 드는 것으로 집계됐다.

저축추진중앙위원회는 28일 지난해 10월 결혼 후 1년이 지나지 않은 전국 5대 도시 거주 신혼부부 6백쌍을 대상으로 결혼실태를 조사한 결과 이렇게 나타났다고 밝혔다. 이 조사에 따르면 집 마련 비용을 제외한 남자와 여자의 결혼비용은 85년 조사보다 각각 1백14%, 92%씩 증가했는데 항목별로는 배우자 가족의 예물 · 예단비용(남 1백15만원, 여 1백82만원)이 1백89 - 1백95% 늘었고 결혼식 비용(남 1백46만원, 여 1백39만원)도 1백61 - 1백73%나 증가했다.

또 신혼여행 비용(남 63만원, 여 52만원)도 많이 늘어났고 신혼살림 마련 비용(남 1백49만원, 여 3백49만원)은 41 - 1백74% 급증한 것으로 집계됐다. 조사결과 남녀 전체의 43.5%가 실제비용이 예상비용을 초과했다고 응답했으며, 결혼비용이 부담스러웠다는 응답은 40.8%나 됐다.

가장 부담스러웠던 결혼비용항목은 여자는 54.1%가 배우자 가족에 대한 예물 · 예단비용을, 남자는 37.1%와 21.0%가 배우자 및 배우자 가족에 대한 예물예단비용을 꼽았다. 이처럼 결혼비용이 늘어남에 따라 결혼비용의 일부 또는 전부를 꾸어서 마련하는 경우도 85년 조사보다 6%포인트 늘어난 18.8%에 달했으며 결혼자금의 대부분을 꾸어서 마련한 사례(26%)도 있었다.

또 조사대상의 87.9%는 혼수비용이 과다하다고 응답했다. 결혼준비 과정에서 조사대상의 41.7%가 상대방과 갈등을 빚었으며 3.6%는 심한 갈등을 겪었다고 응답했다. 38.4%는 배우자로부터 구체적인 혼수품목을 요구받은 것으로 나타났다. 특히 남녀의 각각 0.4%, 1.3%가 혼수 문제로 결혼생활에 위협을 겪었고, 8.4%와 13.25는 마찰을 빚었다고 대답했다.

한편 결혼비용을 양쪽에서 공동으로 부담하는 사례가 점차 늘고 있는데 약혼식 비용을 한쪽이 모두 부담한 경우가 남녀 각각 3.65, 12.8%에 그치고 있고, 여자쪽의

20%가 주택 마련비용을 부담하는 등 결혼비용의 공동부담 관행이 점차 자리 잡아
가고 있다. 저축추진중앙회에서 조사한 신혼 6백쌍 결혼비용 지출현황 설문조사에
따르면 남자는 752만원, 여자는 1017만원으로 조사됐다. 이는 85년 조사 때보다
100%이상 증가한 것으로 실제비용은 예상비용보다 초과된 것으로 나타났다.

또한 결혼준비과정에서 41.7%가 상대방과 갈등을 빚었으며 3.6%는 심한 갈등을
겪었다고 응답했는데 38.4%는 배우자로부터 혼수품목을 요구받을 것을 나타났다.
결혼 후에도 혼수문제로 결혼생활에 위협을 겪었다는 수치도 만만치 않다.

혼수. 신혼여행 가격대별 패키지 판매
연출사진. 예식 기획대행사까지 등장

결혼도 규격화 시대

'결혼 산업시대'가 성큼 다가왔다. 자신들의 결혼풍속에 맞는 하나둘씩 개발되던 시 결혼산업이 결혼풍속과 결혼 앞서서 주도해내는 시대 나선 것이다. 뿐만 아니라 결혼을 전후하여 과정을 본격 상품화하던 움직임은 편의를 추구 한 바 예비신랑·신부들의 맞아 떨어지면서 활기를 역시나 결혼산업의 호황은 필요 이상의 과수요를 만들어 결혼풍속을 왜곡시키는 등 심각한 문제점을 드러내고 있다.

굴지업체 다퉈 참여

결혼산업의 선두주자는 잇따라 등장하는 혼수 전문매장이다. 몇 년 전부터 하나둘씩 생겨나기 시작한 중소 규모의 혼수 전문매장이 인기를 끌면서 최근 들어 국내 굴지의 유통업체들이 다투어 혼수 전문매장을 개설하고 있는 모습은 장사되는 결혼산업의 한 단면을 잘 보여준다.

신세계 백화점이 지난 3월 서울 강남구 역삼동에 2백여평 규모의 혼수 전문매장 '신혼생활관'을 연 데 이어 진로유통센터, LG 카드사노 4월에 서울 강남시익에 혼수매장을 개설했다. 이외에도 이미 개설돼 있는 롯데백화점 새 생활 상담실뿐 아니라 중소규모의 매장 설치를 준비 중인 곳도 상당수인 것으로 알려져 있다.

이 혼수 전문매장들의 공통된 특징은 다양한 혼수패키지 상품을 갖추고 기존 혼수매장들과는 달리 회원제로 운영하면서 결혼과 관련한 토탈 서비스를 제공한다는 점이다. 혼수패키지란 혼수에 필요한 가구·가전제품·침구류·예물·예단 등을 총망라해 1천5백만원대, 1천만원대, 8백만원대, 5백만원대 등의 가격대별로 묶어 상품화해놓은 것이다.

신세계 신혼생활관이 제공하고 있는 1천 5백만원대 혼수 패키지 상품의 내용을 살펴보면 가전제품 3백 40만원, 가구용품 2백 80만원, 침구·수예 1백 30만원, 주방용품 70만원, 예물 1백 60만원, 예단 1백 90만원, 예복 1백 10만원, 한복

1백 50만원, 잡화 70만원으로 구성돼 있다.

　가전제품의 내용을 보면 21인치 텔레비전·3백1 리터 냉장고·6.2kg 전자동 세탁기·전기밥솥· 비디오· 오디오· 가스오븐레인지· 청소기 등이, 가구용품은 10자짜리 장롱·침대·장식장·서랍장·거울·식탁·의자·소파가, 예단에는 시아버지 양복·시어머니 한복·이불 4채·보료·은수저세트 등이 포함돼 있다.

COVER STORY
여성 인상지수 1단계 높으면
남편 연봉 324만원
연세대 김용학 교수, 鮮우 회원 1만7000명 분석

"난 달라야 돼"

루키즘 확산
피부·몸매 보면 생활 수준 짐작, 소비형태도 변화

제일기획은 국내 13~43세 여성 2백명을 전화.면접조사한 결과 이들 중 68%가 '용모가 인생의 성패에 크게 작용한다'고 응답했다고 11일 밝혔다. 특히 대학생과 직장인 응답자의 80%가 이 질문에 '그렇다'고 응답, 루키즘이 청소년에서 기성세대로 확산하고 있는 것으로 조사됐다. 또한 응답자의 78%가 '외모를 가꾸는 것은 멋이 아니라 필수'라고 말했으며, 70%는 상대방의 피부와 몸매를 보면 생활수준을 짐작할 수 있다고 응답했다.

상당수 여성은 외모에 신경을 쓰고 외출하면 타인이 더 친절하게 대한다(69%)고 생각하며, 같은 또래 여자를 만나면 외모부터 비교한다는 응답자(56%)도 절반을 넘어섰다. 또한 얼굴이 예쁜 여자보다 몸매 좋은 여자가 더 부럽다고 응답한 사람이 72%에 달해 최근 살빼기. 체형보정 산업 등이 각광받고 있는 이유를 방증했다.

	관심있는 신체부위	관심있는 미용제품	좋아하는 스타일	좋아하는 헤어스타일	관심소품	이상적인 스타일
1318	희고 뽀얀 피부, 잘 뻗은 종아리, 날씬한 체형	파우더 립그로스	폴로스타일의 프레피 룩	커튼머리	가방, 운동화	공효진, 김민희
1924	작고 예쁜 두상, 늘씬한 팔 다리	색조제품 기능성화장품	정장 스타일	긴 생머리	선글레스 액세서리	전지현
2534	볼륨과 탄력있는 몸매	코스메디컬 화장품	개인 스타일 살려주는 모든 브랜드	레이어드 커트	핸드백 구두	재클린 비셋 케네디, 빅토리아 베컴
3543	젊어 보이는 피부, 날씬한 몸매	몸을 날씬하게 하는 스페셜 케어제품 체형보정 속옷	고급스런 명품	웨이브 머리	보석류	서정희 변정수

① 프레피 룩 : 미국 동부의 명문 사립고생들이 즐겨 입는 스타일

② 커튼 머리 : 얼굴을 머리카락으로 커튼머리 가려주는 머리

③ 코스메디컬 화장품 : 화장품과 의학의 합성어로 일반 화장품보다 탁월한 효능을 지닌 화장품

④ 레이어드 커트 : 뒷머리 부분을 층이 나게 자르는 머리

키 작고 뚱뚱…못생겨서… 취업·결혼 등 켜켜이 설움

학점 · 토익 만점 맞아도 구직 "쓴잔"

대중매체 부추겨… 성형미인 양산

서유럽선 피해집단 공론화 통념 깨

외모는 '작은 차별'의 영역을 뛰어넘은 지 오래다. 외모는 연애·결혼 등 사생활 영역뿐 아니라 취업·승진 등 사회생활 전반을 좌우하는 '숨은 손'이 됐다. <뉴욕타임스> 컬럼리스트 윌리엄 새파이어는 외모를 인종, 성별 등에 이은 새로운 차별요소라며, 이를 '루키즘(lookism)'이라고 지칭했다.

지난 2000년 명문대 영어교육과를 졸업한 정혜주(가명·26)씨는 대학 때 친구들 사이에서 '신화'로 통했다. 학점과 토익 점수가 만점에 가까웠기 때문이다. 그러나 그는 직장을 못 구했다. 번번이 면접에서 떨어졌다. 그는 "거울을 볼 때마다 거친 피부를 칼로 벗거내고 싶은 충동을 억누르느라 힘들었다"고 말했다. 지난해 연말, 취업사이트 커리어(www.career.co.kr)가 구직자 1182명을 대상으로 '취업하기 위해 가장 필요하다고 생각하는 조건'을 조사한 결과, 여성응답자들은 외모(20.7%)를 외국어(21.3%) 다음으로 꼽았다.

나이가 많아도 외모가 중요하다. 부산의 한 대형 할인매장에서 일하던 최아무개(53)씨는 지난해 가을 "키가 작고 뚱뚱해 눈에 거슬리니 그만두라"는 통보를 받았다. 부산여성노동자회 평등의전화 최경숙 상담원은 "이제 비정규직 중년 여성에게도 반듯한 외모를 요구하는 세상이 됐다"고 혀를 찼다. 일상에서도 외모차별의 설움은 계속된다. 일부 결혼정보업체는 키에서 100을 뺀 이상의 몸무게를 가진 여성을 회원으로 받지 않는다.

이런 '외모 중시'풍조는 방송, 광고 등 매스미디어가 더욱 부추기면서 확대재생산 과정을 거쳐 어느새 우리 사회의 거대한 이데올로기가 되고 있다. 최근 소비자들의 반발로 문안을 일부 수정한 ㅇ화장품의 처음 광고 문안은 "그녀는 피부에 투자했다. 여자가 예쁘다는 건 경쟁력이니까"였다.

이처럼 외모나 체중은 또 스스로 통제가능한 분야로 간주되면서, '평균 기준'을 벗어난 사람은 종종 의지가 약하고, 게으르며, 자기관리를 못하는 사람으로 지목되는, '이중의 고통'을 겪는다. 코미디언 이영자씨가 날씬한 몸매로 처음 나타났을 때 언론매체는 이영자씨를 '인간승리'인물로 떠받들었던 것에서도 잘 알 수 있다.

성형수술에 대한 인식도 '자신감을 준다'며, 긍정적으로 바뀌어 이젠 "예쁜 애들이 성격도 좋다"는 말이 더 이상 농담이 아닌 상황으로 바뀌고 있다. 신정혜(25·서울 신림동)씨는 지난해 여름 취업을 앞두고, 대학 4년 내내 아르바이트로 번 돈 500만원을 성형수술에 몽땅 쏟아 부었다. 눈 밑 지방 제거, 쌍꺼풀, 코 수술을 함께 하는 이른바 '패키지' 성형이었다.

삼성경제연구소의 보고서를 보면, 패션의류나 명품시장을 제외한 '순수 미모' 분야의 연간 시장규모가 △미용성형 5천억원 △다이어트 1조원 △화장품 5조5천억원 등 무려 7조원에 이르렀다. 여성학자 한설아씨는 이를 두고 "외모가 자본이 되는 세상을 넘어 자본이 외모를 만드는 세상이 됐다"고 지적했다.

60년대 말 서구에서 외모차별은 뚱뚱한 여성, 키 작은 남자 등 피해 집단의 차별 철폐 요구를 통해 깨져나갔다. 그러니 한국사회에선 성별과 세대를 통 털어 외모차별로 고통 받는 이들이 늘어가면서도 외모차별 풍조를 반성하는 움직임은 거의 없는 상태다. 국가인권위법 30조2항에는 외모차별도 조사대상으로 규정돼 있지만, 지금껏 인권위에 외모차별 진정은 단 한 건도 접수되지 않았다. 한 인권운동가는 "외모차별은 최후의 인권 식민지"라고 규정했다.

'연상 女-연하 男 커플' 꾸준히 늘어
결혼觀도 많이 달라졌네
남성은 일찍 결혼해 경제적 안정 희구
사회활동 늘며 여성 결혼연령 높아져
모성애 그리는 '마마보이' 증가도 한몫

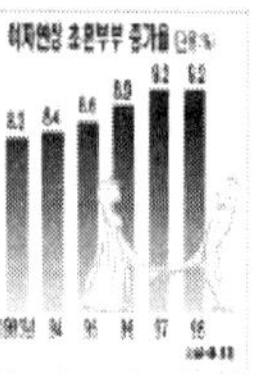

낮엔 남자로, 밤엔 여자로 따돌림 눈총에 '고단한 삶'

작은 차별 큰 아픔

벤처기업가 김영수(35·가명)씨는 주말이면 무작정 기차에 오른다. 낯선 지방에 내리면 여관부터 정하고 여자 옷으로 갈아입는다. 화장을 한 채 거리를 활보하다 서울로 돌아와 `남성'으로 복귀한다. `남성'으로 태어났지만, 스스로는 `여성'이라고 생각하는 김씨는 "성적 정체성을 드러내는(커밍아웃) 순간, 부모와 인연을 끊어야 하고 직장에서도 쫓겨나는 상황이 예상돼 스스로를 속이며 살아가기로 했다"고 말했다.

텔레비전에선 트렌스젠더(성전환자) 하리수씨가 인기를 끌고 있지만, 현실에선 여전히 동성애자나 성전환자 등 성적 소수자에 대한 편견이 사라지지 않고 있다.

성적 소수자는 커밍아웃을 하는 순간, 실질적인 차별의 늪에 빠진다.

남성동성애자인 회사원 조아무개(33)씨는 지난 연말, 커밍아웃 이후 따돌림을 당해 회사를 그만뒀다. 겉으로 표가 안나는 동성애자와 달리, 주민등록상 성별과 외모가 정반대로 드러나는 성전환자들이 주로 유흥업소에 근무하는 것도 일반 직장에서 이들을 받아들이지 않는 것과 연결돼 있다.

국가인권위법 30조2항은 성적 소수자에 대한 차별을 금지하고 있다. 하지만 1999년 군 복무중이던 정아무개(26)씨는 동성애자임을 밝히자 군병원 정신과로 옮겨져 독방에 격리됐다. 이처럼 국가에 의한 차별도 현재진행형이다. 청소년보호법 시행령 7조는 동성애를 수간, 혼음, 근친상간 등과 함께 변태적 성행위로 규정하고 있다. 정보통신윤리위원회는 이 법에 근거해 최초의 동성애자 사이트인 엑스존(exzone.com)을 청소년 유해사이트로 지정했다. 남성동성애자 모임인 `친구사이'의 박철민 대표는 "왜곡된 편견은 동성애자에게 죄책감을 유발하고, 자기 비하에 젖게 만든다"고 지적했다.

<부록 12> 동아일보, 2000, 7, 27,

동성애 인정추세
동성애사회 바뀐다

동성애자의 법적인 권리를 인정하는 추세가 서구 사회에서 급속히 확산되고 있다. 결혼과 가정은 물론이고 사회풍속도마저 바꿔 놓을 '가족혁명'이 진행되고 있는 것. 서구 사회에는 소득과 교육수준이 높은 동성애자를 대상으로 새로운 소비시장도 형성되고 있다.

맞벌이-고소득 많아 새 소비층 부상

▽유럽=올 초 테롱노의 남파난에는 운산 결혼 부음과 함께 동성 또는 이성 거플들이 계약파기 사실을 알리는 '파세'고는 코너가 빠져있다. 프랑스는 지난해 10월 동성 거플산의 권리를 공인하는 시민연대협약(PACS)를 통과시켰다. PACS는 이성 또는 동성 거플이 동거계약서를 법원에 제출하고 3년 이상 지속적인 관계를 유지하면 사실입증만으로 사회보장 납세 유산상속 재산분여 등에서 남녀 부부와 똑같은 권리를 누릴 수 있다. 동성 거플은 원할 경우 복잡한 이혼 절차 없이 갈라설 수도 있다.

현재 유럽에서 덴마크와 네덜란드는 동성 거플에게 일반 부부와 똑같은 법적 사회적 권리를 부여하고 있으며 프랑스와 스웨덴은 자녀 입양을 제외한 동성 거플의 법적 사회적 권리를 인정하고 있다.

가족-결혼 개념 지각변동

영국의 경우 대법원이 지난해 10월 동성애자가 죽은 파트너 명의의 국가 보조 아파트에서 계속 거주할 수 있다고 판결해 동성거플간의 상속권을 인정했다. 또 노동당 정부는 동성 거플에게 자녀 입양권을 허용하는 방안도 추진하고 있다. 독일의 사민-녹색당 연립정부도 동성 거플의 법적 권리를 보장하는 법안을 곧 의회에 제출할 계획. 유럽의회는 동성 부부에게도 이성 부부에게 부여하는 것과 똑같은 권리를 부여하도록 15개 회원국에 촉구하는 결의안을 최근 채택했다.

▽미국=레즈비언인 개빈리 콘래드(29)와 개술린 가틴슨(41)은 7월1일 미국 버몬트주의 한 교회에서 혼례를 올렸다. 5년 전 만나 결혼한 두 사람은 동성 거플에 상속세와 의료보험 세금감면 등 일부 권리를 허용하는 법률이 버몬트주에서 시행됨에 따라 합법적인 첫 부부가 됐다.

반면 미국 캘리포니아주는 3월 동성간 결혼 금지 주민발의안을 찬성 59.3%, 반대 40.7%로 가결했다. 현재 연방정부와 30개주가 동성간 결혼을 인정하지 않고 있으며 11개주에서 동성간 결혼 금지 법안을 제정하려나 추진할 계획.

▽새로운 소비시장=지난해 가을 프랑스 이동통신업체인 부이그의 OFR, 화장품 제조업체 발라일 등은 이과도 베란다의 발랜연소대에 남자탤런트가 나란히 힘력 있는 기발한 광고를 냈다. 최근 들어 동성애자를 대상으로 한 광고와 관련 제품이 스웨덴 덴마크 네덜란드 등 서구 사회에서

동성애자 권리 약사

▽1897년=동성애자인 독일인 마그누스 히루시펠트, 동성애자 권리 운동 단체 과학인도주의위원회 창설
▽1950년=미국 최초의 동성애 권익단체 마타신회 조직
▽1973년=미국 정신의학회, 동성애를 정신질환(DSM) 목록에서 삭제
▽1991년=미국 신경과학자, 동성애가 유전된다는 사실 증명
▽1993년=미국 국립암연구소, X염색체서 동성애 관련 유전자 발견
▽1994년=스웨덴, 유럽 최초로 동성부부 법적 권리 인정
▽1996년=미국 대법원, 동성애자 차별은 부당 판결
▽2000년7월=미국 버몬트주에서 미국 최초의 동성부부 탄생

인기를 끌고 있다. 동성 거플은 대체로 맞벌이인데다 아이가 없어 소비성향이 높기 때문.

기발한 광고-간축물 쏟아서

프랑스의 동성애잡지 떼튀는 경제활동인구의 10%를 동성애자로 추정할 정도. 떼튀의 11만2000명의 정기구독자를 대상으로 한 설문조사에 따르면 이 중 40%가 25세에서 34세의 동성동거 거플로 53%가 간부이며, 89%가 휴대전화를 갖고 있다.

프랑스 관광공사는 미국 동성애자들을 대상으로 한 관광시장 규모를 약 170억달러로 잡고 있다. 미국 동성애자 단체들의 조사에 따르면 남성 동성애자의 수는 인구의 7%, 평균 수입은 미국인 평균수입보다 70%나 높다.

프랑스 관광공사 미국 포스앤젤레스지사는 이를 겨냥해 '게이들의 친구 프랑스'란 언어와 관광홍보 책자를 꾸몄다. 이 책자에는 에펠탑을 배경으로 두 웃은 남성이 포옹하는 장면이 나온다. 또 마르셀 프루스트, 아르튀르 랭보, 폴 베를렌, 앙드레 지드, 장 콕토 등 부대한 호모 작가를 배출한 프랑스는 '동성애 분야의 교황'으로 소개한다.

<파리=김서정 특파원>
claire@donga.com

교제기간 짧을수록 파경 많다

1년미만 커플 이혼율 62%

결혼전 교제기간 1년미만, 혼인기간 평균 8년, 남자가 먼저 이혼을 제의하는 경우 10.2%, 평균 별거기간 18개월, 위자료 5000만원선….

우리 사회 이혼자들의 실태와 의식을 파헤친 본격적 조사결과가 나왔다. 결혼정보회사 '선우' 부설 한국결혼문화연구소가 내놓은 '결혼에 실패한 사람들이 충고하는 실패하지 않는 결혼생활'. 지난해 10월부터 6개월에 걸쳐 서울지역 20~50대 이혼경험자 307명을 면접-전화 설문조사한 결과다.

이 조사에 따르면 남성은 '성격차이'(36%), 여성은 '배우자 외도'(25%)를 첫 번째 이혼사유로 들었다. 소득수준으로 보면 월소득 100만원 미만 저소득층의 경우 '배우자 외도', 중간소득(200만~300만원)은 '경제적 문제', 고소득(500만원 이상)은 '성격차이' 비중이 상대적으로 높게 나타났다.

결혼전 교제기간은 이혼과 상당히 높은 상관성을 보였다. 1년미만인 경우가 무려 61.9%를 차지했다. 이중 석달 이하 교제기간을 가진 사람들의 이혼율이 29.8%에 이른다. 상대를 제대로 알지 못하고 하는 결혼의 위험성을 단적으로 보여주는 예다.

이혼 결심후 실제 이혼에 걸리는 시간은 1년 이내가 57.7%. 심지어 1달이내에 이혼했다는 응답도 10명중 1명 꼴인 11.1%나 됐다. 결혼하는 것도, 이혼하는 것도 그야말로 '속전속결'이다.

이혼에서 주도권을 잡는 쪽은 여성으로 나타났다. 여성이 먼저 제안했다는 응답이 48.2%인데 비해 남성측 제안은 10.2%에 그쳤다. 나머지는 쌍방 제안. 자녀양육권은 남성 36.2%, 여성 39.7%로 여성쪽이 맡은 경우가 약간 높게 나타났다.

"술이 이혼에 영향을 미쳤느냐"라는 질문에 남성은 91%가 "상관없었다"고 응답한 반면, 여성은 33.8%가 "영향을 미쳤다"고 상반되게 답변, 대조를 보였다.

이혼자들은 배우자 선택 기준으로 '가정 환경이나 성장배경을 고려한다'를 첫째 요건으로 꼽았다.. 지혼기피상대로는 '권위적인 사람'(16.9%), '이기적-자기중심적 사람'(12.2%)이 꼽혔다.　　　/이미경기자
mklee@chosun.com

<부록 14> 동아일보, 2001, 8, 8, 25.

작년 하루 119쌍 이혼소송

법원행정처 사법연감

10년새 57% 늘어

부부 중 한쪽이 이혼소송을 내거나(재판상 이혼) 합의이혼한 뒤 법원에서 이혼사실을 확인한 사례(협의이혼)가 지난 10년간 120%나 증가한 것으로 나타났다.

7일 법원행정처가 발간한 2001년간 사법연감(2000년 한 해 통계자료)에 따르면 지난해 재판상 이혼청구와 협의이혼은 모두 17만 3623건으로 91년의 7만8812건에 비해 120% 늘어났다.

이는 지난 10년간 법원에 접수된 전체 소송사건 증가율 45.6%보다 훨씬 높은 것이다.

사법연감에 따르면 지난해 전국 법원에 접수된 재판상 이혼청구 소송은 4만3563건으로 10년 전인 91년의 2만7697건에 비해 57.4% 늘어났다. 이는 전년도인 99년의 4만1055건에 비해서도 6.2%가 증가한 것으로 하루 평균 119쌍의 부부가 이혼소송을 낸 셈이다.

협의이혼 확인사건은 13만40건으로 91년의 5만1115건에 비해 154.4%나 늘어났다.

지난해 처리된 이혼사건 4만 2591건 가운데 이혼 사유가 확인

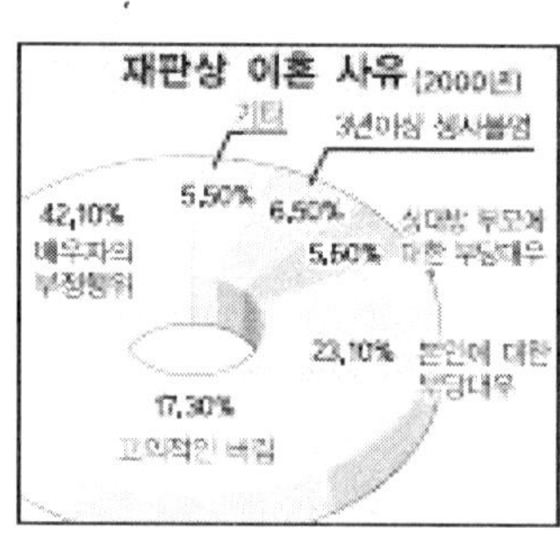

된 2만8827건을 분석한 결과 이혼청구 사유는 배우자의 부정(不貞)이 42.1%로 가장 많았고 부당한 대우(23.1%), 동거 및 부양의무 유기(악의의 유기, 17.3%), 3년 이상 생사불명(6.5%), 처가 또는 시랙 부모에 대한 부당한 대우(5.5%) 등의 순이었다.

이혼소송 피고 중 남자와 여자의 비율은 각각 62.1%와 37.9%로 여자가 이혼소송을 내는 경우가 2배 가까이 많았다. 91년에는 이혼소송 피고의 성별 비율이 43.8%(남자)와 56.2%(여자)로 비슷했다.

이혼소송을 낸 당사자의 나이는 30대가 42.3%로 가장 많았고 20대(30.9%), 40대(19.5%), 50대(5.8%)가 뒤를 이었다. 60대 이상의 '황혼이혼'도 1%를 넘어섰다.

〈이수형기자〉

sooh@donga.com

소설가 이경자씨 지난 8월 이혼

여성지에 심경 고백

소설 『절반의 실패』로 누드누드 여권신장 문제를 주로 다뤄온 중견작가 이경자(56·사진)씨가 지난 8월 이혼한 것으로 밝혀졌다. 이씨는 작가 여성지 『퀸·보그』 내년 1월호에 기고한 글에서 "이혼에 대해 있는 그대로 나누는 것이 삶의 방식체결을 했다"고 말했다.

이씨는 "나는 저녁으로 28년 살다가 이혼했다. 그리고 혼자서 살아 왔다 […] 여자인 나를 남자의 방식에 […] 다시는 살지 않으려 한다 […]

[…] "벗어났자 비로소 내가 사람인 감각을 느껴졌다"고 털어놓았다. 그는 전 남편에 대해 […] 소설을 쓰는 여자와 함께 살기가 힘들었을 것 […] "자기의 삶을 가지고 싶다"고 […] 이씨가 이번 초 발표한 장편 연작소설 『그대 이름은 누가 뜯게』[…] 이씨의 현실과 맞닿아 있는 […]

신준봉 기자

inform@joongang.co.kr

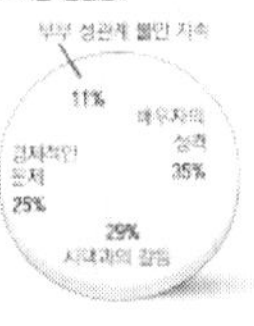
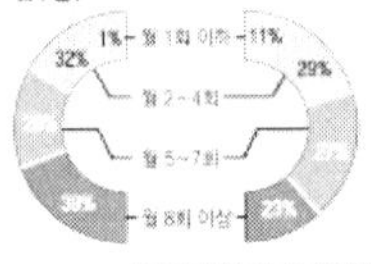

2005 ♥ 기혼 여성들의 결혼과 性

"이게 사는건지…" 위기의 주부들

기혼여성 5명중 1명
"별거나 이혼 생각중"
性的인 원인도 많아

"부부 관계는 기본권"
감추고 지내기 보단
분명한 의사 밝혀야

■ 전문가들이 보는 부부갈등　"성격 차이"는 알고보면 "性격차"

심층취재 ─ **버려진 아이들**

"내일은 엄마가 찾아올까요"

명진보육원

IMF한파와 無關…무책임 '위험 수위'

"아이 받길 수 없을까" 문의전화 급증

◇자원봉사자와 놀고 있는 아이들의 천진난만한 모습. 아이들은 자신을 버린 부모에게도 잊지 못하고 있다. 〈투暴급기자〉

한국은 지금 '이혼경보'

지난해 10월 결혼한 이모씨(30·여)는 3박4일의 신혼여행을 끝내고 곧바로 이혼소송을 냈다. 남편의 발기부전으로 '첫날밤'을 치르지 못했다는 것이 이유. 이씨의 부모도 "속았다"며 발끈했고 결국 두 사람은 한 달 만에 합의 이혼했다. 그러나 남편의 성기능 장애는 일시적인 것으로 판명났다. 중학교

교사였던 정모씨(42·여)는 1990년 대기업 계열사에 근무하는 남편 박모씨(43)와 결혼한 뒤 직장을 그만뒀다. 이들의 부부생활은 남편이 아내에게 "돈을 못 번다" "무능하다"며 타박을 계속하는 바람에 끝났다. 정씨는 지난해 '독립'을 결심하고 소송을 내 이혼했다.

性 문제로 **"첫날밤을 못치러서"**

돈 때문에 **"무능하단 말 못참아"**

사소한 일 **"살아보니 불편해서"**

달라진 이혼 세태

연도 별 이혼사유 변화

	2000년 (12만건)	2001년 (13만5000건)	2002년 (14만5300건)
배우자 부정	8.1	8.7	8.6
정신, 육체적 학대	4.3	4.7	4.8
가족간 불화	21.9	17.6	14.4
경제문제	10.7	11.6	13.6
성격차이	40.1	43.0	44.7
건강문제	0.9	0.7	0.6
기타	14.0	13.7	13.3
계	100.0	100.0	100.0

전체 이혼 건수에서 각 요인이 차지하는 구성비, 단위:%　　자료: 통계청

외도-가정폭력 보다 인격적 갈등 확산
여성지위 향상따라 먼저 요구사례 증가

한국사회에 '이혼 경보'가 발령되고 있다. 과거에는 성격차이나 가정 폭력 등 '어쩔 수 없는' 상황에서 비롯되던 이혼의 사유가 성(性)문제를 비롯해 경제 인격적인 문제 등 다양한 이유로 확산되고 있다.

28일 통계청에 따르면 지난해 이혼건수는 14만5300여건으로 1992년 5만3500건에 비해 3배 이상 급증했다. 경제협력개발기구(OECD) 국가 중 한국은 지난해 영국을 제치고 미국에 이어 두 번째로 높은 조(粗)이혼율을 기록했다. 조이혼율은 인구 1000명당 이혼 건수로 한국은 97년을 기점으로 일본을 앞서기 시작했다.

전문가들은 통상적인 이혼 사유 외에 한국사회에서 이혼이 증가하게 된 큰 원인 중 하나로 여성의 경제 사회적 지위변화를 꼽고 있다. 각 분야에서 여성의 활동이 활발해지면서 남성 못지않은 '사회적 주체'로 떠올랐으며, 이로 인해 부부관계가 기존의 가부장적 관계에서 크게 변화했기 때문이라는 것이다.

연봉 5000만원인 최모씨(28·여·전문직)는 "4년간 연애할 때는 몰랐는데 결혼하고 나니 오히려 불편하고 어려운 점이 많았다"며 "남편에게 경제적으로 의존해야 할 이유도 없어 지난해 이혼했다"고 말했다.

지난해 이혼한 이모씨(34·여)는 "내 월급이 남편보다 많아지면서 남편이 열등감을 느끼기 시작했다"며 "괜한 트집을 잡는 등 열등감을 다른 방식으로 해소하려는 남편과 굳이 함께 살 이유가 있을까 싶어 이혼했다"고 말했다.

이혼소송을 주로 맡고 있는 최인호(權仁鎬) 변호사는 "최근에는 여성들이 적극적으로 이혼을 요구하는 경우가 늘고 있는 추세"라고 말했다.

그는 "이는 자신의 경제 사회적 능력을 바탕으로 불행한 결혼생활을 청산하고 주도적으로 삶을 살려는 여성이 늘고 있기 때문으로 보인다"고 진단했다.

전문가들은 남성에게만 주어졌던 친권행사 권한이 여성에게도 부여될 데다 최근 논의되고 있는 호주제 폐지가 앞으로 현실화될 경우 수면 아래에 잠복해 있는 '불평등한 부부관계'가 해체될 가능성은 갈수록 커질 수밖에 없다고 보고 있다.

이혼이 계속 급증하는 것은 결코 바람직하지 않다는 게 전문가들의 한결같은 지적이다. 사회의 기본단위인 가정이 이혼으로 쉽게 깨지게 되면 결국 사회의 안정성이 위협받게 된다는 것이다.

가족아카데미아 이동원(李東源) 원장은 "이혼으로 가족이 해체되면서 자녀들이 정신적인 어려움을 겪거나 버림받고 보육원에서 자라는 등의 문제가 발생한다"며 "정상적인 가정에서 자라지 못한 자녀들이 성인이 됐을 경우 어떤 가치관을 지닌 사회가 될지 상당히 우려된다"고 말했다.

한국가정법률상담소 곽배희(郭培嬉) 소장은 "가정 내 부부의 역할과 서로에 대한 기대치 등에 있어 남녀간 인식차이가 극복되지 않는 한 이혼은 점점 더 늘어날 것"이라며 "영국 대만 등과 같이 정부 차원에서 이혼율을 줄이기 위한 제도를 마련해야 하며, 부부간에도 서로를 이해하려는 노력이 필요하다"고 말했다.

이진구기자 sys1201@donga.com
이태훈기자 jefflee@donga.com
손효림기자 aryssong@donga.com

'새끼' 손가락 자른 아버지

보험금 노려 강도극
우발적 사건과 달라
'가족붕괴' 범죄
갈수록 기승

'짐승 父心' 이럴 수가…

"어쩌다가 우리 가정이…."

IMF사태 등으로 각종 가정해체 현상이 벌어지고 있는 가운데 상상조차 할 수 없던 일들이 우리 가정에서 잇따라 벌어져 충격을 주고 있다.

구성원간의 갈등으로 인한 우발적 사건에 불과했던 '가족붕괴형 범죄'는 어느새 가족을 도구화한 계획범죄로까지 악화되고 있다.

보험금을 노린 아버지 강종렬(姜鍾烈·42·무속인)씨의 자작극으로 밝혀진 경남마산 초등학생 황모(10)군 손가락 절단사건은 우리사회의 가족붕괴가 어느 정도로 악화되고 있는가를 보여주는 사례다.

더구나 이 사건은 지난 7월 울산에서 발생한 초등학생 김용만(金龍만·12)군 농약 요구르트 독살사건의 용의자로 보상금을 노린 아버지(50)가 수배중인 상태에서 터져나와 국민들을 경악케 하고 있다.

<관계기사 17면>

특히 姜씨는 미리 1천만원의 보험에 든 뒤 손가락 절단 때의 보상정도를 알아보고 예행연습까지 했으며, 金씨는 농약을 마신 아들을 방치한 채 태연히 "증거물을 확보해야 한다"며 백화점을 찾아갔던 것으로 드러나 종전의 가족붕괴형 범죄와는 질적으로 다른 면을 보여주고 있다.

IMF사태 이후 생활고를 이기지 못한 가장이 가족들을 위해 보험을 노리고 자살하는 사례가 있기는 했으나 돈 몇푼 때문에 자식들을 희생시키는 범죄는 상상조차 할

수 없던 일이다.

또 지난 6월 서울에서 친어머니와 계부가 지체장애아인 세살짜리 아들을 '짐이 된다'며 살해해 암매장했고, 같은달 경기도안양에서는 실직한 30대 아들이 중풍을 앓는 70대 노모를 '부양하기 힘들다'는 이유로 때려 숨지게 했다.

이같이 인륜이 힘없이 무너져내리는 가정범죄가 잇따르는데 대해 전문가들은 IMF사태에 따른 '생계위협 및 정신공황'과 '한국사회의 빗나간 가족주의'를 원인으로 꼽고 있다.

한국사회병리연구소 백상창(白尙昌)소장은 "급증하는 이혼과 실직 등으로 입지가 좁아진 가장들이 자포자기한 상태에서 자식을 범죄도구화하는 정신병적 행동까지 벌이는 것"이라고 진단했다.

또 서울대 한상진(韓相震·사회학과)교수는 "소외계층의 생계에 대한 절박감이 극단적인 도덕성 파괴로 표출되고 있다"며 "그 이면에는 누군가 희생을 해서라도 가족을 구해야 한다는 그릇된 한국적 가족주의가 깔려 있다"고 지적했다.

부산대 심리학과 홍창희(洪暢熙·45)교수는 "당장의 생활고를 참아내지 못하고 해결책에 집착하다 보니 이같은 비극이 일어났다"며 "IMF사태 등으로 우리사회에 야기된 급성적인 분노와 우울 증상이 동시에 폭발하는 것을 보여주는 것"이라고 말했다.

강진권·장혜수·김정하 기자
< jkkang@joongang.co.kr >

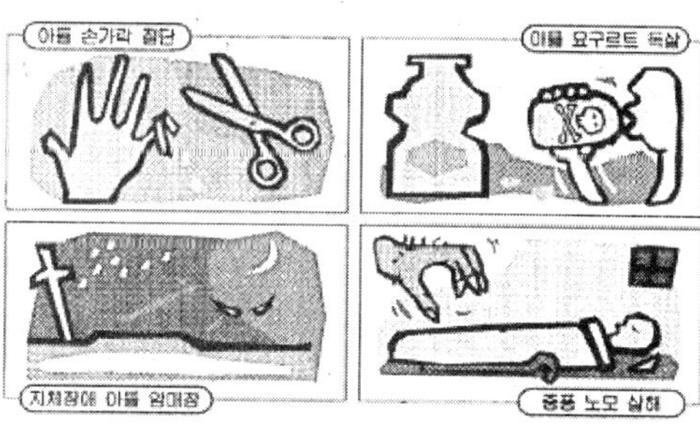

<부록 20> 동아일보, 2001, 7, 26, A14.

새소설 '수수밭으로-' 낸 공선옥씨

"진짜 가난한 사람은 선택조차 할수 없어"

전남 여수에 살고 있는 소설가 공선옥(39·사진)씨가 오랜만에 서울을 찾았다. 3년만에 낸 신작소설 '수수밭으로 오세요'(여성신문사)를 들고….

이번 소설도 서련림과는 한참 거리가 먼 공씨의 실제 모습을 닮았다. '지지리도 복도 없는' 30대 여성의 이야기다.

가난하고 배운 것 없이 매운 시련을 살아낸 주인공 강필순. 공장에서 만난 첫 남자에게 버림을 받는다. 하지만 이삼은 그의 처지를 동정하는 의사를 만나 재혼한다. 필자가 되는가 싶었던 것도 잠시뿐, 그에게 '지식인' 피의 결함이란 환상에 불과했다.

이 소설에서 눈길을 끄는 것은 필순의 주변인물이 보이는 이중적인 행태들이다. 밖에서는 자연을 걱정하고 봉사활동들을 벌이지만 집안에서는 필순을 따뜻하게 안아주지 못하는 남편의 모습이 그렇다.

"90년대 들면서 생태주의 운동이니 대안적 삶이니 하면서 시골로 내려와서 자발적인 가난을 선택한 지식인들이 있었어요. 이들과 진짜로 가난할 수밖에 없는 사람 사이에 놓인 격차를 보여주고 싶었습니다."

이 소설은 언뜻 지식인의 남편의 감상주의에 대한 비판처럼 읽히지만 중년 여성의 삶에 대한 무언의 고발에도 상당한 무게가 실려 있다.

소설은 필순이 의사 남편으로부터 버림받고 홀로 아이들을 기르는 것으로 마무리된다. 어설픈 독방의 기미란 전혀 찾아볼 수 없는 냉정한 결말이 아닐 수 없다.

이에 대해 공씨는 "진짜 가난한 사람은, 특히 여성은 무언가를 선택조차 할 수 없는 것이 엄연한 현실"이라고 말했다.

인상적인 대목은 강필순이 의사 남편과 헤어지자마자 핸천을 입부터 틀어놓는 장면이다. 굶어죽을지 모른다는 본능적인 공포를 보여주는 상징적인 묘사다. 이를 통해 작가는 삶의 무게에 짓눌린 다수의 여성이 처한 '현실'을 완연적으로 보여준다.

그러나 필순은 상처를 받았음에도 불구하고 다른 이들의 상처를 보듬어 안는다. 작가 스스로는 이런 행동의 동기를 '어미 마음'이라고 불렀다. 이를 염두에 두었는지 소설가 공지영씨가 "이 소설을 읽은 후 내가 여자이고 어미라는 사실에 뿌듯해졌다"고 소감을 말했다.

평생 남자가 벌어다준 돈으로 살아본 적이 없다는 공씨는 "아직도 겨울이 닥치면 무의식으로 먹을 것을 비축해두어야 맘이 놓인다"고 말했다. 몇 해 전 타향인 전남 여수에 '번듯한' 아파트 전세방을 얻었지만 마음은 여전히 '배고픈 시절'을 떠나지 못하는 듯하다.

그러나 공씨는 "슬픔이 슬픔을 치유하듯, 불행한 사람들이 강필순을 보면서 살아갈 의지를 가졌으면 좋겠다"며 흔히 웃었다.

인세가 수입의 전부여서 세 아이를 양육하기 위해서는 '전투적으로' 글을 써야 하는 그의 자기 다짐처럼 들리는 말이었다.

〈윤정훈기자〉
digana@donga.com

슬픔이 슬픔을 치유하듯 주인공의 불행한 삶 읽고 살아갈 의지 얻었으면~

온&오프 토론방 — 재혼가정 자녀의 성(姓) 바꿀 수 있게 해야 하나

김동선 기자 kdenis@joongang.co.kr

곽배희
한국가정법률
상담소 소장

바꿀 수 있다

행복권을 인정해야

이승관
성균관
전례연구위원장

부작용 많다

윤리의 근간 무너져

'인생의 반환점' 男 38세 - 女 41세

■ 통계청 '2003 생명표'

한국인 평균수명 77.5세

한국인 평균수명 男 73.9세 女 80.8세

40세 남자 앞으로 평균 36년 더 살아

45세死因 1위, 남자는 암 여자는 순환기질환

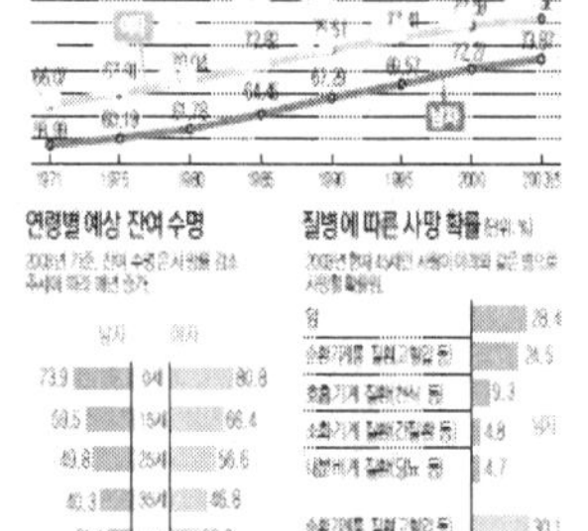

[ㅊ]

[ㅋ]

[ㅌ]

현대소설과 NIE의 시론적 연구

지은이| 민병일

인쇄일| 초판1쇄 2009년 05월 12일
발행일| 초판1쇄 2009년 05월 19일
펴낸이| 정구형
총괄| 박지연
편집| 강정수
디자인| 김숙희 선승희
마케팅| 정찬용
관리| 한미애
펴낸곳| 국학자료원

    등록일 2005| 03 14| 제17 – 423호
    서울시 강동구 성내동 447 – 11 현영빌딩 2층
    Tel 442 – 4623 Fax 442 – 4625
    www.kookhak.co.kr
    kookhak2001@hanmail.net

ISBN| 978 – 89 – 6137 – 449 – 1 *93800
가격| 20,000원